Sete anos entre nós

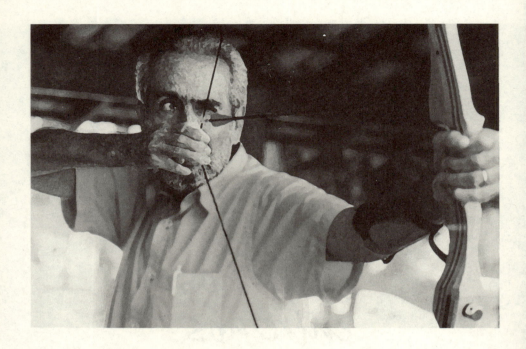

O Arqueiro

GERALDO JORDÃO PEREIRA (1938-2008) começou sua carreira aos 17 anos, quando foi trabalhar com seu pai, o célebre editor José Olympio, publicando obras marcantes como *O menino do dedo verde*, de Maurice Druon, e *Minha vida*, de Charles Chaplin.

Em 1976, fundou a Editora Salamandra com o propósito de formar uma nova geração de leitores e acabou criando um dos catálogos infantis mais premiados do Brasil. Em 1992, fugindo de sua linha editorial, lançou *Muitas vidas, muitos mestres*, de Brian Weiss, livro que deu origem à Editora Sextante.

Fã de histórias de suspense, Geraldo descobriu *O Código Da Vinci* antes mesmo de ele ser lançado nos Estados Unidos. A aposta em ficção, que não era o foco da Sextante, foi certeira: o título se transformou em um dos maiores fenômenos editoriais de todos os tempos.

Mas não foi só aos livros que se dedicou. Com seu desejo de ajudar o próximo, Geraldo desenvolveu diversos projetos sociais que se tornaram sua grande paixão.

Com a missão de publicar histórias empolgantes, tornar os livros cada vez mais acessíveis e despertar o amor pela leitura, a Editora Arqueiro é uma homenagem a esta figura extraordinária, capaz de enxergar mais além, mirar nas coisas verdadeiramente importantes e não perder o idealismo e a esperança diante dos desafios e contratempos da vida.

ASHLEY POSTON

Sete anos entre nós

Traduzido por Regiane Winarski

Título original: *The Seven Year Slip*

Copyright © 2023 por Ashley Poston

Copyright da tradução © 2025 por Editora Arqueiro Ltda.

Publicado mediante acordo com a autora e com Baror International, Inc., Armonk, Nova York, EUA.

Todos os direitos reservados. Nenhuma parte deste livro pode ser utilizada ou reproduzida sob quaisquer meios existentes sem autorização por escrito dos editores.

coordenação editorial: Taís Monteiro
produção editorial: Ana Sarah Maciel
preparo de originais: Camila Fernandes
revisão: Pedro Staite e Rachel Rimas
diagramação: Abreu's System
projeto gráfico e capa: Gustavo Cardozo
impressão e acabamento: Associação Religiosa Imprensa da Fé

CIP-BRASIL. CATALOGAÇÃO NA PUBLICAÇÃO
SINDICATO NACIONAL DOS EDITORES DE LIVROS, RJ

P89s

Poston, Ashley
  Sete anos entre nós / Ashley Poston ; tradução Regiane Winarski. – 1. ed. – São Paulo : Arqueiro, 2025.
  304 p. ; 23 cm.

  Tradução de: The seven year slip
  ISBN 978-65-5565-763-0

  1. Romance americano. I. Winarski, Regiane. II. Título.

24-95237
CDD: 813
CDU: 82-31(73)

Meri Gleice Rodrigues de Souza – Bibliotecária – CRB-7/6439

Todos os direitos reservados, no Brasil, por
Editora Arqueiro Ltda.
Rua Artur de Azevedo, 1.767 – Conj. 177 – Pinheiros
05404-014 – São Paulo – SP
Tel.: (11) 2894-4987
E-mail: atendimento@editoraarqueiro.com.br
www.editoraarqueiro.com.br

Para todos os amantes de comida que queimam até pipoca de micro-ondas: nós seríamos fortes demais se também soubéssemos cozinhar.

UM COMEÇO

Ó Querida Clementine

— Este apartamento é mágico — disse tia Analea uma vez, sentada na poltrona de encosto alto, azul como um ovo de tordo, o cabelo preso com um grampo de adaga prateada.

Ela me falou isso com malícia nos olhos, como se me desafiasse a perguntar o que ela queria dizer. Eu tinha acabado de fazer 8 anos e achava que sabia tudo.

Claro que aquele apartamento era mágico. Minha tia morava num prédio centenário no Upper East Side, com leões de pedra já meio quebrados nos beirais. Tudo nele era mágico: o jeito como a luz entrava na cozinha de manhã, dourada como gema de ovo. O jeito como o escritório abrigava mais livros do que parecia possível, transbordando das prateleiras e empilhados junto da janela, quase bloqueando toda a luz. Havia mapas estrangeiros colados na parede de tijolos mais distante da sala de estar. O banheiro, com a janela alta perfeita, o vidro jateado que refletia o arco-íris nas paredes cor de céu e a banheira decorada com pés em forma de garras, era o lugar *ideal* para pintar. Lá minhas aquarelas ganhavam vida, as cores pingando dos pincéis enquanto eu imaginava lugares distantes aonde nunca tinha ido. E à noite a lua parecia tão próxima das janelas do quarto que quase dava para pegá-la.

O apartamento era de fato mágico. Nada poderia me convencer do contrário. Mas eu achava que era a minha tia que o tornava mágico: o jeito como vivia, intenso e louco, contagiando tudo que ela tocava.

— Não, não — disse ela, abanando a mão que segurava o cigarro Marlboro aceso.

A fumaça saiu pela janela aberta e fez os dois pombos que arrulhavam no parapeito voarem para o céu sem nuvens.

– Não estou falando de forma *metafórica*, ó querida Clementine. Você pode não acreditar em mim, mas juro que é verdade.

Ela se inclinou para mais perto, a malícia transformando-se num sorriso que refletiu nos olhos castanhos cintilantes, e me contou um segredo.

1

Almoço de editoras

Minha tia sempre dizia: se você não se encaixa num ambiente, engane todo mundo até se encaixar.

Ela também dizia para manter o passaporte sempre em dia, tomar vinho tinto com carnes e branco com todo o resto, encontrar um trabalho que traga realização para o coração e para a mente, não esquecer de se apaixonar sempre que possível, porque o amor não é nada além de uma questão de momento, e mirar na lua.

Sempre, *sempre* mirar na lua.

Deve ter dado certo para ela, porque, onde quer que estivesse no mundo, sentia-se em casa. Valsou pela vida como se pertencesse a cada festa para a qual nunca foi convidada, se apaixonou por todo coração solitário que encontrou e teve sorte em todas as aventuras. Ela tinha uma energia especial: turistas lhe pediam informação quando ela viajava para fora do país, garçons requisitavam a opinião dela sobre vinhos e uísques bons, celebridades perguntavam sobre a vida dela.

Uma vez, quando estávamos na Torre de Londres, fomos parar sem querer numa festa exclusiva na Capela Real de São Pedro ad Vincula e conseguimos *permanecer* lá apenas com um elogio bem dirigido e uma imitação de colar de grife. Na festa, vimos um príncipe de Gales, da Noruega ou de algum outro lugar bancando o DJ. Não me lembro de muita coisa daquela noite porque superestimei minha tolerância a uísque caro.

Toda aventura com a minha tia era assim. Ela sabia como ninguém se encaixar em qualquer lugar.

Você não tem certeza de que garfo usar num jantar chique? Imite a pessoa ao seu lado. Perdeu-se numa cidade onde mora há milhões de anos? Finja que é turista. Está ouvindo uma ópera pela primeira vez? Concorde com a cabeça e comente sobre o vibrato emocionante. Está num restaurante com estrelas Michelin tomando uma garrafa de vinho tinto que custa mais do que seu aluguel? Comente que é encorpado e aja como se já tivesse provado coisa melhor.

No caso, eu tinha provado mesmo.

O vinho de dois dólares do Trader Joe's era mais gostoso do que o que eu estava tomando, mas os pratos deliciosos compensavam. Tâmaras enroladas em bacon, queijo de cabra frito com um fio de mel de lavanda e bolinhos de truta defumada que derretiam na boca. Isso tudo num restaurante pequeno e encantador com luz suave, janelas abertas para que os sons da cidade entrassem, jiboias e samambaias vistosas penduradas em arandelas acima de nós, o ar-condicionado central refrescando nossos ombros. As paredes eram emolduradas de mogno, os sofazinhos eram de um couro maleável que, naquele calor de começo de junho, arrancariam a pele das minhas coxas se eu não tomasse cuidado. O local era intimista, e a distância entre as mesas era pequena, só a ponto de não dar para ouvir as conversas baixas das outras pessoas no estabelecimento em meio ao murmúrio suave e constante da cozinha.

Se fosse possível ter um relacionamento amoroso com um restaurante, seria com esse.

Fiona, Drew e eu nos sentamos a uma mesinha no Olive Branch, um restaurante com estrelas Michelin no SoHo ao qual Drew estava *implorando* para ir desde a semana anterior. Não sou de almoços longos, mas era uma sexta-feira de verão e, para ser justa, eu devia um favor a Fiona, esposa de Drew, já que na semana anterior eu havia precisado faltar a uma peça que Drew queria ver. Drew Torres era editora e vivia ávida para encontrar autores únicos e talentosos, por isso me arrastava junto com Fiona para os shows, peças e lugares mais estranhos possíveis. E olha que eu já havia visitado 43 países com a minha tia, que tinha *talento* para encontrar lugares estranhos.

Mas aquele lugar era muito, *muito* bom.

– Este é o almoço mais chique da minha vida – anunciou Fiona, colocando outra tâmara envolta em bacon na boca.

Era a única coisa que havíamos pedido até o momento que ela podia comer. As fatias de carne wagyu malpassada estavam fora de questão para uma pessoa com sete meses de gravidez. Fiona era alta e esbelta, com o cabelo pintado de lilás e pele bem clara. Tinha sardas escuras nas bochechas e sempre usava brincos kitsch que encontrava em brechós no fim de semana. Os do dia eram cobras de metal com placas na boca que diziam FODA-SE. Ela era a melhor designer interna da Strauss & Adder.

Ao seu lado estava Drew, espetando outra fatia de carne wagyu. Recém-promovida a editora sênior da Strauss & Adder, tinha um cabelo comprido preto e cacheado e pele negra. Sempre se vestia como se estivesse prestes a participar de uma escavação no Egito em 1910, e naquele dia não estava diferente: calça cáqui soltinha, camisa branca de botão bem passada e suspensórios.

Sentada com elas, eu me senti um pouco malvestida com a minha camiseta temática da lanchonete favorita dos meus pais, a calça jeans clara e as sapatilhas vermelhas que me acompanhavam desde a faculdade, que tinham fita adesiva nas solas porque eu não suportava a ideia de me desfazer delas. Já estava havia três dias sem lavar o cabelo e o xampu a seco não ajudava muito, mas eu tinha me atrasado para o trabalho de manhã e nem parei para pensar nisso. Eu era assessora de imprensa sênior na Strauss & Adder, uma eterna planejadora, e mesmo assim não tinha me planejado minimamente para aquele almoço. Na verdade, era uma sexta-feira de verão, e eu não *esperava* que houvesse ninguém no escritório naquele dia.

– Aqui é chique *mesmo* – concordei. – Bem melhor do que aquela leitura de poesia no Village.

Fiona concordou.

– Se bem que eu gostei de todos os drinques terem nome de poetas mortos.

Fiz uma careta.

– O Emily Dickinson me deu uma ressaca *horrível*.

Drew pareceu incrivelmente orgulhosa de si mesma.

– Este lugar não é uma delícia? Sabe aquele artigo que eu te mandei? O que saiu na *Eater*? O autor, James Ashton, é o chef principal aqui. O artigo tem alguns anos, mas ainda é uma ótima leitura.

– E você quer que ele publique um livro com a gente? – perguntou Fiona.

– De que tipo? Um livro de culinária?

Drew pareceu genuinamente magoada.

– O que você acha que eu sou, uma plebeia? De jeito nenhum. Um livro de culinária seria desperdício com alguém que é um mago das palavras.

Fiona e eu nos olhamos com entendimento mútuo. Drew tinha dito a mesma coisa sobre a peça da qual escapei por pouco na semana anterior, quando estava me mudando para o apartamento da minha falecida tia no Upper East Side. Fiona me contou no sábado, enquanto eu carregava um toca-discos para o elevador, que ela nunca mais conseguiria nadar no mar.

Dito isso, Drew tinha mesmo um olho fantástico para o que uma pessoa *poderia* escrever, não o que já tinha escrito. Ela era brilhante ao avaliar as possibilidades. Vibrava com elas.

Era isso que a tornava uma espécie de potência única. Ela sempre acolhia os azarões e sempre os ajudava a florescer.

– Que cara é essa, vocês duas? – perguntou Drew, olhando de uma para a outra. – Minha intuição estava certa sobre aquele músico que nós vimos em Governors Island mês passado.

– Meu bem – respondeu Fiona com toda a paciência –, eu ainda estou tentando esquecer a peça que vi semana passada sobre um *homem que teve um caso com um golfinho*.

Drew fez uma careta.

– Aquilo foi... um erro. Mas o músico não foi! Nem aquele tiktoker que escreveu o thriller do parque de diversões. Vai ser fenomenal. E esse chef... Eu *sei* que esse chef é especial. Quero ouvir mais sobre o verão em que ele fez 26 anos. Ele fez uma alusão a isso na *Eater*, mas não foi o suficiente.

– Você acha que tem uma história ali? – perguntou Fiona.

– Eu tenho certeza. Não é, Clementine?

Elas olharam para mim cheias de expectativa.

– Eu... não li, na verdade – admiti.

Fiona fez seu clássico *tsc* de reprovação que no futuro vai acabar fazendo o filho das duas se arrepender de tudo. Eu abaixei a cabeça, constrangida.

– Ah, mas você deveria ler! – respondeu Drew. – Ele andou pelo mundo todo, igual a você. O jeito como relaciona comida com amizades e lembranças... Eu quero esse cara. – Ela voltou o olhar faminto para a cozinha. – Quero muito. – E, sempre que ela fazia aquela cara, não havia como detê-la.

Tomei outro gole do vinho exageradamente seco e peguei o cardápio de sobremesas. Embora nós costumássemos almoçar juntas (era uma vantagem de ter suas melhores amigas trabalhando no mesmo lugar que você), em geral ficávamos em Midtown, e os restaurantes em Midtown eram...

Bem...

Eu tinha comido mais sanduíches, massas e quitutes de food trucks do que gostaria de admitir. No verão, Midtown era um polo turístico, e tentar encontrar um lugar para almoçar que não fosse um food truck ou o gramado do Bryant Park era quase impossível sem reserva.

– Bom, quando você conseguir o cara, eu tenho uma pergunta sobre esse cardápio de sobremesas – falei, apontando para o primeiro item da lista. – O que seria uma torta de limão desconstruída?

– Ah, essa é a especialidade do chef – informou Drew quando Fiona pegou o cardápio da minha mão para ler. – Eu quero experimentar, com certeza.

– Se for só uma fatia de limão polvilhada com açúcar de confeiteiro em cima de um biscoito, eu vou rir – disse Fiona.

Olhei o celular pela primeira vez desde que chegamos.

– Seja o que for, é melhor a gente pedir logo e voltar. Falei pra Rhonda que voltaria à uma.

– Hoje é sexta! – argumentou Fiona, balançando o cardápio de sobremesas na minha direção. – Ninguém trabalha às sextas no verão. Principalmente no mercado editorial.

– Bom, eu trabalho – respondi.

Rhonda Adder era diretora de marketing e publicidade e sócia da Strauss & Adder, além de minha chefe. Ela era uma das mulheres mais bem-sucedidas do mercado. Se um livro possuía algum potencial para se tornar um best-seller, ela sabia exatamente como extraí-lo, um grande talento neste meio. Falando em talento, só para que Fiona e Drew entendessem a situação, acrescentei:

– Eu tenho três autores em turnê agora... e alguma coisa *vai* acabar dando errado.

Drew assentiu.

– É a Lei de Murphy editorial.

– E a Juliette se acabou de chorar hoje de manhã por causa do namorado, então estou tentando aliviar a carga dela um pouco.

– Que se foda aquele conquistador barato – declarou Drew.

– Que se *foda* mesmo – concordei.

– Falando em namorado. – Fiona ficou um pouco mais ereta e apoiou os cotovelos na mesa. Ah, eu conhecia aquele olhar e sufoquei um gemido. Ela se inclinou na minha direção com as sobrancelhas arqueadas. – Como andam as coisas entre você e o Nate?

De repente, a taça de vinho pareceu muito interessante, só que, quanto mais ela me encarava aguardando uma resposta, menos determinação eu tinha, até que finalmente suspirei e falei:

– Nós terminamos semana passada.

Fiona arfou como se tivesse sofrido uma ofensa pessoal.

– Semana passada? Antes ou *depois* da sua mudança?

– Durante. Na noite em que vocês foram à peça.

– E você não contou pra gente? – acrescentou Drew, mais curiosa do que a esposa indignada.

– Você não contou pra gente! – ecoou Fiona num grito. – Isso é *importante*!

– Não foi nada de mais. – Dei de ombros. – Foi por mensagem de texto. Acho que ele já está saindo com uma pessoa que conheceu no Tinder.

Minhas amigas me olharam com pena, mas fiz um gesto para tranquilizá-las.

– Sério, tá tudo bem. A gente não tinha muito a ver.

E não tínhamos mesmo, mas omiti a briga que tivemos antes das mensagens de texto. Na verdade, *briga* era uma palavra muito forte. Foi mais um dar de ombros e uma bandeira branca jogada num campo de batalha já abandonado.

– De novo? Você precisa trabalhar até tarde *de novo*? – perguntara ele. – Você sabe que é minha grande noite. Quero você aqui comigo.

Para ser bem sincera, eu tinha esquecido que era a noite de abertura de uma exposição com obras dele. Nate era artista, trabalhava com metal, e aquilo era importante para ele.

– Desculpa, Nate, mas estou resolvendo um negócio sério aqui.

E era mesmo, eu tinha certeza, apesar de não conseguir lembrar qual tinha sido a emergência que me fez ficar até mais tarde no trabalho.

Ele ficou em silêncio por um longo tempo e perguntou:

– É assim que vai ser? Não quero ficar em segundo lugar, atrás do seu emprego, Clementine.

– Você não está!

Ele estava. Com certeza estava. Eu o mantinha meio distante porque pelo menos assim Nate não conseguiria ver como eu estava destruída. Eu podia continuar mentindo. Podia fingir que estava bem... porque eu *estava* bem. Tinha que estar. Não gostava de ver as pessoas se preocupando comigo quando elas tinham tantas outras coisas com que se preocupar. Esse era o meu encanto, não era? Ninguém precisava se preocupar com Clementine West. Ela sempre dava um jeito.

Nate soltou um suspiro pesado.

– Clementine, acho que você precisa admitir. – E foi isso, a simbólica gota d'água. – Você é tão fechada que usa o trabalho como escudo. Acho que eu nem te conheço de verdade. Você não se abre. Não se permite ser *vulnerável*. O que aconteceu com aquela garota da foto com aquarela debaixo das unhas?

Ela não existia mais, mas isso nós já sabíamos. Nate me conheceu quando ela já tinha sumido. Acho que pode ter sido por isso que ele não me largou logo depois que desmarquei com ele da primeira vez, porque ficava tentando encontrar aquela garota que viu uma vez numa foto no meu antigo apartamento. A garota de antes.

– Você me ama? – continuou ele. – Não consigo me lembrar de você dizendo isso nem uma vez.

– Nós só estamos namorando há três meses. É meio cedo, não acha?

– Quando é amor, você sabe.

Eu contraí os lábios.

– Então acho que não sei.

E foi isso.

Eu estava no fim daquele relacionamento. Antes de dizer algo de que me arrependesse, desliguei o telefone e mandei uma mensagem dizendo que estava acabado. Eu enviaria a escova de dentes dele pelo correio. Deus sabia que eu não faria o trajeto até *Williamsburg* se não fosse obrigada.

– Além do mais – acrescentei para Fiona e Drew, pegando a garrafa de vinho caríssimo para encher minha taça –, acho que não quero estar num relacionamento agora. Quero me concentrar na minha carreira. Não tenho tempo de me envolver com caras que posso acabar largando por mensagem de texto três meses depois. O sexo nem era tão bom.

Tomei um gole grande de vinho para engolir aquela verdade horrível.

Drew me olhou, espantada, balançando a cabeça.

– Olha só isso, não tem nem uma lágrima.

– Eu nunca a vi chorar por causa de homem – disse Fiona para a esposa.

Pensei em argumentar, dizer que eu já tinha chorado, sim, mas achei melhor ficar quieta, porque... ela tinha razão. Eu raramente chorava, e por causa de homem, então? De jeito nenhum. Fiona sempre dizia que era porque todos os meus relacionamentos se resumiam a chamar o homem de *um cara aí*, uma pessoa que não valia nem um nome na minha memória. "Porque você nunca se apaixonou", disse ela uma vez, e talvez fosse verdade.

"Quando é amor, você sabe", dissera Nate.

Eu nem sabia como era a sensação do amor.

Fiona fez um gesto de desdém com a mão.

– Bom, o Nate que *se dane*, então! Ele não merecia uma namorada financeiramente estável que manda bem no trabalho *e* é proprietária de um apartamento no Upper East Side – continuou ela, e isso pareceu lembrá-la da *outra* coisa sobre a qual eu não queria falar. – Como está? O apartamento?

O apartamento. Ela e Drew tinham parado de chamar de "apartamento da minha tia" em janeiro, mas eu ainda não conseguia me livrar do hábito. Dei de ombros.

Eu poderia contar a verdade: que cada vez que passava pela porta, esperava ver minha tia na poltrona de encosto alto, azul como um ovo de tordo, mas a poltrona não estava mais lá.

Nem a dona.

– Está ótimo – decidi dizer.

Fiona e Drew trocaram o mesmo olhar, como se não acreditassem em mim. Tudo bem, eu não tinha muito talento para mentir mesmo.

– Está *ótimo* – repeti. – E por que estamos falando de mim? Vamos encontrar esse seu chef famoso e atraí-lo para o lado sombrio da força.

Peguei a última tâmara e a comi.

– Claro, claro, só precisamos chamar a garçonete... – murmurou Drew, olhando em volta para ver se chamava alguém, mas era educada e fofa demais para fazer alguma coisa além de olhar fixamente para os funcionários até algum avistá-la. – Eu levanto a mão ou... como se faz nos restaurantes caros?

Drew tinha sido bem mais proativa para encontrar autores e construir sua lista de escritores nos meses anteriores, mas precisei me perguntar se alguma dessas incursões (o show em Governors Island, a peça a que lamentavelmente não pude assistir, a ópera no mês anterior, o influenciador de TikTok que conhecemos numa livraria em Washington Heights, a exposição do artista que pintava com o corpo) tinham sido para ajudar a me distrair. Para aliviar meu luto. Só que fazia quase seis meses e eu já estava bem.

Estava mesmo.

Mas era difícil convencer alguém disso quando a pessoa tinha visto você chorando no chão do banheiro às duas da madrugada, caindo de bêbada, na noite do enterro da sua tia.

As duas tinham testemunhado as piores e mais cruas partes de mim, e não apagaram meu número do celular delas. Nem sempre era fácil se relacionar comigo. O fato de continuarem ao meu lado significava mais para mim do que eu conseguiria admitir, e ser arrastada naqueles passeios nos meses anteriores havia sido revigorante.

Então o mínimo que eu podia fazer era chamar a garçonete para Drew.

– Deixa comigo.

Suspirei e levantei a mão para chamar a nossa garçonete na hora em que ela se liberou de outra mesa. Não sabia se era assim que se chamava a atenção num restaurante chique, mas ela veio depressa.

– Nós gostaríamos de pedir o... hã... – Olhei para o cardápio de sobremesas.

Fiona se manifestou:

– O troço desconstruído de limão!

– Isso – falei. – E podemos também falar com o chef principal?

Drew tirou logo um cartão de visitas da bolsa para entregar à garçonete, e eu acrescentei:

– Pode dizer que nós somos da editora Strauss & Adder e gostaríamos de conversar sobre uma oportunidade de trabalho... um livro.

A garçonete não pareceu surpresa com o pedido quando pegou o cartão de visitas e o enfiou no bolso da frente do avental. Ela disse que veria o que podia fazer e saiu rapidamente para pedir nossa sobremesa.

Drew aplaudiu em silêncio.

– Lá vamos nós! Hein, tá sentindo a emoção? Nunca passa.

A empolgação dela era contagiante, apesar de eu não estar muito animada com aquele chef.

– Nunca – falei.

De repente meu celular vibrou no bolso. Eu o peguei e olhei a notificação de e-mail. Por que uma das minhas autoras estava me escrevendo?

Fiona se inclinou na direção da esposa.

– Aaah, que tal a gente juntar a Clem com aquele cara novo que se mudou para o apartamento ao lado do nosso?

– Ele é fofo – concordou Drew.

– Não, obrigada. – Abri meu e-mail. – Não estou pronta para pular em outro relacionamento depois do Nate.

– Você disse que já tinha passado!

– Ainda tem um período de luto... Ah, merda – falei, após terminar de passar os olhos pela mensagem, e me levantei. – Desculpa, tenho que correr.

Fiona perguntou, preocupada:

– Aconteceu alguma coisa? A sobremesa ainda nem chegou.

Peguei a carteira na minha bolsa Kate Spade falsa e coloquei na mesa o cartão de crédito da empresa, já que, tecnicamente, aquilo era um almoço de trabalho.

– Uma das minhas autoras em turnê ficou presa em Denver e a Juliette não está respondendo aos e-mails dela. Vocês colocam o almoço no cartão e a gente se vê no trabalho? – pedi, em tom de desculpas.

Drew pegou o cartão, parecendo abalada.

– Espera, o quê? – Ela olhou para a cozinha e depois para mim.

– Você vai tirar de letra – falei, e minha autora enviou outro e-mail, em pânico.

Abracei as duas e roubei uma última bolinha frita de queijo de cabra, tomei o que restava do vinho e me virei para sair...

– Cuidado! – gritou Drew.

Fiona arquejou.

Tarde demais.

Eu colidi com o garçom atrás de mim. A sobremesa que ele estava carregando foi para um lado e ele para o outro. Estiquei a mão para pegá-la enquanto ele esticou a dele para *me* pegar e me puxar de volta. Tropecei e ele me segurou, o aperto forte no meu braço.

– Te peguei – disse o garçom, calorosamente.

– Obrigada, eu... – E foi nessa hora que percebi que minha outra mão estava no peitoral todo forte dele. – *Ah!* – Devolvi a sobremesa depressa e me afastei. – Peço mil desculpas!

Minhas bochechas ficaram rosadas na mesma hora. Eu não conseguia olhar para o sujeito. Tinha acabado de deixar a mão num estranho por mais tempo do que o necessário.

– ... Limão...? – perguntou o homem.

– Sim, desculpa, desculpa, é a nossa sobremesa, mas eu tenho que ir – respondi, apressada.

Meu rosto estava vermelho como um tomate. Desviei dele e falei "Boa sorte" para as minhas amigas com movimentos labiais, saindo do restaurante.

Duas ligações para a Southwest Airlines e quatro quarteirões depois, coloquei a autora num voo para a última parada da turnê. Entrei no metrô para voltar a Midtown e ao trabalho... e tentei tirar da cabeça a sensação do toque firme daquele homem, da solidez de seu peito, do jeito como ele se curvou na minha direção... Ele *se curvou*, não foi? Como se me *conhecesse*? Eu não estava imaginando coisas?

2

Strauss & Adder

Desde a primeira vez que passei pelo arco de pedra, entrei no prédio na 34th Street e subi no elevador cromado até o sétimo andar, soube que havia algo de especial na editora Strauss & Adder. No jeito como as portas se abriram num saguão pequeno com estantes brancas cheias de livros, tanto os que eles tinham publicado quanto os que simplesmente amavam, nas poltronas de couro surradas viradas para quem chegava, convidando as pessoas para afundar nas almofadas, abrir um livro e mergulhar nas palavras.

A Strauss & Adder era uma editora pequena mas poderosa em Nova York, especializada em ficção adulta, biografias e não ficção sobre estilo de vida (tipo livros de autoajuda, receitas e dicas práticas), porém era mais famosa pelos guias de viagem. Quando você queria um guia para um lugar distante, procurava o logotipo de martelo estilo macete da Strauss & Adder para se informar sobre o melhor restaurante nos recônditos mais remotos de cidades estrangeiras, lugares onde ainda assim se sentiria em casa.

Eu poderia fazer assessoria de imprensa em qualquer lugar (e provavelmente receberia mais por isso), só que não ganharia livros de viagem numa empresa grande de tecnologia, nem numa sucursal do inferno mais conhecida como firma de assessoria. Havia algo de seguro e adorável em andar todos os dias pelo corredor cheio de livros sobre Roma, Bangcoc e a Antártica, e também no aroma encantador de papel velho que lembrava um perfume de loja de departamentos. Eu não queria escrever livros, mas adorava a ideia de algum guia de turismo já morto ou obsoleto falando sobre catedrais de antigamente e templos de deuses esquecidos. Adorava como um livro, uma história, um conjunto de palavras numa frase organizada na ordem certa fazia com que você sentisse saudade de lugares que nunca havia visitado e de pessoas que não conhecia.

O escritório era todo aberto, cercado por estantes do chão ao teto com livros, um espaço amplo e iluminado. Todo mundo tinha suas baias, toda mesa era adornada pelos objetos favoritos de cada um: ilustrações, bonecos e coleções de livros. A minha ficava mais perto da sala da minha chefe. Os superiores tinham salas com portas de vidro, muita privacidade se comparados aos meros mortais como eu, que preciso ouvir Juliette na baia da frente chorando por causa do namorado de dez meses, o conquistadorzinho barato dela, com quem vivia terminando e voltando. (Que ele fosse para o inferno.)

Mesmo dentro das salas chiques com portas de vidro, dava para ver a chefia distraída como o resto da equipe às duas da tarde de uma segunda-feira.

Mas ali estávamos todos nós, porque, se havia uma coisa que amávamos, eram os livros.

Consegui enviar para alguns autores solicitações de entrevista de veículos de comunicação antes de Fiona voltar para o escritório.

– A sobremesa estava fantástica – disse ela, vindo devolver meu cartão de crédito.

Fiona, como toda a equipe de design, ficava banida no canto sombrio e cheio de teias de aranha onde os CEOs enfiavam o pessoal diferentão da arte. Pelo menos três dos designers tiveram que começar a tomar vitamina D de tão escuro que era lá.

– O chef também.

– Odeio ter perdido isso – respondi.

Fiona deu de ombros e devolveu meu cartão.

– Você esbarrou nele, na verdade.

Fiz uma pausa. O homem da mão forte. Do peito quente e sólido.

– Aquele... era *ele*?

– O próprio. Ele é uma joia. Um amor... Ah, me conta, conseguiu salvar sua autora do inferno no aeroporto?

– Claro – respondi, abandonando meus pensamentos. – Você tinha alguma dúvida?

Fiona balançou a cabeça.

– Tenho inveja de você.

Isso me surpreendeu.

– Por quê?

– Sempre que precisa fazer alguma coisa, você vai lá e faz. Direto. Sem hesitar. Acho que é por isso que a Drew gosta tanto de você – acrescentou ela um pouco mais baixo. – Você é uma planilha de Excel no meio do meu caos.

– É que eu gosto das coisas do meu jeitinho – respondi.

Fiona me contou o que eu tinha perdido no restaurante: pelo jeito, alguém da Faux tinha procurado o chef para falar de um livro (Parker Daniels, Drew achava), assim como a Simon & Schuster, dois selos da HarperCollins e um da Macmillan. Provavelmente haveria mais.

Dei um assobio baixinho.

– A Drew tem concorrência pesada.

– Eu sei. Mal posso esperar até ela começar a falar só disso – disse Fiona, certeira. Ela olhou o smartwatch e gemeu. – Preciso voltar para a caverna. Cineminha de noite? Acho que aquela comédia romântica de dois assassinos que se apaixonam já estreou, não?

– Posso pular essa? Ainda estou desencaixotando a mudança. Você pegou a nota? – pedi.

Fiona apanhou o papel na bolsa e me entregou, e então partiu para a seção escura e úmida do nosso andar. Entrei na sala de Rhonda para entregar a nota fiscal, mas ela não estava lá.

A maioria dos outros chefões, inclusive Reginald Strauss, tinha fotos da família, das férias, lembranças de momentos felizes, nas paredes e nas mesas. A sala de Rhonda era cheia de fotos de celebridades em lançamentos de livros e eventos de gala. Prêmios pelas conquistas dela cobriam as prateleiras onde deveriam ficar os presentes dos netos. Ficava bem óbvio o que ela havia escolhido, a vida que tinha decidido viver, e, cada vez que entrava ali, eu me imaginava sentada na cadeira laranja tendo escolhido uma vida parecida.

De repente, a porta de vidro se abriu, e Rhonda Adder, em todo o seu glamour, entrou na sala.

– Ah, Clementine! Feliz sexta-feira, como sempre – anunciou ela com alegria e uma elegância de dar inveja, com um terninho preto e saltos floridos, o corte chanel grisalho afastado do rosto com uma presilha.

Sempre que Rhonda entrava numa sala, ela a comandava de um jeito que eu queria fazer. Todos se voltavam para ela. Todas as conversas paravam.

Rhonda Adder era brilhante e carismática em igual medida. Diretora de marketing e publicidade, além de sócia, tinha começado numa firma de relações públicas pequena no SoHo, recortando boatos de tabloide e dispensando ligações de telemarketing, e agora planejava e coordenava campanhas de livros de alguns dos maiores nomes do mercado. Ela era um *ícone* na área, a pessoa que todo mundo queria ser. A pessoa que *eu* queria ser. Alguém com a vida sob controle. Alguém que tinha um plano, tinha objetivos e sabia exatamente de quais ferramentas precisava para implementá-los.

– Feliz sexta-feira, Rhonda. Desculpa por ter demorado no almoço – falei depressa.

Ela abanou a mão.

– Não tem problema nenhum. Eu vi que você resolveu o caos no aeroporto da Adair Lynn.

– Ela está tendo um azar *danado* nessa turnê.

– Vamos ter que mandar flores quando ela chegar em casa.

Rhonda abriu uma gaveta e pegou um saquinho de amêndoas banhadas em chocolate.

– Pode deixar. Botei um gasto de almoço na conta – acrescentei, colocando a nota e o cartão de crédito na mesa.

Ela deu uma olhada nos dois e arqueou a sobrancelha.

– A Drew está atrás de um autor para um projeto de não ficção – expliquei.

– Ah. Quer? – Ela me ofereceu o saquinho de amêndoas.

– Obrigada.

Peguei uma, me sentei na cadeira barulhenta em frente à dela e a atualizei quanto aos acontecimentos da tarde: as entrevistas de podcast marcadas, os itinerários alterados, os eventos de livraria recém-confirmados. Rhonda e eu trabalhávamos como uma máquina bem lubrificada. Havia um motivo para todo mundo dizer que eu era o braço direito dela... e eu esperava ser sucessora dela um dia. Todo mundo achava que seria eu.

Rhonda guardou as amêndoas e se virou para o computador. Fiz menção de me levantar, a reunião encerrada, mas ela disse:

– Vi que você cancelou seu pedido de férias no fim do verão. Algum motivo para isso?

– Ah.

Tentei parecer calma enquanto ajeitava a frente da minha blusa amassada. No fim do verão, minha tia e eu sempre fazíamos nossa viagem anual para o exterior: Portugal num verão, Espanha no seguinte, Índia, Tailândia, Japão. Meu passaporte estava cheio de todos os lugares para onde fomos ao longo dos anos. Eu tirava a mesma semana de férias em agosto desde que entrei na Strauss & Adder, então claro que Rhonda reparou quando decidi não viajar.

– Eu concluí que talvez fosse melhor investir meu tempo aqui, então não vou mais.

Nunca mais.

Ela me olhou de um jeito estranho.

– Você está brincando. Clementine, você não tirou um único dia de folga o ano todo.

– Fazer o quê? Eu amo meu trabalho.

Eu sorri porque *era* verdade. Eu amava o meu trabalho, e era uma boa distração de... *tudo*, e, se continuasse me concentrando nas coisas na minha frente, a dor não me alcançaria às duas da madrugada como queria.

– Eu também amo o meu trabalho, mas tirei férias este ano e fui para as Maldivas. Fiz uma massagem ótima lá. Posso te dar o número do meu massagista, se você decidir ir.

Ah, sim, porque eu tinha dinheiro para isso. Bem, sendo a dona do apartamento da minha tia, talvez eu pudesse ter. Abri um sorriso forçado.

– Eu estou bem, de verdade. Além do mais, *Boston no outono* vai ser lançado nessa semana, e você sabe que aquele autor é *muito* detalhista. Prefiro lidar com ele a fazer a Juliette lidar...

– Clementine – interrompeu ela. – Tira a porcaria das suas férias acumuladas. É por isso que você tem férias.

– Mas...

– Seu pedido de cancelar o pedido está recusado.

– Mas não vou mais viajar – falei, tentando não entrar em pânico. – Pedi a devolução do dinheiro das passagens!

Ela me olhou por cima dos óculos de armação vermelha.

– Então você tem dois meses para decidir o que vai querer fazer. Metade do nosso catálogo é de guias de viagem. Pega um. Sei que você vai se inspirar. Afinal, você vai precisar de férias.

– Eu acho mesmo que não vou.

Em resposta, ela virou a cadeira na minha direção de novo e, com um suspiro, tirou os óculos, que ficaram pendurados num fio de contas em volta do pescoço dela.

– Tudo bem. Fecha a porta, Clementine.

Ah, não. Em silêncio, obedeci, embora com certa hesitação. Na última vez em que Rhonda me pediu para fechar a porta, descobri que ela havia demitido o designer de marketing. Eu me sentei de novo, com cautela.

– Tem... tem alguma coisa errada?

– Não. Bom. Tem, mas nada grave.

Ela juntou os dedos e me encarou. Estava usando rímel e delineador, e isso sempre a deixava com uma expressão mais intensa.

– Você tem que jurar segredo, Clementine, até chegar a hora certa.

Eu me empertiguei na cadeira. Era algo importante, então. Um livro novo? A biografia de uma celebridade? Strauss venderia a empresa? Michael do RH finalmente tinha pedido demissão?

Então ela disse:

– Estou planejando me aposentar no fim do verão, mas só quero ir sabendo que a Strauss & Adder está em boas mãos.

Achei que não tinha ouvido direito.

– Você... O quê? Vai *se aposentar*?

– Vou.

Eu não sabia o que dizer.

Não havia palavras para descrever a minha profunda... tristeza? Decepção? A Strauss & Adder sem Rhonda era como um corpo sem alma... uma estante sem livros. Ela *construiu* a empresa com Strauss. Cada um dos best-sellers nos últimos vinte anos tinha sido trabalho dela.

E ela queria *se aposentar*?

– Não me olha assim – disse Rhonda, com uma risada nervosa.

Ela *nunca* ficava nervosa. Então não estava de brincadeira. Era tudo verdade.

– Eu já fiz a minha parte! – continuou Rhonda. – Mas não vou embora se o navio for afundar por causa disso. Me dediquei muito a isso aqui – acres-

centou ela, como se lembrasse que *seu nome* estava literalmente na empresa.
– Mas só você e o Strauss sabem por enquanto, e eu gostaria que continuasse assim. Quem sabe que tipo de sanguessuga essa notícia vai atrair quando for oficial.

Minha boca ficou seca.

– Tu... tuuudo bem.

– Enquanto isso, quero que você assuma a liderança da maioria dos projetos e aquisições neste verão, para vermos como vai se sair. Eu vou estar nas reuniões, claro, mas vamos considerar uma simulação.

– Pra ver se eu consigo me virar sem você aqui?

Ela me olhou com uma expressão perplexa e riu.

– Ah, não, querida. Para assumir o meu lugar!

Se eu já não estivesse sentada, meus joelhos teriam cedido na mesma hora. Eu, no lugar de Rhonda? Não ouvi direito enquanto ela falava que eu era muito dedicada e exemplar, exatamente o tipo de mulher que ela havia sido na minha idade, e que aquela era a oportunidade pela qual ela faria qualquer coisa. Que jeito melhor de cuidar do futuro do que dar a ele a chance de ser bem-sucedido?

– Então é isso: você vai assumir metade do meu lugar. Quando eu e o Strauss abrimos a empresa, me tornei diretora de marketing e publicidade, além de sócia, porque a empresa era muito pequena, mas eu não desejaria isso para mais ninguém. – acrescentou. – Mas, dependendo do seu desempenho no verão, estou inclinada a sugerir seu nome como nova diretora de marketing. Você está aqui há mais tempo do que todo mundo da equipe e eu acho justo, sem falar que eu seria uma idiota se não fizesse isso.

Eu... não sabia o que dizer.

Felizmente, ela não esperava que eu dissesse nada, pois botou os óculos e se virou para o computador.

– Então, como você pode ver, imagino que vá precisar tirar férias antes de começar no novo cargo. Vou te passar o nome do meu massagista nas Maldivas.

Meu queixo caiu. Soltei um gritinho. Minha cabeça estava girando com tanta informação.

– Agora, você pode me mandar as reuniões da semana que vem? Alguma coisa me diz que a Juliette vai esquecer. De novo.

Era a minha deixa para sair.

Rezei para as minhas pernas funcionarem quando me levantei.

– Vou providenciar agorinha – respondi, e saí da sala dela.

Primeiro, o cancelamento das minhas férias foi negado, depois Rhonda soltou que talvez *se aposentasse*? E que eu poderia assumir o lugar dela como chefe do *departamento*?

Eu não queria pensar naquilo.

Minha baia ficava do outro lado do corredor, em frente à porta dela, a mais ou menos uns três metros. Era arrumado e impecável, o tipo de espaço que Drew chamava de "despedida de uma caixa só". Significava que, se eu fosse demitida, só precisaria de uma caixa para guardar todas as minhas coisas antes de ir. Eu não estava planejando *ir* a lugar algum; estava ali havia sete anos, só não tinha muito o que exibir. Algumas fotos, algumas das minhas pinturas em aquarela em tamanho de cartão-postal com áreas da cidade: o lago do Central Park, a ponte do Brooklyn vista de Dumbo, um cemitério no Queens. Tinha um boneco bobblehead de William Shakespeare, um box de colecionador com os trabalhos das irmãs Brontë e um bookplate autografado de um autor que eu não conseguia lembrar quem era e não conseguia mais ler o nome.

Eu me sentei, meio entorpecida e meio perdida, pela primeira vez em anos. Aposentar. Rhonda ia *se aposentar*.

E queria que eu assumisse o lugar dela.

Meu peito se apertou de pânico.

Alguns minutos depois, Juliette, uma mulher pequena com cabelo louro trançado, olhos grandes de cervo e batom vermelho-cereja, voltou para a baia dela, de olhos vermelhos, fungando. Ela se sentou.

– A g-gente terminou de novo...

Distraída, peguei a caixa de lenço embaixo da mesa e ofereci um a ela.

– Que dureza, amiga.

3

Lar, doce lar

Não era que eu não quisesse tirar férias. Eu queria. Nos últimos sete anos eu tinha tirado uma semana por ano para viajar para alguma parte distante do mundo. Eu só… não queria ser a garota que ficava procurando nos aeroportos uma mulher com casaco azul-anil e risada alta, acenando com os óculos de sol grandes com lentes de coração para que eu conseguisse achá-la.

Porque aquela mulher não existia mais.

Nem a garota que a amava incondicionalmente.

A garota havia sido substituída por uma mulher que trabalhava até tarde na sexta porque podia, que preferia ter compromissos de trabalho a primeiros encontros, que tinha uma meia-calça e um desodorante na gaveta *só para o caso* de ter passado a noite fora de casa (não que ela já tivesse feito isso). Ela sempre era a última a sair do prédio, quando até as luzes com sensores de movimento achavam que ela tinha ido embora, e era feliz assim.

Era mesmo.

Desliguei o computador do trabalho, me levantei da cadeira e me alonguei, as luzes fluorescentes acima de mim ganhando vida de novo. Eram umas oito e meia. Eu precisava ir antes que os seguranças começassem a fazer a inspeção, porque eles contariam que me viram ali para Strauss e Rhonda, que tinham uma política contra trabalhar até tarde às sextas-feiras. Então peguei minha bolsa, verifiquei se tudo de que Rhonda precisaria para a reunião de segunda-feira de manhã estava na mesa dela e fui para o elevador.

Passei por uma das estantes, onde deixavam provas extras e exemplares finais para quem quisesse pegar. Romances, biografias, livros de receitas e guias de viagem. A maioria eu já tinha lido, mas um chamou minha atenção.

DESTINO: NOVA YORK

Devia ser novo, e havia uma espécie deliciosa de ironia em ler um guia de viagem sobre a cidade onde você mora. Minha tia dizia que dava para viver num lugar a vida toda e ainda encontrar surpresas.

Pensei, por uma fração de segundo, que ela adoraria um exemplar, mas, quando o tirei da prateleira e coloquei na bolsa, a realidade me atingiu como um tijolo na cabeça.

Pensei em devolver o livro, mas senti tanta vergonha de esquecer que ela havia morrido que fui logo para o elevador. Eu o doaria para um sebo no fim de semana. A segurança da entrada do prédio ergueu o olhar do celular quando passei andando rápido, nada surpresa de me ver trabalhando até tarde.

Andei até o metrô e fui para o Upper East Side, desci na minha estação e peguei o celular. Já era automático ligar para os meus pais na caminhada da estação até o prédio da minha tia.

Antes eu não fazia isso, mas, desde que Analea morreu, tinha se tornado meio que um consolo. Além do mais, acho que ajudava muito a minha mãe. Analea era a irmã mais velha dela.

Depois de dois toques, minha mãe atendeu.

– Diz para o seu *pai* que já é perfeitamente aceitável levar a bicicleta ergométrica para o seu antigo quarto!

– Eu não moro aí há onze anos, então não tem problema nenhum mesmo – falei, desviando de um casal que olhava o Google Maps no celular.

Minha mãe gritou, me levando a fazer uma careta:

– VIU, FRED? Eu *falei* que ela não se importaria!

– O quê?! – gritou meu pai de longe, ao fundo. Quando percebi, ele estava pegando a extensão que supus ser a da cozinha. – Mas e se você vier pra casa, filhota? E se você precisar do quarto de novo?

– Ela *não vai* precisar – respondeu minha mãe –, e, se precisar, pode ficar no sofá.

Eu massageei a têmpora. Apesar de eu ter saído de casa aos 18 anos, meu pai detestava mudanças. Minha mãe adorava repetições. Eles eram o par perfeito.

– Não é?

Meu pai argumentou:

– Mas e se...

Eu o interrompi.

– Vocês podem transformar meu quarto no que quiserem. Até num quarto vermelho, se for a vontade de vocês.

– Um quarto...? – Minha mãe hesitou.

– Isso não é o calabouço sexual daquele filme? – perguntou meu pai.

– FRED! – berrou minha mãe, e falou: – Bem, é uma ideia...

Meu pai falou, com um suspiro que pesava tanto quanto os 35 anos que eles tinham de casados:

– Tudo bem. Pode botar a bicicleta ergométrica lá... *mas* a cama fica.

Chutei o lixo que estava no caminho.

– Não precisa, sério.

– Mas a gente *quer* – respondeu meu pai.

Eu não tinha coragem de admitir para ele que minha casa não era mais a construção azul de dois andares em Long Island onde eles moravam. Não era havia tempo. Mas também não era o apartamento onde eu estava entrando... cada vez mais devagar, como se eu não quisesse me ver ali.

– Como foi seu dia, filhota?

– Bom – respondi rapidamente. Até demais. – Na verdade... acho que a Rhonda vai se aposentar no fim do verão, e ela quer me promover a diretora de marketing.

Meus pais arquejaram.

– Parabéns, querida! – gritou minha mãe. – Ah, temos *tanto* orgulho de você!

– E em apenas sete anos! – acrescentou meu pai. – É um recorde! Eu levei dezoito para virar sócio na firma de arquitetura!

– E é *bem* na época do seu aniversário de 30 anos! – concordou minha mãe, com alegria. – Ah, nós vamos *ter* que comemorar...

– O cargo ainda não é meu – reiterei depressa, atravessando a rua para o quarteirão onde ficava o prédio da minha tia. – Claro que vai haver outras pessoas concorrendo.

– E o que você acha disso? – perguntou meu pai.

Ele sempre conseguia me interpretar de um jeito alarmante que a minha mãe não conseguia.

Ela fez um ruído debochado.

– O que você *acha* que ela acha, Fred? Ela está em êxtase!
– É só uma *pergunta*, Martha. Uma bem fácil.

Era uma pergunta fácil, não era? Eu deveria estar animada, obviamente... mas o nó na minha garganta não se desfazia.

– Acho que vou ficar mais animada quando terminar a mudança – falei. – Faltam algumas caixas para arrumar.

– Se você quiser, podemos ajudar no fim de semana – sugeriu minha mãe. – Sei que a minha irmã deve ter deixado um monte de tralhas em lugares escondidos...

– Não, não, tudo bem. Além do mais, vou trabalhar no fim de semana. – Isso provavelmente nem era mentira; eu arrumaria algo para fazer naqueles dois dias. – Bom, estou quase em casa. A gente se fala mais tarde. Amo vocês – acrescentei, e desliguei ao virar a esquina e encontrar o prédio alto que era o Monroe.

Um prédio com um apartamentinho que já tinha pertencido à minha tia. E que agora, contra a minha vontade, pertencia a mim.

Eu tentara ficar longe dele o máximo possível, mas, quando meu senhorio disse que meu aluguel em Greenpoint aumentaria, não tive muita escolha; ali estava o apartamento da minha tia, vazio, num dos prédios mais cobiçados do Upper East Side, deixado para mim em testamento.

Então, empacotei tudo o que tinha em caixas pequenas, vendi o sofá e me mudei.

O Monroe parecia qualquer outro prédio centenário da cidade: um esqueleto de janelas e portas, que já abrigara pessoas havia muito mortas e esquecidas. Tinha uma fachada branca com esculturas detalhadas que pareciam de meados do século XX, como leões alados nos beirais e posicionados na entrada, com orelhas e dentes faltando, e um porteiro com aparência cansada logo depois da porta giratória. Ele trabalhava lá desde que eu me entendia por gente, e naquele dia estava sentado atrás do balcão da recepção, o chapéu meio torto, lendo o livro mais recente de James Patterson. Ele olhou quando entrei, e seu rosto se iluminou...

– Clementine! – exclamou. – Bem-vinda ao lar.
– Boa noite, Earl. Como você está? E o livro?
– Esse Patterson não erra – respondeu ele com alegria e me desejou boa-noite quando fui na direção dos elevadores de metal.

Meu coração doía um pouco pela familiaridade de tudo; como era fácil, como parecia um lar. O Monroe sempre teve cheiro de velho; era o único jeito de descrever. Não de mofo, só de... *velho*.

Habitado.

Amado.

O elevador apitou para anunciar sua chegada e eu entrei. Era dourado, como o saguão, de um metal que precisava ser polido, com detalhes de flor-de-lis no rodapé e um espelho meio embaçado no teto, onde um reflexo meu cansado e desfocado me encarava. Cabelo castanho na altura dos ombros, ondulado pela umidade do verão, e uma franja reta que nunca parecia ter sido feita com planejamento, e sim algo súbito cortado de qualquer jeito às 3 da madrugada com uma tesoura de cozinha e um coração partido.

Na primeira vez em que fui ao apartamento da minha tia, eu tinha 8 anos e todo o prédio parecia saído de um livro, algo que eu tinha lido na biblioteca espremida da minha casa, um lugar onde as pequenas espiãs dos livros que eu adorava morariam, e eu imaginava que seria como elas.

Clementine, afinal, era o tipo de nome que se dava para uma personagem excêntrica de livro infantil.

Na primeira vez em que andei naquele elevador encantado, eu estava carregando uma mala grande demais, cor de cereja, segurando Coelhito Carocito (meu bichinho de pelúcia, que eu ainda tinha) com todas as minhas forças. Ir a um lugar novo normalmente me apavorava, mas meus pais acharam que seria melhor eu ficar com a minha tia enquanto eles preparavam a mudança da casa de Rhinebeck para Long Island, onde moram desde então. Os espelhos no teto já eram tortos, e na lenta subida encontrei um ponto onde eles eram irregulares. Meu rosto ficava curvado e meus braços retorcidos como num espelho de casa maluca de parque de diversões.

Minha tia havia dito em tom de conspiração:

– É seu eu do passado olhando pra você. Só por uma fração de segundo, de você pra você.

Eu imaginava o que diria para aquela versão minha de uma fração de segundo antes.

Isso foi quando eu ainda acreditava em todas as histórias e segredos da minha tia. Eu era ingênua e fascinada por coisas que pareciam boas demais para serem verdade, uma fagulha de algo *diferente* no mundano. Um espelho que mostrava sua versão do passado, um par de pombos que não morria nunca, um livro que se escrevia sozinho, uma viela que levava ao outro lado do mundo, um apartamento mágico...

Recentemente, as histórias tinham um gosto amargo na minha boca, mas, mesmo assim, quando olhei para minha versão espelhada, não pude deixar de levar na brincadeira, como sempre fazia.

– Ela mentiu – falei para o meu reflexo, a boca dele se movendo com as minhas palavras.

Se minha versão de uma fração de segundo antes ficou chocada com o que eu disse, não demonstrou.

Porque ela também sabia.

O elevador apitou, e desci no quarto andar. Os apartamentos eram marcados por letras. Nos verões depois da minha primeira visita, eu tinha decorado como dizer o alfabeto ao contrário por causa deles.

L, K, J, I, H, G, F...

Dobrei a esquina. O corredor não tinha mudado com os anos. O carpete tinha um design persa desbotado, as arandelas estavam esquecidas, cheias de teias. Passei os dedos pela faixa branca que havia no meio da parede, sentindo a madeira áspera embaixo espetar meus dedos.

E, D, C...

B4.

Parei diante da porta e tirei a chave da bolsa. Eram quase nove e meia, mas eu estava tão exausta que só queria dormir. Destranquei a porta e tirei a sapatilha na entrada. Minha tia só tinha duas regras no apartamento, e a primeira era sempre tirar os sapatos.

Quando me mudei na semana anterior, meus olhos percorreram todas as sombras altas, como se eu esperasse ver um fantasma. Uma pequena parte de mim queria ver um, ou talvez quisesse que pelo menos *uma* das histórias da minha tia fosse verdade. Claro que nenhuma era.

Dessa vez, nem olhei para cima ao entrar. Não acendi a luz. Não observei as sombras para ver se estavam mais estranhas, se havia alguma nova.

Ela dizia que aquele apartamento era mágico, mas no momento só parecia solitário.

– É segredo – dissera ela com um sorriso, encostando o dedo nos lábios.

A fumaça do Marlboro dela saía pela janela aberta. Ainda me lembro desse dia como se fosse ontem. O céu estava limpo, o verão estava quente e a história da minha tia havia sido fantástica.

– Você não pode contar para ninguém. Se contar, talvez nunca aconteça com você.

– Eu não vou contar! Não vou contar pra ninguém!

Eu tinha prometido, e cumpri a promessa por 21 anos.

Foi isso que ela me contou num sussurro, os olhos castanhos cintilando cheios de impossibilidades, e acreditei nela.

Naquela noite, o apartamento estava com o cheiro de sempre: alfazema e cigarro. O luar entrava pelo janelão da sala, e havia dois pombos pousados no ar-condicionado, encolhidos no ninho. Os móveis todos pareciam sombras de si mesmos, tudo ainda onde eu lembrava. Deixei a bolsa ao lado do banco de bar, a chave na bancada, e me joguei no sofá de veludo azul na sala. Ainda tinha o cheiro do perfume dela. Todo o apartamento tinha. Mesmo seis meses depois, mesmo eu tendo trocado a maior parte dos móveis dela pelos meus.

Peguei a manta de crochê no encosto do sofá, me encolhi embaixo dela e torci para adormecer. O apartamento passara a ser uma terra estranha para mim; faltava alguma coisa terrivelmente importante, mas ainda parecia mais a minha casa do que qualquer lugar no mundo poderia parecer. Como um lugar que já conheci, mas que não me acolhia mais.

Desejei odiar aquele lugar que ainda poderia ser o lugar onde a minha tia morava. Era como se ela fosse sair do quarto, rir de mim no sofá e dizer: *Ah, querida, já vai dormir? Eu ainda tenho meia garrafa de merlot na geladeira. Levanta, a noite é uma criança! Vou fazer uns ovos. Vamos jogar cartas.*

Mas ela morreu e o apartamento ficou, junto com os segredos falsos e bobos que ela contava sobre ele. Além do mais, se o apartamento *fosse* mesmo mágico, por que ainda não tinha me levado de volta para a minha tia, nas centenas de vezes em que entrei e saí, entrei e saí nos últimos seis meses?

Seria por isso que eu ainda estava ali, sozinha, naquele sofá, ouvindo os sons de uma cidade que continuava seguindo em frente, em frente, em frente, enquanto eu ainda sofria num lugar do passado?

Era mentira, e aquele era só um apartamento como o A4, o K13 ou o B11, e eu estava velha demais para acreditar num lugar que poderia me carregar para uma época que não existia mais.

O apartamento dela.

Mas, agora, meu.

4

Estranhos num tempo estranho

Uma mão no meu ombro me balançou para me acordar.

– Mais cinco minutinhos – murmurei, afastando-a.

Meu pescoço estava doendo, e o latejar na minha cabeça me fez querer me enterrar no sofá com todas as migalhas de biscoito, para nunca mais voltar. Estava tão silencioso que achei ter ouvido uma pessoa na cozinha. Minha tia cantarolando. Pegando sua caneca favorita, a lascada que dizia F*DA-SE O PATRIARCADO. Preparando um bule de café.

Quase foi como antes, quando eu chegava tarde da noite, a cabeça cheia de vinho, cansada demais (e bêbada demais) para ir até meu apartamento no Brooklyn. Eu sempre dormia no sofá e acordava de manhã com a boca seca e um copo de água na mesa de centro na minha frente, e ela estaria à mesa amarela da cozinha, esperando que eu contasse todas as fofocas da noite. Os autores aprontando todas, as assessoras lamentando a falta de homens interessantes com quem sair, o agente que teve um caso com um autor, o último encontro que Drew e Fiona arrumaram para mim.

Mas, quando abri os olhos, pronta para contar para a minha tia sobre a aposentadoria de Rhonda, outro namoro fracassado e o chef novo que Drew queria contratar…

Lembrei.

Eu morava ali agora.

A mão balançou meu ombro de novo, o toque suave, mas firme. E uma voz gentil e grave disse:

– Oi, oi, acorda.

Duas coisas me ocorreram nessa hora.

Um, minha tia estava morta. Mortíssima.

Dois, tinha um homem no apartamento dela.

Cheia de medo, dei um impulso para me sentar e estendi as mãos como uma louca. Acertei o invasor. Na cara. O homem deu um grito e segurou o nariz ao mesmo tempo que fiquei de pé e subi no sofá com a almofada decorativa da minha tia – com borlas e estampa com a cara do Jeff Goldblum – para me defender.

O estranho levantou os braços.

– Estou desarmado!

– Eu, não!

E o acertei com a almofada.

Bati nele de novo e de novo, até que ele recuou para o meio da cozinha, as mãos erguidas em rendição.

E foi nessa hora, no meu estado meio sonolento de autopreservação, que dei uma boa olhada nele.

Ele era jovem, com 20 e poucos anos, barbeado e de olhos grandes. Minha mãe diria que ele tinha uma beleza juvenil. Estava usando uma camiseta escura com gola meio arregaçada, com um picles desenhado na frente e as palavras NÃO IMPICLES COMIGO, MANO e uma calça jeans surrada que já tinha passado por dias melhores. O cabelo castanho-avermelhado estava despenteado, e os olhos eram de um cinza tão claro que quase pareciam brancos, num rosto pálido e bonito com sardas nas bochechas.

Virei a almofada para ele de novo enquanto descia (sem nenhuma graciosidade) pelo encosto do sofá e o avaliava. Era um pouco mais alto do que eu, com braços e pernas compridos, mas eu tinha unhas e vontade de viver.

Eu podia enfrentá-lo.

Miss Simpatia me ensinou autodefesa básica, e eu era no mínimo uma millennial preparada e deprimida.

Ele me olhou com hesitação, as mãos ainda no ar.

– Eu não queria te assustar – disse, em tom de desculpas, com um sotaque leve do sul. – Você deve ser… hum, você é a Clementine?

Ao ouvir meu nome, ergui a almofada ainda mais.

– Como é que você sabe?

– Bom, é que…

– Como você entrou aqui?

– Pela, hã, porta da frente, mas...

– Há quanto tempo você está aqui? Estava me vendo dormir? Que tipo de pervertido v...

Ele me interrompeu.

– Tudo bem. Quer dizer, eu não vi você dormir a noite toda. Estava no quarto. Me vesti, vim pra cá e te vi no sofá. Minha mãe é amiga da sua tia. Ela sublocou o apartamento pra mim no verão e disse que eu talvez tivesse visita.

Isso não fazia muito sentido.

– *O quê?*

– Analea Collins – respondeu ele com a mesma hesitação confusa, e tentou pegar uma coisa no bolso de trás. – Aqui, viu...?

– Não *ouse* se mexer – falei.

Ele ficou imóvel e depois começou a erguer lentamente as mãos.

– Tudo bem... mas eu tenho um bilhete.

– Me dá, então.

– Você mandou... você mandou eu não me mexer.

Fiz cara feia para ele.

Ele pigarreou.

– Pode pegar. Bolso de trás, na esquerda.

– Eu não vou pegar *nada*.

Ele me olhou exasperado.

Ah. É. Eu mandei que ele não se mexesse.

– Tudo bem.

Eu me aproximei dele com cuidado e estendi a mão para o bolso traseiro esquerdo...

– E aqui vemos o raro cavalheiro na natureza – começou ele a narrar, fazendo um sotaque australiano horrível. – Cuidado. É preciso abordá-lo com cautela para não afugentá-lo...

Fiz cara feia de novo.

Ele ergueu uma única sobrancelha irritante.

Peguei o que havia no bolso dele e me afastei rapidamente. Ao recuar, reconheci a chave do apartamento da minha tia. Sabia que era dela porque ficava num chaveirinho que ela comprara no aeroporto de Milão anos antes, quando fomos lá depois da minha formatura do ensino médio. Eu achava que aquela chave estava perdida. E com ela havia um bilhete, dobrado no formato de uma cegonha de papel.

Eu o desdobrei.

> *Ivan,*
>
> *Que bom isso ter dado certo! Manda um oi para a sua mãe e não deixa de olhar a caixa de correspondências todos os dias. Se Mal-Amada e Besta Quadrada aparecerem na janela, não abra. Eles mentem. Espero que você goste de Nova York, a cidade fica bem linda no verão, ainda que meio quente. Tchauzinho!*
>
> *Bjs, AC*
>
> *(P.S. Se você encontrar uma idosa vagando pelos corredores, seja fofo e mande a Srta. Norris de volta para o G6.)*
>
> *(P.P.S. Se minha sobrinha aparecer, diz para Clementine que eu subloquei o apartamento para você no verão. Lembre a ela dos verões no exterior.)*

Fiquei olhando para o papel por mais tempo do que precisava. Apesar de ter incontáveis cartões de aniversário e de Natal da minha tia guardados no meu porta-joias, ver novas palavras escritas com a caligrafia dela me deixou com um nó na garganta. Porque eu achava que não veria mais novas combinações.

Era bobagem, eu sabia.

Mas era um pouco mais dela do que eu tinha antes.

Verões no exterior...

O estranho me arrancou dos meus pensamentos quando falou com muita convicção:

– Tudo faz sentido agora?

Cerrei a mandíbula.

– Na verdade, não.

A ousadia dele vacilou.

– *Não?*

– Não.

Porque a Srta. Norris tinha falecido três anos antes, um casal jovem tinha se mudado para o apartamento dela e jogado fora todas as caixas de música antigas e o violino, porque ela não tinha para quem deixá-los. Minha tia queria guardar, mas, antes que pudesse fazer isso, elas foram parar na calçada, estragando na chuva.

– Eu não sei o que você acha que significa *sublocar*, mas não significa que você pode entrar aqui em qualquer verão só porque quer.

Ele franziu as sobrancelhas, irritado.

– Qualquer verão? Não, eu falei com ela semana passada…

– Não tem graça – respondi, abraçando o rosto de lantejoulas de Jeff Goldblum junto ao peito.

Ele piscou e assentiu lentamente.

– Tudo bem… Vou pegar as minhas coisas e vou embora, tá?

Tentei não parecer aliviada demais quando respondi:

– *Ótimo.*

Ele abaixou as mãos e se virou em silêncio para o quarto da minha tia. Lá dentro, eu esperava ver a minha cama de casal com a cabeceira preta de metal da IKEA, mas tive um vislumbre de um cobertor que não via desde que o tinha empacotado seis meses antes. Afastei o olhar rapidamente. Só *parecia* ser aquele cobertor. Mas não podia ser.

Senti um aperto no peito, mas tentei afastar a sensação. *Aconteceu quase seis meses atrás*, falei para mim mesma. *Ela não está aqui.*

Quando ele começou a arrumar as coisas, eu me virei e andei pela sala. Eu sempre andava de um lado para o outro quando estava nervosa. O apartamento estava mais luminoso do que eu lembrava, com o sol entrando pelo janelão.

Passei por uma foto na parede, da minha tia sorrindo na frente do Teatro Richard Rodgers na noite de estreia de *A importância do coração*. Eu sabia que tinha tirado a foto da parede quando me mudei na semana anterior. Estava no depósito, junto com o vaso que se encontrava agora na mesa e os pavões coloridos de porcelana no parapeito da janela, que ela tinha comprado no México.

    E aí reparei no calendário na mesa de centro. Eu poderia jurar que tinha jogado aquilo fora, e sabia que tia Analea havia parado de acompanhar a passagem dos dias, mas não por *sete anos*...

– Bom, acho que peguei tudo. Vou deixar as compras na geladeira – acrescentou o estranho, com uma bolsa no ombro ao sair do quarto da minha tia, mas mal reparei nele.

Meu peito estava apertado.

Eu mal conseguia respirar.

Sete anos... Por que o calendário era de sete anos antes?

    E onde estavam as *minhas* coisas? As caixas que eu ainda precisava desfazer, que estavam no canto? E as fotos que eu tinha pendurado nas paredes?

    Será que ele tinha tirado as minhas coisas? Guardado em algum lugar só para me provocar?

Ele parou na sala.

– Você... está bem?

Não. Eu não estava bem.

    Sentei-me pesadamente no sofá, apertando tanto os dedos em volta do rosto de Jeff Goldblum que as lantejoulas começaram a estalar. Comecei então a notar um monte de coisinhas, porque a minha tia nunca mudava nada no apartamento e, quando faltava alguma coisa ou algo mudava, era fácil de ver. A cortina que ela havia tirado três anos antes, depois que um gato que ela trouxe da rua fez xixi nela. A vela de Santa Dolly Parton na mesa de centro, que botou fogo no robe de penas dela, ambos jogados pela janela. A manta que eu tinha usado para me cobrir na noite anterior, que deveria estar numa caixa no armário do corredor.

    Havia tantas coisas que estavam *ali* que *não deveriam estar mais ali*.

Inclusive...

    Meus olhos pousaram na poltrona de encosto alto, azul como um ovo de tordo. A poltrona que não estava mais lá. Que *não deveria* estar lá. Porque... porque estava...

– A minha tia. Ela disse para onde foi? – perguntei, a voz tremendo, embora já soubesse.

Se foi sete anos antes, ela estaria...

Ele massageou a nuca.

– Hã, acho que ela disse Noruega.

Noruega. Correndo de morsas, tirando fotos de geleiras e pesquisando passagens de trem para a Suíça e para a Espanha, carregando uma garrafa de vinho vintage que ela tinha comprado num mercado de esquina em frente ao nosso albergue.

Pontos pretos começaram a surgir nos cantos da minha visão. Eu não conseguia respirar fundo o bastante. Parecia que havia algo entalado na minha garganta, que não havia ar suficiente, que meus pulmões não queriam cooperar, e...

– Merda – sussurrou ele, largando a bolsa. – O que foi? O que eu posso fazer?

– Ar – falei, ofegante. – Eu preciso... fresco... preciso...

Ir embora. Não voltar nunca mais. Vender aquele apartamento e me mudar para o outro lado do mundo e...

Em duas passadas, ele estava na janela.

Alarmada, balancei a cabeça.

– Não, não...!

Ele a abriu.

O que veio em seguida foi algo digno de *Os pássaros*, de Alfred Hitchcock. Porque a minha tia tomava o cuidado de dar nome a tudo que adotava. O rato que morou atrás das paredes dela por alguns anos? *Bate-paredes*. O gato que ela adotou e que mijou na cortina? *Free Willy*. A geração de pombos que procriava no ar-condicionado dela desde que eu me entendia por gente?

Dois borrões em cinza e azul entraram no apartamento com arrulhos selvagens.

– *Filhos da pu...* – gritou o homem, protegendo o rosto.

Eles entraram como demônios saídos do inferno, ratos da noite, terrores vingadores.

– Os pombos! – gritei.

Um deles pousou com um baque forte na bancada, o outro deu uma volta pela sala antes de pousar no meu cabelo. As garras arranharam meu couro cabeludo e se emaranharam no meu cabelo já bagunçado.

– Tira daqui! – gritei. – Tira!

– Fica parada!

Ele pegou o pombo e tentou soltá-lo do meu cabelo com toda a delicadeza. Mas a ave não queria largar. Naquele momento, me perguntei se deveria raspar a cabeça toda. Mas as mãos dele foram gentis, e meu coração, que fora parar na garganta, bateu com mais racionalidade.

– Peguei, peguei, boa menina – murmurou ele com uma voz baixa e suave, apesar de eu não saber se estava falando com o pombo ou comigo.

Fiquei feliz por ele não conseguir ver o rubor que subiu pelas minhas bochechas.

E aí… estávamos livres. Eu me afastei do pombo e fui para trás do sofá, e ele o segurava com o braço esticado.

– O que eu faço? – perguntou, hesitante.

– Solta!

– Eu acabei de pegar!

Fiz uma mímica para demonstrar.

– PELA JANELA!

O pombo virou a cabeça como a garota de O exorcista e piscou para o cara. Ele fez uma careta e o jogou pela janela. O bicho saiu voando até o telhado em frente. O desconhecido deu um suspiro. O outro pombo piscou e arrulhou enquanto andava pela beirada da bancada, bicando a correspondência.

– Hã, esses aí devem ser… Mal-Amada e Besta Quadrada? – perguntou ele, meio que se desculpando.

Ajeitei o cabelo.

– *Agora* você se lembra do bilhete?

– Ela podia ter especificado que eram pombos – respondeu, e foi pegar o outro.

A ave começou a voar para longe, mas ele tentou encurralá-la.

Observei a cena com pânico crescente.

Sete anos antes, era para eu estar mochilando pela Europa com meu namorado da época, mas terminamos pouco antes da partida. Ao pensar nisso, percebo que fiquei mais abalada por isso do que por ele terminar comigo. Aí a minha tia apareceu na casa dos meus pais, com o lenço de viagem amarrado em volta da cabeça, os óculos de sol em formato de coração e uma mala ao lado. Sorriu para mim na varanda e disse:

– Vamos mirar na lua, ó querida Clementine.

E nós fomos.

Ela não sabia para onde íamos, e eu também não.

Eu e minha tia nunca tínhamos um plano quando partíamos atrás de uma aventura.

Ela me dissera que tinha sublocado o apartamento? Eu... não conseguia lembrar. Aquele verão foi uma confusão, e eu era outra garota, sem mapa, sem itinerário e sem destino.

"Este apartamento é mágico." A voz da minha tia ecoava nos meus ouvidos, mas não era verdade. Não *podia* ser verdade.

– Eu... tenho que ir – murmurei, pegando a bolsa ao lado do sofá. – Espero que você não esteja mais aqui quando eu voltar. Senão... você vai ver.

E saí correndo.

5

A casa dividida

Saí do elevador aos tropeços, inspirando fundo várias vezes, tentando fazer meu peito relaxar. Tentando me obrigar a me acalmar. Respirar.

Eu estava bem, eu estava bem...

Eu estou bem...

– Clementine! Bom dia – disse Earl, inclinando o quepe para mim. – Está chuviscando um pouco hoje... Aconteceu alguma coisa?

Aconteceu, tive vontade de dizer. *Tem um estranho no meu apartamento.*

– Eu vou sair para andar um pouco – falei depressa, abrindo um sorriso que eu *esperava* indicar que não havia nada de errado, e logo saí na manhã cinzenta.

Já estava tão abafado que a umidade grudava em mim como uma segunda pele, e a cidade estava barulhenta demais para nove e meia da manhã.

Eu tinha adormecido com a roupa do dia anterior, que percebi, naquele momento, ainda estar usando. Alisei a blusa, prendi o cabelo num rabo de cavalo curtinho e torci para que o borrão do rímel não estivesse *muito* grande. Mesmo que estivesse, tinha certeza de que não era a pessoa com a *pior* aparência no quarteirão.

Afinal, aquela era a cidade que não dormia.

Por que não contei a Earl sobre o homem no meu apartamento? Ele poderia ter ido até lá para expulsá-lo...

É porque você acredita na história.

A minha tia era boa em contar histórias, e a que contava sobre o apartamento sempre havia grudado em mim como cola.

Obviamente, o apartamento dela tinha suas desvantagens: os pombos no ar-condicionado se recusavam a ir embora dali, geração após geração, a sétima tábua do piso da sala rangia sem motivo aparente, e sob nenhuma circunstância a torneira e o chuveiro deviam ser abertos ao mesmo tempo.

– E – dissera ela seriamente naquele verão em que fiz 8 anos e achei que sabia o que tornava aquele apartamento mágico, só que não fazia ideia – ele dobra o tempo quando você menos espera.

Como as páginas de um livro, unindo um prólogo a um final feliz, um epílogo a um começo trágico, dois meios, duas histórias que nunca se encontram no mundo lá fora.

– Num momento você está no corredor, no presente – ela apontou para a porta de entrada, como se fosse uma jornada que já tivesse vivido, refazendo seus passos no mapa da memória – e no seguinte você abre a porta e desliza pelo tempo para o passado. Sete anos. – E, um pouco mais baixo: – São sempre sete anos.

Na primeira vez em que ela me contou essa história, sentada naquela sua poltrona azul como um ovo de tordo, um Marlboro na mão, ela só contou as partes boas. Eu tinha 8 anos, afinal, e meu primeiro verão com a minha tia se estendia à minha frente.

– Uns vinte anos atrás, bem antes de você nascer, o verão estava de lascar e uma tempestade caía lá fora. O céu brilhava de tanto relampejar...

Minha tia era uma ótima contadora de histórias. Ela me fazia querer acreditar em tudo que dizia, mesmo na época em que entendi que Papai Noel não existia.

Pelo que contou, ela tinha acabado de comprar o apartamento, e minha mãe havia ajudado com a mudança naquela manhã, as caixas com as coisas dela ainda empilhadas junto às paredes, com indicações nas laterais detalhando o que havia dentro numa caligrafia longa e curva. *Cozinha*, *quarto* e *música*. Ela havia acabado de encerrar sua carreira com *A importância do coração*, o espetáculo da Broadway que tinha estrelado. Estava com 27 anos, e todo mundo ficou perplexo por ela nunca mais querer subir no palco.

Segundo ela, o apartamento estava oco. Era como uma sala sem livros. O corretor de imóveis tinha conseguido o imóvel por um preço baixo. Ao que parecia o vendedor queria se livrar dele rápido, e minha tia não era do tipo que olhava os dentes de cavalo dado. Ela saiu para comprar comida (e vinho), porque não ia passar a primeira noite no apartamento novo dormindo no chão, num colchão inflável, sem a companhia de *pelo menos* um queijo brie e um merlot.

Ela voltou para o apartamento novo, mas alguma coisa estava errada.

Não havia caixas na sala. E o lugar estava *mobiliado*. Havia plantas para todo lado, discos de bandas antigas pendurados nas paredes, um aparelho de som enorme com um toca-discos embaixo do janelão da sala. Ela achou que tinha entrado no apartamento errado, por isso se virou e saiu...

Mas não, era o B4.

Ela voltou para dentro, e todos os móveis continuavam lá.

Havia também uma jovem desconhecida sentada no parapeito da janela, que estava aberta, recebendo qualquer brisa que pudesse aliviar o calor sufocante de um verão em Nova York. A umidade pairava no ar, pingando, o céu limpo, sem as nuvens de tempestade que deviam ter encharcado a cidade alguns momentos antes. A bermuda bege e comprida dela era grande demais, a regata tão fluorescente que poderia estar num comercial de roupa de ginástica. O cabelo louro estava preso num rabo de cavalo com um prendedor azul de tecido, e ela estava alimentando dois pombos, falando baixinho com eles, até reparar na minha tia e apagar o cigarro num cinzeiro transparente, erguendo bem alto as sobrancelhas grossas.

Como minha tia dizia, era a mulher mais linda que já tinha visto, com o sol a envolvendo numa aura de luz. Foi naquele exato momento que aconteceu.

("Você sempre sabe", dissera ela em tom conspiratório. "Você sempre sabe o momento em que acontece.")

A mulher olhou para a minha tia, confusa, e então...

– Ah, aconteceu de novo – concluiu ela.

– O que aconteceu? O que *está acontecendo*? Quem é você? – perguntou minha tia, sem encontrar palavras, porque estava certa de que havia entrado no apartamento certo.

Ela não tinha tempo a perder. O calor do verão já a deixara irritada, seus sapatos estavam molhados da chuva que parara do nada e ela precisava guardar o leite antes que estragasse.

A mulher se virou para ela com um sorriso.

– É meio estranho, mas você parece o tipo de pessoa que talvez acredite.

– Eu pareço tão boba assim?

Ela arregalou os olhos.

– Não foi isso que eu quis dizer. Você acabou de se mudar, não é? Para o Monroe... O nome ainda é esse, não é?

– Por que não seria?

A mulher bateu com o dedo nos lábios.

– As coisas mudam. Meu nome é Vera – disse ela, e estendeu a mão. – Eu morava aqui.

– Morava?

– Tecnicamente, ainda moro, para mim. – O sorriso de Vera se alargou, e ela indicou as compras da minha tia. – Pode guardar na geladeira. Eu estava indo fazer um fettuccine de verão, caso você queira ficar. Eu posso explicar.

Minha tia, nervosa, se virou rapidamente e foi na direção da porta de novo.

– De jeito *nenhum*.

Ela saiu e chamou o zelador, que destrancou a porta dela (a mesma de onde ela tinha saído, o B4, então ela *não tinha* entrado no lugar errado antes) e a deixou entrar no apartamento pequeno e vazio. As caixas de papelão a receberam. O zelador olhou o interior do apartamento para deixá-la tranquila, mas não encontrou a invasora baixinha em lugar nenhum, e minha tia também não via os móveis que estavam ali antes. Nem o toca-discos, nem as plantas, nada.

Ela só viu a mulher de novo alguns meses depois. Até lá, minha tia não estava mais dormindo no chão e tinha comprado uma poltrona de encosto alto azul como um ovo de tordo, que na mesma hora colocou no canto da sala. A geladeira estava abastecida de vinho e queijo, e havia um guia de viagem da Malásia aberto, virado para baixo, na bancada da cozinha.

Ela saiu do apartamento por um segundo, o tempo de pegar um pacote na caixa de correspondência no térreo, e, quando destrancou a porta e entrou, se viu naquele mesmo apartamento estranho de novo, com discos nas paredes e plantas nas bancadas, empilhadas no parapeito.

A mesma mulher, agora de cabelo curto, estava deitada num sofá puído que tinha saído de moda nos anos 1960. Ela olhou para a minha tia por cima de um exemplar de *Jane Eyre* e se sentou rapidamente.

– Ah, você voltou!

A mulher, aquela *Vera*, pareceu feliz em vê-la. Minha tia achou isso estranho. A maioria das pessoas, depois que ela implodiu a própria carreira, parecia só fitá-la com perplexidade ou um leve desprezo. Minha tia não sabia bem para onde ir, o que fazer. Deveria sair de novo, chamar o zelador?

("Obviamente, não foi o que eu fiz dessa vez", dissera minha tia, debochada, e balançou a mão no ar com desdém. "Ele não conseguiu resolver nem a minha *infestação de ratos*. E eu esperava que ele tirasse uma *pessoa* do meu apartamento? De jeito nenhum.")

Minha tia então aceitou o convite de Vera para comer um fettuccine, uma refeição que, ela descobriu depois, nunca era igual. Vera nunca media os ingredientes, e vê-la na cozinha era como presenciar um furacão personificado. Ela estava em todo lugar ao mesmo tempo, tirando coisas de qualquer jeito dos armários e as abandonando na bancada, esquecendo a panela fervendo no fogão, decidindo fazer uma salada de última hora ("Ah, mas com que *molho*?"), e o tempo todo ela contava para a minha tia uma história simplesmente impossível.

A história de um apartamento que às vezes escorregava pelo tempo... sete anos para a frente, sete anos para trás.

– Tipo a crise de sete anos de casamento? – perguntou minha tia com ironia, e Vera pareceu surpresa de ela *adivinhar* isso.

– Não, tipo meu número da *sorte*! Sete. Deve ser da sorte, já que você está aqui.

Minha tia jurava que nunca havia ficado tão nervosa na vida, mas, naquele momento, não teve ideia do que dizer. Elas conversaram por horas comendo uma massa al dente e uma salada murcha. Conversaram até a manhã estar rosada no horizonte. Riram tomando vinho barato, e, enquanto a minha tia me contava essa história, dava para ver a felicidade que enchia o rosto dela de juventude e amor. Nunca tive a menor dúvida de que ela amava Vera.

Ela a amava tanto que começou a chamá-la de "meu raio de sol".

E era sempre aí que minha tia parava na história, na grande revelação, no encanto e na magia daquele apartamento que resvalava pelo tempo. E, quando eu era criança, isso bastava. Era um final feliz, e eu pude existir naquele mesmo espaço, abrindo portas, torcendo para escorregar também para um passado desconhecido... ou talvez num *futuro*. Em sete anos eu teria sucesso? Seria popular? Bonita?

Teria a vida sob controle? Estaria apaixonada?

Ou, se eu escorregasse para o passado, encontraria a minha tia das fotos de quando nasci? A mulher mais calada e reservada que parecia meio perdida, e compreender por quê.

Eu nunca tinha entendido que ela só tinha me contado as partes boas naquela primeira tarde de verão, quando estava tentando preencher o silêncio.

Eu tinha 12 anos quando finalmente ouvi as partes tristes. Ela me pediu para prestar atenção, porque o sofrimento também era importante.

"A noite de verão estava fresca por causa de uma tempestade enquanto nós comíamos um fettuccine que nunca era igual..." Eu já conhecia a história de trás para a frente, desejando cada vez que entrava no apartamento da minha tia que ele decidisse me levar...

– Eu queria me casar com ela.

Ela falara isso baixo, na terceira taça de merlot, enquanto jogávamos uma partida de Scrabble na noite anterior ao nosso voo para Dublin. Eu me lembro muito bem daquele jantar, assim como o cérebro se prende a uma cena e a repete sem parar anos depois, mudando os detalhes de leve, mas nunca o resultado.

– Encontrar uma pessoa era um pouco mais difícil vinte e tantos anos atrás. Nós tínhamos nos encontrado em pontos do tempo com tanta frequência que eu conseguia identificar as linhas das mãos dela nas minhas. Tinha memorizado as sardas nas costas dela, desenhado constelações com elas. O apartamento sempre nos juntava quando estávamos em alguma encruzilhada, e, nossa, foram tantas: na carreira, na vida pessoal, nas amizades. Nós nos ajudávamos. Éramos as únicas que conseguiam. – Ela estava com uma expressão melancólica. – Eu achava que conseguiria encontrá-la, que seria fácil... que seria como ver uma pessoa conhecida do passado numa calçada cheia de gente, quando os olhares se cruzam e o tempo para. Mas o tempo nunca para – acrescentou, com amargura. – Muita coisa pode acontecer em sete anos.

Ela não estava enganada: em sete anos, eu iria para a faculdade. Em sete anos, teria meu primeiro namorado, minha primeira decepção amorosa. Em sete anos, teria um passaporte mais usado e surrado do que a maioria dos adultos que conhecia. Eu nem podia imaginar o que aconteceu naqueles sete anos entre a minha tia e Vera.

Não precisei.

Era simples e triste.

Quando ela encontrou Vera no presente, a mulher estava diferente. Havia mudado aos poucos, do jeito como os anos mudam as pessoas, e minha tia, com todo o seu amor por coisas novas e empolgantes, tinha medo de que o que elas viveram no apartamento deslocado do tempo não fosse durar. Tinha medo de que nunca fosse ser tão bom quanto havia sido. Que uma vida lado a lado fosse azedar, que o segundo gole não fosse tão doce, que o amor delas fosse crescer e ficar velho como pão, e que o coração delas fosse esfriar.

No final, Vera queria ter uma família e Analea queria o mundo.

"Eu a deixei livre", dissera minha tia, "em vez de impor o fardo que eu era."

E Vera seguiu em frente. Teve dois filhos. Voltou para a cidade natal dela para criá-los. Voltou para a faculdade. Tornou-se advogada. Cresceu, mudou e virou uma pessoa nova, como o tempo sempre fazia. E não olhou para trás.

O tempo todo, minha tia continuou igual, com medo de se apegar a qualquer coisa por muito tempo para que não estragasse.

Ela só tinha duas regras naquele apartamento: a primeira era sempre tirar os sapatos na porta.

A segunda: nunca se apaixonar.

Porque qualquer pessoa que você conhecesse ali, qualquer uma que o apartamento lhe permitisse encontrar, não poderia ficar.

Ninguém ficava naquele apartamento.

Ninguém ficaria.

Então por que o apartamento me daria alguém *agora*? Por que não a minha tia, a pessoa que eu queria ver? Por que me jogou numa época em que ela não estava lá, no apartamento alugado para um estranho encantador com olhos cinzentos e penetrantes?

Não importava. Ele já tinha ido embora quando voltei. O apartamento cometeu um erro, só isso... ou eu estava ficando louca. Fosse como fosse, não importava, porque o estranho não ficaria.

Eu me vi andando um pouco mais do que previa, até o Metropolitan Museum of Art. Eu sempre ia parar lá quando estava estressada ou perdida.

A atemporalidade dos retratos, as paisagens coloridas arrebatadoras, a visão do mundo por óculos manchados de tinta. Andei pelas galerias, e o tempo todo consegui ir conjurando um pouco mais de compostura. E um plano. Na volta, comprei um macchiato no café italiano em frente ao Monroe e virei como se fosse álcool, joguei o copo no lixo em frente ao prédio e fui para o último lugar onde queria estar.

6

Segundas chances

A caminhada do elevador até o apartamento da minha tia no quarto andar pareceu excepcionalmente longa, meu nervosismo começando a aumentar... como sempre acontecia nos últimos meses quando me aproximava da porta dela ("*sua* porta", ouvi Fiona dizer). O medo de entrar, misturado com a aflição de não saber se eu veria ou não aquele estranho, embrulhava meu estômago. Eu esperava de verdade que ele não estivesse lá.

Parei em frente ao B4, e a aldrava de metal me encarou, a cabeça de leão paralisada para sempre numa expressão que era um grito e um rugido ao mesmo tempo.

– Tudo bem, o plano é: se ele estiver aqui, vou expulsá-lo com o taco de beisebol do armário. Se ele tiver ido embora, ótimo – murmurei para mim mesma enquanto tirava a chave da bolsa. – Não surta como antes. Respira.

Era mais fácil falar do que fazer.

Minhas mãos estavam tremendo quando coloquei a chave na fechadura e a girei. Eu não era supersticiosa, mas a falação na minha cabeça (*Não esteja aqui. Esteja aqui*) era como arrancar as pétalas de uma flor.

A porta rangeu nas dobradiças enferrujadas, e enfiei a cabeça dentro de casa.

Não *ouvi* ninguém...

Talvez ele tivesse ido embora.

– Olá? – gritei. – Sr. Assassino?

Nenhuma resposta.

Se bem que, se ele *fosse* um assassino, responderia ao ser chamado assim? Eu estava pensando demais. Entrei e fechei a porta. O apartamento estava silencioso, a luz da tarde entrando em raios dourados e laranja pela cortina colorida de tafetá na sala. Partículas de poeira dançavam na luz do sol.

Deixei a bolsa no banco embaixo da bancada e verifiquei os cômodos, mas o estranho tinha sumido, assim como as coisas dele.

Quando olhei o apartamento direito, porém, meu alívio passou. O calendário ainda era o de sete anos antes. Os retratos na parede continuavam lá, os que a minha tia havia tirado, dado ou destruído, e os que eu tinha guardado no armário do corredor. A cama dela estava no lugar da minha no quarto e os livros dela continuavam de qualquer jeito na estante do escritório, embora eu tivesse certeza de que já tinha colocado a maioria em caixas.

E havia um bilhete, escrito no verso de uma notinha com uma caligrafia longa e confusa que não reconheci.

Desculpe a invasão. – I.

Virei a notinha. A data era de sete anos antes, de um mercadinho na esquina que já tinha virado uma loja de móveis caros, desses em que você encontra mobília estilo fazenda chique feita com madeira de demolição.

Meu peito se apertou de novo.

– Não, não, não, não – supliquei.

Os dois pombos estavam no parapeito, encostados no vidro como se quisessem estar dentro do apartamento para ver o show. Pareciam meio agitados por causa da manhã.

– *Não.*

Os pombos arrulharam, escandalizados.

Travei a mandíbula. Amassei a notinha e a joguei na bancada. Peguei a bolsa. E saí do apartamento. Fechei a porta.

Eu a destranquei de novo e entrei.

A notinha ainda estava lá.

Eu me virei. Saí do apartamento.

E voltei.

– Eu posso fazer isso o dia todo – falei para o apartamento, e tive vontade de me dar um tapa por *falar com um lugar inanimado*.

Parecia um pouco que eu estava falando com a minha tia. Ela era o tipo de pessoa que faria *exatamente* essa pegadinha comigo. Sempre implicávamos uma com a outra, apesar de eu amá-la. Ela dizia que eu amarrava os laços com força demais, vivia minha vida de forma organizada demais, como meus pais.

Eu gostava dos meus planos. Gostava de segui-los. Gostava de saber o que aconteceria e *quando* aconteceria.

Então, sim, esse era o tipo de coisa que a minha tia faria.

Na minha sexta reentrada, vi a notinha amassada e os pombos me olhando como se eu fosse uma idiota, então dei meia-volta...

E dei de cara com o estranho.

– Ah – disse ele, surpreso, os olhos claros bem arregalados –, você já voltou.

Dei um pulo para trás e ergui a bolsa.

– Eu juro por *Deus*...

– Eu tô de saída, sério – acrescentou ele com cautela, levantando as mãos em rendição –, mas é que esqueci minha escova de dentes.

Franzi a testa.

– Ah.

– Posso pegar?

Botei a bolsa no ombro de novo.

– Já que você pediu com educação...

Cheguei para o lado e o deixei entrar no apartamento. Ele estava com a bolsa de viagem transpassada, a etiqueta do aeroporto ainda na alça. Foi até o banheiro para pegar a escova, e eu fiquei no canto da sala, cutucando minhas cutículas. Ele voltou com a escova na mão, triunfante.

Quem sabe, quando ele for embora desta vez, eu volte para o meu tempo, pensei.

– É esquisito – disse ele, balançando a escova de dentes –, mas preciso dela.

– Eu sou bem chata com a minha. Precisa ter cerdas de borracha nas pontas – concordei, distraída, antes de lembrar que deveria chamar a segurança, já que o estranho tinha voltado.

Mas só para pegar a *escova de dentes*...

– Ah, aquelas que fazem massagem na gengiva? – perguntou ele. – Essas são boas.

– E detesto quando alguma pessoa sugere que eu use uma escova que ela tem guardada e ainda não foi usada. Não é a mesma coisa.

Ele levantou as mãos.

– Né? Não é a mesma coisa! Mas, agora que estou com a minha escova de dentes de apoio emocional, vou nessa. E, se eu tiver esquecido mais alguma coisa, pode mandar para cá – acrescentou, pegando uma caneta na caneca da bancada e anotando as informações num guardanapo.

Então o entregou para mim. Se reparou na notinha com o bilhete dele que eu tinha amassado, não disse nada.

Li o garrancho dele.

– Você é da Carolina do Norte?

– Isso, de Outer Banks.

– Está bem longe de casa.

Ele levantou o ombro, um movimento mais modesto do que desdenhoso.

– "A graça de viajar é a maravilhosa sensação de oscilar no desconhecido."

Inclinei a cabeça, achando a citação familiar.

– Anthony Bourdain?

O lado direito da boca dele subiu num sorriso torto encantador. Se fosse em qualquer outra hora, em qualquer outro lugar, talvez eu tivesse derretido bem ali.

– A gente se vê.

– Provavelmente não – falei.

– Provavelmente não – concordou o estranho, com uma risada envergonhada.

Ele fez uma saudação de despedida com a escova de dentes, e foi adorável.

Baixei o olhar, que pousou no calendário na mesa de centro. *Sete anos*.

Ele foi na direção da porta.

Fechei os olhos com força.

"O apartamento sempre nos juntava quando estávamos em alguma encruzilhada", minha tia havia contado sobre Vera. Então, ele devia ter me aproximado daquele homem também. Eu não ligava muito para qual era a encruzilhada em que estava; eu me vi fascinada pela lembrança da minha tia na porta da casa dos meus pais sete anos antes, me chamando para uma aventura, como se o tempo por si só fosse infinito. Como se ela soubesse, com aquele brilho nos olhos, que alguma coisa estava prestes a acontecer.

Ou talvez fosse por causa do que ela havia me dito.

Que às vezes o tempo dava um nó; às vezes, vazava como as aquarelas com que eu costumava pintar.

Ele morava num mundo onde a minha tia ainda existia, e se eu pudesse ficar naquele mundo, pelo tempo que fosse... Mesmo que fosse só dentro do apartamento. Mesmo que fosse só daquela vez. Mesmo que, na próxima vez em que eu saísse, o apartamento me enviasse de volta para a minha época...

Naquele apartamento, ela ainda estava viva em algum lugar do mundo.

Esse tipo de magia traz sofrimento, avisei a mim mesma, mas não importava, porque uma parte sensível e quase morta do meu coração que florescia no verão com a aventura e o fascínio sussurrou em resposta: *O que você tem a perder?*

Fosse o que fosse, eu me virei e falei, bem na hora que ele chegou à porta:

– Pode ficar.

O homem soltou a maçaneta e se virou para mim, uma expressão curiosa nos olhos brilhantes e claros. Eles me lembravam um pouco o tom das nuvens antes de um avião subir acima delas.

– Tem certeza? – perguntou, com aquele sotaque do sul.

– Tenho, mas... também tenho que ficar aqui agora – falei, dobrando o guardanapo dele e guardando-o no meu bolso de trás. Se me lembrava bem das histórias da minha tia sobre Vera, eu seria enviada de volta para o meu tempo em algum momento. – O meu apartamento está meio... – fiz uma pausa, revirando a mente atrás de uma boa mentira – ... inabitável. Ele... hã... está com uma infestação. De... hã. – Olhei para o parapeito da janela. Mal-Amada e Besta Quadrada estavam encolhidos sobre o ar-condicionado, cuidando um do outro depois da manhã atribulada. – Pombos.

Ele arregalou os olhos.

– Ah. Eu não sabia que podia ficar ruim assim.

– Ah, pode. Não é à toa que eles são chamados de ratos com asas. – Meu Deus, eu mentia muito mal, mas ele pareceu acreditar. *Jura?* Como eram os pombos no lugar de onde *ele* vinha? – Então... enquanto a minha tia estiver fora, ela me disse para cuidar do apartamento dela, e pensei em ficar aqui uns dias enquanto o problema se resolve. – Finalmente voltei a olhar para ele. – Desculpa se fui meio cruel de primeira. É que você me surpreendeu. Mas se a minha tia disse que você podia ficar...

– Obrigado, obrigado! – Ele juntou as mãos, como se em oração. – Eu juro, você não vai nem perceber que eu estou aqui.

Eu duvidava muito disso, pois era quase impossível ignorar alguém como ele. *Parecia* uma pessoa barulhenta, mas era hipnotizante de olhar. Andava pelo mundo com um ar de indiferença, como se não se importasse com o que ninguém pensava. Era contagiante. Eu me mexi com desconforto, porque estava começando a cair a ficha de que aquilo era real e que a história da minha tia era verdade. Era exatamente o que eu tinha desejado por anos: abrir o apartamento dela, prender a respiração, esperar ser levada...

Só que precisava acontecer *agora*, depois que a minha tia havia morrido, depois que deixei de acreditar em coisas impossíveis?

Por que eu não podia encontrar alguém menos... *entusiasmado*? Aquele homem parecia capaz de existir em qualquer lugar e chamar de lar, assim como a minha tia, assim como a pessoa que eu queria ser.

– Para compensar o fato de termos começado com o pé esquerdo – disse ele, e inclinou a cabeça para o lado de um jeito juvenil –, posso fazer nosso jantar?

Nosso. Isso me surpreendeu. Senti o peito apertar. Afastei rapidamente o olhar.

– Hã, claro. Acho que tem molho de tomate na despensa.

– Ah, isso é ótimo, mas tenho outra coisa em mente. – O sorrisinho virou um sorriso largo, radiante e torto e, *ah, não*, muito encantador, como se ele tivesse cem segredos guardados nos cantos dos lábios que mal podia esperar para me contar. – Uma das minhas receitas favoritas. Meu nome é Iwan, aliás.

Ele estendeu a mão. Ainda nem tinha tirado a bolsa de viagem do ombro.

Respirei fundo e apertei a mão dele. A ponta dos seus dedos era dura e calejada, havia cicatrizes nos dedos, queimaduras nas mãos. Eram mãos quentes, com um aperto firme, que derreteu todo o nervosismo que eu sentia segundos antes. Talvez a situação não fosse tão ruim.

– Clementine – respondi.

– Ah, tipo...

Apertei a mão dele com mais força e falei:

– Se você cantar aquela música, talvez eu precise te matar.

Ele riu.

– Eu? Imagina.

Soltei a mão do novo hóspede, e ele finalmente tirou a bolsa do ombro e a largou ao lado do sofá, logo indo para a cozinha. Eu o segui, cansada. Ele puxou as mangas já curtas da blusa, pegou uma tábua de corte na bancada e virou-a pelo cabo com um floreio.

Era uma ideia péssima. A pior do mundo. O que tinha *me dado* na cabeça para aceitar aquilo?

Ele olhou para mim, parada na entrada da cozinha, e perguntou se eu aceitava um copo d'água... ou de algo um pouco mais forte enquanto esperava.

– Mais forte – decidi, desviando os olhos daquele homem bonito na cozinha da minha tia, começando a sentir que tinha cometido um erro grave. – Com certeza mais forte.

7

Conhecendo melhor

Fiquei observando do banquinho enquanto Iwan ficava à vontade na cozinha da minha tia. Nós duas costumávamos comer comida congelada ou sair, e, na última semana desde a mudança, eu vinha comprando minhas refeições no meu restaurante tailandês favorito. A cozinha era um campo de batalha estranho para mim, um lugar pelo qual passava cautelosamente a caminho do quarto ou aonde ia pegar outra taça de vinho. Eu sabia cozinhar o básico – minha mãe tinha cuidado disso antes de eu ir para a faculdade, afinal, não deixaria a filha *passar fome*. Mas eu nunca tinha me interessado muito pela arte de cozinhar. Iwan, por outro lado, parecia se encaixar muito bem ali, como se já soubesse onde tudo estava. Ele tinha pegado um estojo de facas de couro surrado dentro da bolsa, que havia sido colocada de volta no quarto, e arrumado os utensílios na bancada.

– Então – perguntei, segurando uma taça de vinho rosé barato que minha tia havia comprado antes de viajar –, você por acaso é chef?

Ele pegou um saco com legumes na geladeira. Eu nem tinha percebido que ele a enchera de comida. A geladeira não via nada além de restos de comida havia uma semana pelo menos. Ele indicou as facas.

– Elas me entregaram?

– Um pouco. Sabe como é, meu poder de dedução é ótimo. Além do mais, por favor, diz que sim. A alternativa é que você é o Hannibal e eu estou correndo grave perigo.

Ele apontou para si mesmo.

– Eu pareço ser o tipo de pessoa que estragaria um jantar perfeitamente aceitável com um corte de lombo humano?

– Sei lá, nem te conheço.

– Ah, bom, isso é *fácil* de resolver – disse ele, apoiando as mãos dos dois lados da tábua de corte e se inclinando sobre o balcão. Havia uma tatuagem na parte de dentro do braço direito dele, uma estrada serpenteando entre pinheiros. – Eu estudei na UNC Chapel Hill com bolsa, planejando fazer direito como a minha mãe e a minha irmã, mas larguei depois de três anos. – Ele deu de ombros daquele jeito tímido de novo. – Trabalhei em algumas cozinhas enquanto tentava decidir o que queria fazer, e era o único lugar onde eu me sentia à vontade. Meu avô praticamente me criou numa cozinha. Então, decidi estudar na CIA.

– Na CIA...?

Sua boca se retorceu num sorriso.

– Culinary Institute of America.

– Ah, esse era o meu segundo palpite – respondi, assentindo.

– Me formei em artes culinárias lá e aqui estou, procurando emprego.

– Você está mirando na lua – falei, maravilhada, mais para mim mesma do que para ele, pensando na minha própria carreira: quatro anos na faculdade fazendo história da arte e sete trabalhando para subir lentamente na Strauss & Adder.

– Na lua?

Constrangida, respondi:

– É uma coisa que a minha tia sempre diz. É uma das regras principais dela. Tipo mantenha o passaporte em dia, sempre sirva vinho tinto com carne e branco com todo o resto... – Fui contando nos dedos. – Encontre um trabalho gratificante, se apaixone e sempre mire na lua.

Ele segurou um sorriso e tomou um gole de bourbon.

– Parecem bons conselhos.

– Acho que sim. E você tem quantos anos? – Eu o observei por um momento. – Vinte e cinco?

– Vinte e seis.

– *Nossa*. Estou me sentindo velha.

– Você não pode ser muito mais velha do que eu.

– Vinte e nove, quase trinta – respondi, com pesar. – Já com um pé na cova. Encontrei um cabelo branco outro dia. Fiquei pensando se deveria descolorir tudo.

Ele soltou uma risada.

— Não sei o que vou fazer quando começar a ficar com cabelo branco. Não vou assumir o grisalho. Meu avô não assumiu. Talvez eu raspe a cabeça.

— Acho que você ia ficar com um ar refinado com uns fiozinhos brancos — refleti.

— *Refinado* — repetiu ele, gostando do som. — Vou dizer ao meu avô que você falou isso. Em todo caso, meu histórico de persistir nas coisas não é dos melhores. Quando falei que queria estudar na CIA, minha mãe ficou enlouquecida, porque eu estava a um ano de tirar o diploma de administração, mas não conseguia me ver num escritório todo dia. Então, aqui estou. — Ele fez um floreio com as mãos como se fosse um truque mágico, mas tinha um brilho nos olhos quando falou: — Tem uma vaga num restaurante famoso e eu quero entrar.

— Como chef?

Com uma seriedade absoluta, ele respondeu:

— Como lavador de pratos.

Quase engasguei com o vinho.

— Desculpa. Você tá brincando?

— Depois que entrar, posso subir lá dentro — respondeu, com outro movimento tímido do ombro, e enfiou a mão no saco de papel para pegar alguma coisa.

Ele tirou um tomate, pegou a faca grande de chef do estojo surrado, a lâmina afiada, e começou a picá-lo. Os cortes eram rápidos, sem hesitação, o prateado da lâmina brilhando sob a luz amarelada do lustre colorido e horroroso que minha tia "salvara" da rua.

— Então — disse ele enquanto trabalhava —, agora que sabe tudo sobre mim, e você?

Suspirei.

— Aff, e *eu*? Cresci em Hudson Valley e depois Long Island, e vim para cá alguns anos atrás. Estudei história da arte na NYU, arrumei um emprego em editora e agora aqui estou.

— Você sempre quis trabalhar em editora?

— Não, mas gosto de onde estou agora.

Tomei outro gole do meu rosé, pensando se deveria contar a ele as outras coisas sobre mim: as viagens para o exterior, o passaporte com tantos carimbos que qualquer viajante experiente ficaria impressionado. No entanto, cada vez que eu o mostrava para alguém, a pessoa formava uma ideia sobre mim: a de que eu era uma filha do caos com um coração selvagem, quando, na verdade, era só uma garota assustada agarrada ao casaco azul da minha tia enquanto ela me levava pelo mundo. Só queria que aquele estranho visse minha versão real, a versão que nunca saía da cidade, ultimamente nem mesmo para visitar os pais em Long Island, a versão que ia trabalhar, voltava para casa, assistia a reprises de *Survivor* no fim de semana e não conseguia separar nem algumas horas para ir à exposição de arte do ex-namorado.

Achei melhor não contar nada disso.

– Bem, essa sou eu, em resumo. Uma graduada em história da arte que virou assessora de imprensa no mercado editorial.

Ele me observou e repuxou os lábios. Tinha uma sarda do lado esquerdo do lábio inferior para a qual era quase impossível não olhar.

– Eu tenho a impressão de que você está se subestimando.

– Ah, é?

– É intuição – disse ele, pegando mais um tomate no saco de papel e erguendo um ombro só outra vez. – Sou muito bom em decifrar as pessoas.

– Ah, é?

– Na verdade, tenho quase certeza de que estou prestes a descobrir sua cor favorita.

– É...

– Não! – gritou ele, esticando a faca na minha direção. – Não. Eu vou adivinhar.

Isso me fez achar graça. Olhei diretamente para a ponta da faca até ele perceber que estava com ela virada para mim e levá-la de volta à tábua de corte.

– Vai, é?

– É meu único superpoder, me deixe te impressionar com ele.

– Tudo bem, tudo bem – falei, porque tinha certeza de que ele não ia adivinhar, afinal, era uma das coisas mais surpreendentes sobre mim.

Eu o vi empurrar o tomate picado para a lateral da tábua e pegar uma cebola para descascar. Ele era muito hábil com as mãos, hipnotizante de um jeito que eu poderia observar por horas.

– E aí? – perguntei. – Qual é minha cor favorita?

– Ah, não vou adivinhar agora – respondeu, timidamente. – Por enquanto mal te conheço.

– Não tem muito para conhecer. – Dei de ombros e o observei picar a cebola. – Sou bem sem graça. A minha tia que tinha todas as histórias legais.

– Você e sua tia são próximas?

Ergui o olhar das mãos dele, ainda fascinada pelo movimento delas.

– Hã?

Ele ergueu o olhar para me encarar. Seus olhos eram do cinza-claro mais lindo do mundo, mais escuros no meio do que nas beiradas, de forma tão suave que era preciso chegar bem perto para ver.

– Você e sua tia, vocês parecem próximas.

O verbo no presente me fez estremecer. Foi inesperado e surpreendente, como um balde de água fria na cara. *Certo, nessa época ela ainda está viva, em algum lugar da Noruega comigo, sendo perseguida por uma morsa na praia.* Por um momento, era como se ela realmente estivesse ali. De carne e osso. Como se ela fosse entrar dançando no apartamento e me puxar para um dos abraços de urso dela, e eu sentiria seu cheiro, de cigarro Marlboro, perfume Red e toques de lavanda do seu sabão em pó. *Ó querida Clementine*, ela diria. *Que surpresa deliciosa!*

Engoli o nó que se formava na minha garganta.

– Eu... acho que somos próximas.

Colocando a cebola picada numa outra tigela, ele me olhou e franziu a testa.

– Essa cara de novo.

Eu pisquei, afastei meus pensamentos e tentei me fazer de desentendida.

– Que cara?

– Como se você tivesse chupado um limão. Você já fez essa cara.

– Não sei do que você está falando – respondi, envergonhada, e levei as mãos ao rosto. – Que cara é essa?

Ele riu de um jeito suave e gentil, deixando a faca de lado.

– Você franze as sobrancelhas. Posso?

– Hã... claro.

Ele estendeu a mão por cima da bancada e encostou o polegar no meio das minhas sobrancelhas, esticando a pele.

– Aqui. Como se você estivesse surpresa de estar com vontade de chorar.

Fiquei olhando para ele com um rubor subindo pelas bochechas. Eu me inclinei para trás rapidamente.

– Eu... *não faço* isso – falei, envergonhada. – Você tá vendo coisas.

Ele pegou a faca de novo e começou a limpar um pimentão.

– Você que sabe, Limão.

Olhei de cara feia para ele.

– É *Clementine*.

– Só vou te chamar de Limão agora, por causa dessa cara que você faz.

– Eu te odeio.

Ele fingiu arquejar, largou a faca e colocou as mãos no peito.

– Já, Limãozinho? Pelo menos espera pra experimentar a minha comida!

– Eu vou ganhar um jantar chique hoje?

Ele suspirou.

– Aff, desculpa. Eu não trouxe a louça fina. Só as facas finas. – E pegou a faca de chef de novo. – Esta é a Bertha.

Arqueei uma sobrancelha.

– Você dá *nome* para as facas?

– Para todas. – Ele apontou para as outras facas na bancada e as apresentou: – Rochester, Jane, Sophie, Adele...

– São só personagens de *Jane Eyre*.

– São do meu avô – respondeu, como se isso explicasse tudo.

Olhei para a que ele estava usando. O cabo parecia mesmo meio gasto, e o brilho prateado meio fosco. Mas as facas eram amadas e bem cuidadas.

– Ele era chef?

– Não. Mas queria ser – respondeu ele, baixinho.

Senti que era um assunto difícil. O avô ainda estava vivo? Ou ele tinha herdado as facas como eu tinha herdado o apartamento?

Se bem que eu tinha *certeza* de que as facas dele não eram do tipo que viajava no tempo.

– Bem – falei, terminando meu vinho –, infelizmente, sem louça fina, eu vou continuar sendo uma ignorante em termos gastronômicos.

Ele fez um *tsc* de reprovação.

– Alguns dos meus amigos argumentariam que é impossível ser ignorante em relação a comida porque essa ideia de comida *sofisticada* deriva da gentrificação das receitas em geral.

O jeito como ele falou essas palavras e a seriedade com que as disse foram incrivelmente atraentes. Meu estômago despencou por um instante quando me peguei pensando: *Se ele é bom assim com as palavras, como será com...*

– Então eu *sou* sofisticada? – perguntei, me recompondo.

– Você é quem é, e gosta do que gosta – respondeu, e não havia sarcasmo na voz dele. – Você é você, e é um jeito lindo de ser.

– Você mal me conhece.

Ele estalou a língua no céu da boca e me observou por um momento, os olhos um pouco mais escuros do que antes.

– Acho que a sua cor favorita é amarelo – supôs, e viu a surpresa surgir no meu rosto. – Mas não um amarelo vibrante, mais para dourado. A cor do girassol. Essa talvez seja até sua flor favorita.

Meu queixo caiu.

– Devo entender que cheguei perto? – perguntou, com a voz suave, e sua arrogância me deixou completamente encabulada.

– Deu sorte – respondi, e ele abriu um sorriso tão amplo que os olhos cintilaram. – E qual é a sua?

Aquele sorriso torto curvou seus lábios. Ele fez o *tsc* de reprovação de novo.

– Isso seria trapaça, Limãozinho – ronronou. – Você vai ter que adivinhar.

Ele se afastou da bancada e voltou a cozinhar. E, do nada, o momento de tensão explodiu como uma bolha, apesar de eu ainda estar meio desconcertada por ter ficado tão perto dele.

Peguei a garrafa de rosé e enchi a taça; eu estava precisando. Acho que tinha dado um passo maior do que a perna. Se ele tinha 26 agora, teria... 33 no meu tempo? Provavelmente alugava um apartamento na área de Williamsburg se morasse na cidade, com uma companheira e um cachorro *no mínimo*. (Ele parecia ser do tipo que preferia cachorro.)

Ele não usava aliança, mas muita coisa acontecia em sete anos.

Muita coisa *podia* acontecer.

A história da minha tia estava fresca na minha memória. Primeira regra: sempre tirar os sapatos na porta.

Segunda: nunca se apaixonar naquele apartamento.

Eu não estava tão preocupada com isso.

Ele pegou uma frigideira e a girou na mão, quase acertando a própria têmpora. Tentou agir como se não tivesse quase se nocauteado quando colocou a frigideira na boca do fogão.

– Eu não perguntei – disse ele –, mas por você tudo bem a gente comer fajita hoje? É receita de um amigo.

Fingi ficar ofendida e segurar meu cordão de pérolas imaginárias.

– Nada de sopa de ervilha para as minhas papilas gustativas delicadas?

– Dane-se a sopa de ervilha. – Mais baixo, ele acrescentou: – Isso vai rolar amanhã à noite.

8

Romance de chocolate

As fajitas estavam surpreendentemente deliciosas.

– Não sei se deveria ficar feliz ou meio ofendido por você estar tão surpresa – murmurou ele, servindo mais bourbon (que também tinha usado para temperar as tiras de carne ao cozinhá-las).

Nós nos sentamos à mesa amarela da minha tia na cozinha e comemos as melhores fajitas que já provei na vida. A carne estava macia; devia ser fraldinha, tão suculenta que derretia na boca, com um retrogosto daquele sabor defumado de bourbon. O tempero estava doce, mas ao mesmo tempo picante, com pimenta-malagueta em pó apenas o suficiente para contrabalançar a pimenta-caiena. O pimentão e a cebola estavam crocantes e ainda chiavam quando ele levou a frigideira até o centro da mesa, junto com tortilhas quentes, creme azedo, guacamole e molho picante.

Ele me disse que tinha aprendido aquela receita com o colega de quarto quando estava na escola de culinária chique e que era uma receita especial de família. Então, mesmo que eu tivesse adorado, ele não podia compartilhar a receita, já que tinha jurado segredo.

– Um dia vou convencê-lo a abrir um restaurante, ou pelo menos um food truck – acrescentou, pegando pedaços de pimentão que tinham sobrado no prato –, e ele vai me agradecer.

– Senão ele vai ver só! – brinquei.

Comi mais um pedaço de fajita, percebi que estava satisfeita e que não conseguia comer mais nada, e afastei o prato com um grunhido.

– Tudo bem, já decidi: se você continuar cozinhando assim, pode ficar pelo tempo que quiser.

Ele cortou um pedaço de tortilha, pegou uma porção de pimentão e de carne e comeu tudo junto.

– Essa é uma declaração perigosa, Limãozinho.

– Perigosa ou genial? Eu sempre quis ter um chef em casa, tipo as estrelas de cinema. Imagina ter alguém fazendo comida pra você. Fome? – Fiz sinal para nosso garçom imaginário. – Por favor, eu adoraria comer escargot perto da cascata da piscina no quintal.

Ele soltou uma gargalhada.

– Você brinca, mas eu conheço uma pessoa que faz isso em Los Angeles – contou. – Ela detesta, mas paga bem, por isso ela fica. Eu não conseguiria. Esse pessoal sempre quer as mesmas coisas: low carb, keto, desintoxicante, vegetariana e sei lá mais o quê. É sem alma demais pra mim. Não tem aventura.

– Então obviamente você quer trabalhar num restaurante em que precisa cozinhar as mesmas coisas todos os dias?

Ele revirou os olhos.

– "As mesmas coisas todos os dias" – repetiu, fazendo aspas no ar.

Ele puxou a cadeira para mais perto, os olhos brilhando de paixão. O cinza neles estava girando, como o olho de um furacão, e eu quase senti que poderia me perder nele.

– Limãozinho, primeiro de tudo, o cardápio é sazonal, e segundo, a prática leva à perfeição. De que outra forma se aprende a fazer a comida perfeita?

Isso me deixou curiosa. Que tipo de comida poderia deixá-lo tão apaixonado?

– O que a torna perfeita? – perguntei, não conseguindo me conter.

– *Imagine* – começou ele, a voz doce e suave como caramelo – que eu tenho 8 anos e viajo para Nova York com minha mãe, minha irmã e meu avô pela primeira vez. Enquanto a minha mãe levou minha irmã a alguns dos lugares favoritos dela, fui com meu avô a um restaurantezinho no SoHo. Ele estava muito empolgado. Tinha trabalhado numa fábrica de brim a vida toda, mas sempre quis ser chef. Lia revistas de gastronomia religiosamente, cozinhava para amigos e familiares em aniversários, festas, comemorações, sextas-feiras, qualquer ocasião possível. E, desde que me entendo por gente, ele sempre quis ir àquele restaurante. Eu não sabia na época que era famoso no mundo todo, com estrelas Michelin penduradas na parede. Só sabia que meu avô adorava o chef de cozinha de lá, Albert Gauthier, um gênio das ciências culinárias. Eu não me importava com nada disso, tinha 8 anos e estava enchendo a barriga, mas meu avô estava muito feliz. Ele pediu um tipo de steak tartare – Iwan retorceu a boca num sorriso carinhoso e nostálgico que chegou aos olhos e quase os fez reluzirem – e eu pedi *pommes frites*. Foi aí que minha vida mudou completamente.

– *Pommes...?*

– Batata frita, Limãozinho. Era *batata frita*.

Eu o encarei.

– A sua vida mudou por causa de batata frita?

Ele soltou uma gargalhada, dizendo, para minha total surpresa:

– As coisas que você menos espera costumam fazer isso.

Meu coração se apertou por um momento, porque isso também era uma coisa que a minha tia diria. Esse tipo de trivialidade terrível estilo mensagem pronta de cartão de presente.

– E, de qualquer forma – continuou ele, recostando-se na cadeira –, meu avô nunca teve a oportunidade de abrir um restaurante, mas ele amava cozinhar e passou esse amor pra mim. – A voz dele permaneceu leve, mas ele não me olhou quando falou: – Ele foi diagnosticado com demência ano passado. É estranho ver esse homem que eu sempre admirei, com uma força implacável, ir diminuindo aos pouquinhos. Não fisicamente, mas... é.

Pensei nos últimos meses com a minha tia. Ao olhar para trás, ela também havia diminuído, como se o mundo de repente tivesse ficado grande demais. Engoli o nó que surgiu na minha garganta e cerrei as mãos com força embaixo da mesa, resistindo à vontade de abraçá-lo, apesar de parecer que ele precisava.

– Sinto muito.

– O quê? – perguntou ele, surpreso, e de repente controlou as emoções num sorriso agradável. – Não, não, tudo bem. Você perguntou o que torna uma refeição perfeita. É isso. Comida – ele indicou nossos pratos quase vazios – é uma obra de arte. A refeição perfeita é isso, uma coisa que você não só come, mas *aprecia*. Com amigos, com a família... talvez até com estranhos. É uma experiência. Você prova, saboreia, sente a história contada pelos sabores complexos que brincam na sua língua... É mágico. Romântico.

– *Romântico*, sério?

– Claro – respondeu ele de forma quase reverente. – Você sabe do que estou falando: um cheesecake saboroso com o qual você fica sonhando horas depois. Luz de velas, um prato de queijo e um bom vinho. Um bom ensopado inebriante. As promessas macias de um brioche dourado.

A paixão na voz dele era contagiante, e segurei um sorriso quando ele pintou uma imagem para mim com aquelas palavras, as mãos balançando no ar, empolgado. A alegria dele fez meu coração doer um pouco de um jeito que eu nunca tinha sentido. Não um tipo de dor triste, mas um desejo de alguma coisa que eu nunca havia sentido.

– Uma torta de limão que te arrepia de prazer. Ou um pedaço de chocolate no final de uma noite, macio e simples.

Ele se levantou, foi pegar uma coisa na geladeira e jogou para mim.

Um chocolate embrulhado em papel-alumínio.

– *Romance*, Limãozinho – disse ele. – Sabe?

Girei o chocolate nos dedos. *Não*, pensei, olhando para aquele homem estranho de cabelo castanho-avermelhado com uma camiseta de gola arregaçada e uma calça jeans surrada, uma tatuagem de ramos de coentro e outras ervas no braço, *mas talvez eu quisesse saber*.

E esse foi um pensamento perigoso.

Eu já tinha comido refeições memoráveis, mas não era capaz de descrever nenhuma delas como *romântica*, pelo menos não da forma como ele fez: correndo por aeroportos com um lanche numa das mãos e uma passagem na outra, jantares em noites chuvosas debaixo de toldos porque o restaurante estava cheio demais, pretzels de vendedores de rua, croissants de padarias comuns, aquele almoço do dia anterior no Olive Branch, acompanhado do vinho seco demais.

– Acho que nunca comi uma refeição perfeita, então – falei por fim, colocando o chocolate na mesa. – Eu sempre me sinto muito deslocada quando vou a um desses lugares chiques de que você deve estar falando. Eu vivo com medo de escolher a colher errada ou pedir o prato errado ou... alguma outra coisa. De juntar o vinho errado com o corte errado de carne.

Ele balançou a cabeça.

– Não estou falando disso. Um restaurante não precisa ser chique, com manchas de *coulis* e *beurre blanc* artisticamente espalhadas no prato...

– O que é isso?

– Exatamente. Não é importante. Dá pra comer pratos deliciosos num restaurante de família com a mesma facilidade que num restaurante com estrelas Michelin.

– E pra esse eu nem preciso usar cinta. Mas eu também posso ficar em casa e fazer um sanduíche de pasta de amendoim com geleia.

– Poder, pode, mas e se acabasse sendo a sua última refeição?

Eu pisquei.

– Nossa, isso ficou sinistro rápido demais.

– Mas você ainda ficaria em casa e comeria esse sanduíche se soubesse?

Eu franzi a testa e refleti sobre o assunto por um momento. Em seguida, assenti.

– Acho que sim. A minha tia fazia sanduíches de pasta de amendoim com geleia sempre que eu vinha visitar, porque ela cozinha muito mal. Ela sempre colocava mais pasta de amendoim do que geleia, e ele sempre grudava no céu da boca...

Ele se sentou mais ereto.

– É isso! A refeição perfeita.

– Eu não chamaria de *perfeita*, mas...

– Você acabou de dizer que comeria como sua última refeição, não foi?

Ele tinha razão.

– Ah – falei, finalmente entendendo o que ele queria dizer. – Tem menos a ver com a comida, então, e mais com...

– A lembrança – concluímos juntos.

O sorriso dele se alargou, torto e cativante, e isso fez seus olhos cintilarem. Senti um rubor subindo pelo pescoço até o rosto de novo.

– É o que eu quero fazer – disse ele, apoiando os cotovelos na mesa. As mangas de sua camiseta abraçavam os bíceps com gosto. Não que eu estivesse olhando. Não estava. – A refeição perfeita.

Podia ter sido a comida boa, ou as três taças de vinho, mas comecei a pensar que talvez ele *conseguisse*. Talvez já tivesse conseguido no *meu* tempo. Tentei visualizá-lo com uniforme de chef, uma roupa branca esticada nos ombros, cobrindo as tatuagens nos braços, suas lembranças, e não consegui pôr a imagem em foco. Ele não parecia o tipo de cara que seguia as regras normais. Parecia uma exceção.

Ele abriu o chocolate, o colocou na boca e o rolou para derreter sozinho.

– E você?

Meus ombros se empertigaram com a pergunta súbita.

– O que tem eu?

– Por que você quis ser assessora de imprensa?

– Eu acho que só... acabei sendo.

Ele arqueou uma única sobrancelha. Era uma sobrancelha meio irritante, na verdade. Na maior parte das vezes, os homens só assentiam quando eu contava o que eu fazia e seguiam em frente... para falar de qualquer outra coisa.

– Como você começou? – perguntou ele. – Você se formou em história da arte, né? Então não foi uma coisa que você sempre quis fazer?

– Não... – admiti, e desviei o olhar, me concentrando num pedaço de tinta lascada na mesa amarela, que raspei até encontrar o sândalo embaixo. – Não sei. Acho que... a ideia surgiu no verão depois da faculdade, quando eu e minha tia mochilamos pela Europa.

Neste ano, na verdade. No verão em que ele estava neste apartamento. Eu não sabia por que estava contando isso para ele. Achei que tinha decidido antes que não contaria.

– Eu estava pensando no que queria fazer no meu último ano de faculdade, e não queria ser curadora, mas... eu adorava livros. Principalmente guias de viagem. Minha tia e eu sempre comprávamos guias dos lugares para onde íamos. Da mesma forma que encontramos segredos em biografias e confissões em romances, existe uma segurança muito firme num bom guia de viagem, entende?

– Sinto a mesma coisa por um bom livro de culinária – respondeu ele, assentindo. – Não tem nada igual.

– Não tem mesmo – concordei, pensando em quando decidi *de verdade* ser assessora de imprensa. – A Strauss & Adder publica alguns dos melhores guias de viagem do mercado, aí me candidatei e, no fim das contas, sou uma boa assessora – falei com simplicidade. – Eu marco entrevistas e podcasts, levo autores de uma cidade pra outra, ofereço a participação deles em programas de televisão e de rádio e em clubes do livro. Penso em novas formas de convencer alguém a ler um clássico pela vigésima vez, apesar de já conhecê-lo como a palma da mão, e gosto disso. Quer dizer, tenho que gostar – acrescentei com uma risada tímida. – Os salários no mercado editorial não são lá essas coisas.

– Nos restaurantes também não – acrescentou ele, me olhando com o tipo de atenção arrebatada que me fazia sentir que o que eu fazia era, na verdade, *interessante*.

Ele me observou com aqueles olhos cinzentos hipnotizantes, e comecei a pensar em como os pintaria. Talvez em camadas, azul-marinho misturado com um tom lindo de xisto.

– Então, de certa forma – disse ele, pensativo, com as sobrancelhas franzidas –, você cria um guia de viagem todo seu. Para os seus autores.

– Eu... nunca pensei dessa forma – admiti.

Ele inclinou a cabeça.

– Porque você não se viu como as outras pessoas veem.

Outras pessoas? Ou você?, tive vontade de perguntar, porque era ousadia dele pensar que me conhecia depois de apenas algumas horas de conversa e de tirar um pombo do meu cabelo.

– Acho muita gentileza sua dizer isso – falei. – Mas não é tão profundo. É que sou muito boa em impulsionar as vendas de livros. Sou boa com planilhas. Sou boa com agendas. Sou boa em incomodar as pessoas por muito tempo e com garra para conseguir a tão desejada entrevista...

– E o que você faz para se divertir?

Soltei uma risada.

– Você vai me achar a pessoa mais entediante do mundo.

– De jeito nenhum! Nunca conheci ninguém que fosse assessora de imprensa numa editora. Nem ninguém chamada Clementine – continuou, e apoiou o queixo na mão, inclinando-se na minha direção e sorrindo. – Já começamos muito bem.

Hesitei, girando meu chocolate na mesa.

– Eu... gosto de me sentar na frente dos quadros do Van Gogh no Met.

Isso realmente o surpreendeu.

– Ficar sentada lá e só?

– É. Só isso. Ficar sentada olhando. Tem uma tranquilidade nisso, numa galeria silenciosa, com as pessoas entrando e saindo como uma maré. Faço isso todo ano no meu aniversário. Todo dia 2 de agosto eu vou ao Met, me sento num banco e simplesmente... – Dou de ombros. – Sei lá. Eu te falei, é bobagem.

– Em todos os aniversários? – murmurou ele, maravilhado. – Desde quando?

– Desde a faculdade. Estudei muito Van Gogh junto com outros pintores pós-impressionistas, mas ele sempre me marcou mais. Ele era... *é* – corrigi rapidamente, tentando não fazer uma careta – o favorito da minha tia também. O Met tem um dos girassóis dele, um dos autorretratos e alguns outros. – Pensei nisso. – Já vou há uns dez anos. Sou pura consistência e rotina.

Ele estalou a língua no céu da boca.

– Você é o tipo de pessoa que segue as instruções na caixa da mistura para brownie, não é?

– As instruções têm um motivo pra estarem lá – respondi, categórica. – Fazer doces é uma arte precisa.

Ele revirou os olhos.

– Você nunca colore fora das linhas, Limãozinho?

Não, pensei, mas não era exatamente verdade. Eu fazia isso, só não faço mais.

– Eu te avisei – falei, virando o que restava do vinho e pegando os pratos para levar para a pia. – Sou um tédio.

– Você fica repetindo isso. Mas acho que não significa o que você pensa que significa – disse ele, fazendo uma imitação bem escrachada do Inigo Montoya.

Foi a minha vez de revirar os olhos. O vinho tinha me deixado quente por dentro, relaxada pela primeira vez na semana toda.

– Tudo bem, então pensa em outra palavra que significa chata, desinteressante, cansativa...

– Está ouvindo isso?

Coloquei o prato em cima do prato dele, parei e inclinei a cabeça. O fantasma de uma melodia percorreu os dutos de ventilação acima de nós. A Srta. Norris tocando violino. Eu não a ouvia havia... *anos*. O som era mais doce do que eu lembrava.

Ele inclinou a cabeça para ouvir.

Demorei só alguns segundos para reconhecer a melodia, e senti um aperto no peito.

– Ah, eu conheço essa música! – disse ele com entusiasmo, estalando os dedos. – É "O caminho do coração", ou "Os assuntos do coração", ou... Não, espera, "A importância do coração", né? A minha mãe adora esse musical antigo. – Ele cantarolou algumas notas com o violino e nem desafinou muito. – Quem está tocando?

– É a Srta. Norris – falei, apontando para o teto. De todas as músicas para se tocar, tinha que ser essa? – Ela tocou na Broadway por anos antes de se aposentar.

– Que lindo. Sempre que a minha mãe ouvia essa música, ela me colocava em cima dos pés dela e dançava comigo na cozinha. Ela não é uma pessoa muito musical, mas gosta dessa.

Eu conseguia imaginar um Iwan pequenininho dançando pela cozinha em cima dos pés da mãe.

Com os olhos grudados no teto, falei:

– Minha tia foi a estrela desse musical, sabia?

– Sério? Então ela é famosa?

– Não, foi o único show da Broadway que ela fez. Todo mundo dizia que era porque ela era arrogante demais para seguir os passos de Bette Midler ou Bernadette Peters. Um jovem talento tão promissor, depois de anos como substituta, abandonando a arte tão de repente? Ninguém a entendeu – acrescentei, um pouco mais baixo, com mais gentileza, porque a minha tia era muitas coisas: amorosa e aventureira, mas também complicada e humana. Uma coisa que só reconheci mesmo no final.

As notas suaves e calorosas do violino no apartamento de cima penetraram pelo teto, uma música de amor. Eu tinha visto no YouTube vídeos granulados da minha tia na peça. Ela foi brilhante, contagiante, com os vestidos cintilantes e as joias extravagantes, cantando refrãos de corpo e alma. Foi a única vez que a vi realmente – impossivelmente – feliz.

– A verdade é que ela sempre teve medo de que o que viesse depois de *A importância do coração* não fosse ser tão bom – contei, e não sabia se tinha sido o vinho ou o jeito como Iwan ouvia, com atenção e afeto, como se a minha tia tivesse tido importância para mais gente e não só para mim, que me fez querer falar dela. – Então ela foi lá e se dedicou a outra coisa. Eu a invejo nesse sentido. A minha vida toda, eu quis ser como ela, mas não sou. Detesto novidade. Gosto de repetição.

– Por quê?

Voltei o olhar para ele, avaliando aquele estranho cheio de perguntas que eu não deveria ter deixado ficar no apartamento da minha tia.

– Coisas novas são assustadoras.

– Não precisam ser.

– Como podem não ser?

– Porque algumas das minhas coisas favoritas eu ainda não fiz.

– Então como sabe que são favoritas?

Em resposta, ele se levantou da mesa e me ofereceu a mão.

Só fiquei olhando.

– Não é nenhuma armadilha, Limãozinho – disse Iwan suavemente, o sotaque sulista ressoando.

Olhei para aquela mão estendida e depois para ele, e a ficha caiu. Balancei a cabeça.

– Ah, não. Eu sei o que você tá fazendo. Eu não sei dançar.

Ele começou a se balançar de um lado para o outro ao som do violino e a cantarolar o refrão. "Por um momento, o coração importou, por um momento, o tempo parou." Minha tia o cantava às vezes enquanto dobrava roupa ou fazia cachos no cabelo, e a lembrança foi tão intensa que doeu.

– Quando foi a última vez que você fez uma coisa pela primeira vez? – perguntou ele, como se me desafiando.

E se havia uma coisa que eu era mais do que uma pessimista prática, era alguém que nunca fugia de um desafio.

Resisti.

– Eu garanto que já dancei na vida.

– Mas não comigo.

Não.

E, apesar da insistência dele, aquilo *era* assustador, mas não por ser novo ou espontâneo. Era assustador porque eu *queria*, e os Wests nunca faziam nada espontâneo. Minha tia que fazia. Ainda assim... ali estava eu, segurando a mão dele.

Era o vinho. Só podia ser.

Um sorriso surgiu em seus lábios quando ele entrelaçou os dedos nos meus e me puxou para ficar de pé. O aperto dele era forte, as pontas dos dedos calejadas, enquanto me girava pela cozinha. Tropecei um pouco – dançar não era meu forte –, mas ele não pareceu se importar. Encontramos um ritmo, uma das mãos dele segurando a minha, a outra apoiada na minha lombar. O toque delicado me fez ofegar sem querer.

Ele afastou a mão rapidamente.

– Desculpe, foi baixo demais?

Foi. E isso tudo é demais. Eu não danço em cozinhas com estranhos, tive vontade de dizer, todas as desculpas subindo pela minha garganta, mas, ao mesmo tempo, só queria estar *mais perto.* Ele era tão quente, e seu toque, tão leve e carinhoso, que me fez querer segurar com mais força, firmeza e segurança, como ele segurava as facas.

Isso não era a minha cara. Ainda assim…

Coloquei a mão de Iwan de volta na minha lombar, para a surpresa dele, e fixei o olhar em seu queixo em vez de nos olhos, tentando manter o rubor longe das minhas bochechas. Mas isso só significou que eu ainda via o sorriso torto nos lábios de Iwan, e, quando ele me puxou para mais perto, nossos corpos se encostando, minha pele pareceu elétrica. Ele era sólido e quente, a música era nostálgica e meu coração batia forte no peito.

Dançamos na cozinha azul-petróleo apertada da minha tia ao som de uma música sobre sofrimento e finais felizes, e foi muito tentador simplesmente me entregar, pela primeira vez, no que parecia uma eternidade.

– Viu? – sussurrou ele, a boca no meu ouvido. – Uma coisa nova nem sempre é ruim.

A última nota de violino soou pelos dutos de ventilação e o momento acabou. Voltei a mim com uma certeza súbita e estrondosa. O que quer que eu achasse daquilo, não poderia, não *teria* como terminar bem.

Eu o soltei, dei um passo para trás e limpei as mãos na calça jeans. Senti o estômago embrulhar. A sensação quente nas minhas entranhas ficou gelada.

– Eu… – engoli o nó na garganta – … acho que você entendeu errado.

9

Primeiras impressões

Ele me olhou com uma expressão confusa.

– O quê?

Estava quente lá dentro ou era eu?

– Acho que nós não... Isso... – Eu tinha que falar abertamente. Impor limites, porque eles precisavam muito ser impostos. – Não vou dormir com você – falei de súbito.

Iwan ergueu as sobrancelhas, surpreso. Um rubor logo se espalhou pelas bochechas dele, que engasgou com a própria respiração.

– Eu... eu não... Não, não, tudo bem. Não estava achando que você ia, Limãozinho.

– Ah. Bom. – Desviei o olhar. Estava constrangida. Que boba. Olhei para qualquer lugar, para todos os lados, menos para ele. – Só pra deixar claro.

– Claro – respondeu ele, se recuperando rapidamente. – Desculpa se dei essa impressão.

– Não deu! Eu que... não acho boa ideia. Você está hospedado na casa da minha tia, eu também estou... – *Sete anos no futuro*, acrescentei na minha cabeça. – Só não quero complicar as coisas. Desculpa – acrescentei, porque eu *não* fazia aquilo.

Por uma variedade de motivos, mas principalmente porque ele era *muito* bonito, e eu sentia muita atração por ele, e esse era o tipo de surpresa pela qual eu *realmente* não estava esperando. Ah, e nós estávamos separados por *sete anos*.

Nada de bom poderia vir daquilo.

Regra número dois, lembrei a mim mesma.

Peguei nossos pratos e os coloquei na pia, como deveria ter feito em vez de dançar com ele. Foi um erro. Acima de nós, a Srta. Norris tocava Sondheim. Peguei uma esponja.

Iwan levou um susto e se levantou da cadeira.

– Não precisa...

– Você cozinhou – falei, fazendo sinal para ele se sentar. – Eu lavo. A regra é clara.

– E se eu quiser treinar para o meu futuro emprego de lavador de pratos?

– Se você for ruim a esse ponto – falei, deixando a água correr um pouco até esquentar –, detesto ter que dizer, mas talvez você precise começar a procurar uma profissão nova.

Ele fingiu surpresa.

– Que grosseria!

– Só trago verdades. – Botei os pratos na pia e me virei para ele. – O jantar estava ótimo, Iwan. Obrigada. Quase não me arrependo de não ter te expulsado do apartamento.

Sua boca se abriu numa pergunta quando fui pegar uns cobertores no armário de lençóis. Ele ainda estava me olhando com aquela expressão perplexa quando voltei com dois travesseiros e uma manta nos braços.

– *Quase?* – perguntou ele.

– Alguém tem que ficar no sofá – respondi, e decidi que seria eu.

Ele pulou e ficou de pé.

– De jeito *nenhum*.

– Não vem com aquela cartada ridícula de "você é mulher e merece a cama", por favor. Os papéis de gênero e os estereótipos não são minha praia.

– Eu não vou fazer isso, vou dar a cartada de "tem uma cama perfeitamente boa ali dentro e nós dois somos adultos".

Ele apoiou as mãos nos quadris, como se fazer pose de pai fosse me convencer a aceitar.

Abri a boca, mas ele me olhou de um jeito insolente, como se me dissesse para desafiá-lo se tivesse coragem.

– Você parece um pai prestes a participar de uma conferência sobre paternidade – murmurei.

– Podemos até pôr um travesseiro entre nós – continuou, me ignorando. – Você não vai querer dormir no sofá, vai? E não vai *me* deixar...

Eu não deixaria mesmo.

– Eu... vou pensar enquanto lavo a louça – acrescentei quando ele começou a argumentar de novo, mas então ergueu as mãos em sinal de derrota e foi usar o banheiro primeiro.

A questão era que ele não estava errado. Nós dois éramos adultos e havia uma cama queen perfeita no quarto da minha tia, na qual ambos podíamos dormir. O sofá não seria bom para ninguém. Sempre foi mais bonito do que confortável. Mas eu não precisava gostar da situação.

Peguei meu chocolate na mesa, abri e coloquei na boca. Estiquei o papel-alumínio. *Seu futuro está aqui*, dizia.

Mentira.

Descontei toda a minha frustração na lavagem dos nossos pratos e copos e na arrumação. O álcool fazia minha cabeça zumbir, mas os minutos anteriores tinham me deixado bem mais sóbria. Tomei um copo d'água e dois comprimidos de Advil e, quando fui para o quarto da minha tia pegar um pijama nas minhas coisas no armário dela, Iwan abriu a porta do banheiro e saiu.

Fiquei imóvel.

Porque estava olhando diretamente para o peito dele. Não era que eu nunca tivesse visto um homem sem camisa, era só que... fui meio pega de surpresa. Ele tinha tatuagens, linhas pretas de estilos similares, espalhadas pelo corpo. Fora as dos braços, havia outra na costela, outra à esquerda do umbigo. E havia uma marca de nascença abaixo da clavícula, na forma de uma lua crescente.

– O que aconteceu com a sua camisa? – perguntei, muito séria.

– Não uso pra dormir – respondeu Iwan, com a maior naturalidade, e chegou para o lado para me deixar usar o banheiro. – Tudo bem por você?

Claro que sim. Não sou uma *freira*.

– Ah, sim – falei, com tranquilidade. – Tudo bem.

– Certo.

Outra pausa constrangedora.

– Tem certeza de que não quer que eu durma no... – tentei perguntar.

Ele revirou os olhos.

– Se alguém vai dormir no sofá, sou eu.

– Eu não aceito. Você é hóspede da minha tia.

Ele cruzou os braços, e tentei não reparar nos músculos dele se flexionando. No jeito como ele mantinha o ombro direito um pouco mais alto que o esquerdo. No jeito como eu queria pôr a boca naquela marquinha em forma de lua crescente.

– Então estamos num impasse – disse ele.

– Tudo bem – murmurei, afastando o olhar.

Peguei uma camiseta e um short de algodão no armário da minha tia e me tranquei no banheiro. Joguei água fria no rosto e decidi esquecer a visão dele sem camisa. Não que eu tivesse olhado o contorno dos músculos que desapareciam embaixo da calça de pijama azul. Não que eu tivesse esfregado o rosto até ficar vermelho para arrancar os pensamentos devassos da minha mente.

Fala sério, minha *boca* na *marquinha* dele? Argh.

Embora minha tia tivesse morrido, eu jurei que podia ouvi-la rindo de onde quer que estivesse.

Viu, querida?, ela diria. *Você pode planejar tudo na vida e mesmo assim ser pega de surpresa.*

E, pior ainda, era uma surpresa da qual eu estava começando a gostar. Isso era o que mais me assustava: ficar pensando numa forma de pintar os olhos dele (mais azuis, provavelmente, numa camada acima depois que o cinza diluído secasse). Lembrara a sensação das mãos dele nas minhas, calejadas e gentis; como a outra mão dele, enquanto dançávamos, seguia os contornos da minha lombar, um pouco baixa demais, mas não o suficiente.

Blá-blá-blá, ter planos.

E aquilo – tudo, o jeito como eu pintaria os olhos dele, o toque da mão na minha lombar enquanto dançávamos, o sorriso torto, a sensação de bolhas de champanhe no meu peito sempre que ele me encarava – me apavorava.

– Mais uma vez – murmurei quando saí do banheiro, pegando a bolsa e a chave. – Vou tentar mais uma vez.

Não havia nenhum som vindo do quarto da minha tia, e concluí que Iwan já tinha ido dormir. Se eu saísse, fechasse a porta e voltasse... talvez ele tivesse ido embora. Talvez o apartamento não me jogasse para aquela época de novo.

E foi exatamente isso que fiz.

– Tchau – sussurrei, meio que detestando não dizer na cara dele, mas era melhor assim.

Eu precisava ir embora. Nada de bom poderia acontecer se eu ficasse.
Abri a porta. Saí.
Esperei um, dois, *três*...
Contei até sete. Um número de sorte.
Inseri a chave e girei a maçaneta e, prendendo o ar, abri a porta e entrei.
Quando a porta se fechou, percebi que estava com um problemão.
Segui pelo corredor até o quarto e me deitei no lado esquerdo da cama. Iwan já estava respirando profundamente, virado de lado, com o luar branco no cabelo castanho, transformando o avermelhado em fogo. Havia furos na orelha dele onde supus que usasse brincos e a tatuagem de um batedor de creme muito pequeno atrás da orelha esquerda, e percebi que ele não era o tipo de cara por quem eu me interessava, e tive certeza de que eu não era o tipo de garota de quem ele gostaria. Rigorosa e ansiosa, uma confusão fragilizada e horrível com muros tão altos que eu havia esquecido o que tinha bloqueado do outro lado.

– Vai dormir, Limãozinho – murmurou ele, o sotaque sulista carregado de sono.

Envergonhada, entrei rapidamente embaixo das cobertas, dei as costas para ele e esperei que o sono ou a morte me levasse.

10

Espaços (sub)liminares

A manhã penetrou pela cortina do quarto. Minha cabeça estava turva, o edredom fora chutado para longe durante a noite. Passei o braço em volta do cobertor no meio da cama e afundei a cabeça nele. Estava quente, e o apartamento estava em silêncio. Eu tinha tido um sonho tão bom, um jantar com um homem que *sabia cozinhar*. Nunca havia saído com ninguém que soubesse fazer qualquer coisa na cozinha além de queijo-quente. E ele tinha um sorriso bonito, e olhos lindos, e quis rir de mim mesma, porque eu *nunca* faria metade das coisas que fiz no sonho. Não deixaria que ele ficasse no apartamento da minha tia. Não dançaria com ele na cozinha. Não dormiríamos na mesma cama, com um travesseiro entre nós.

Um travesseiro que eu estava abraçando naquele momento.

De repente, a lembrança veio com tudo. Acordei com um sobressalto e me sentei com dificuldade para pegar o relógio na mesa de cabeceira: 10h04. Olhei em volta. Eu estava no quarto da minha tia. A costela-de-adão dela estava murcha no canto, a tapeçaria do Líbano na parede.

O dia anterior tinha sido real.

Ah… Ah, *não*.

Enfiei a cabeça no travesseiro e respirei fundo.

– Levanta – falei para mim mesma.

Iwan devia estar por perto. O outro lado da cama continuava com a marca do corpo dele, mas não estava mais quente. Quando ele tinha acordado? Meu sono era muito pesado, eu não acordaria nem se uma bomba atômica explodisse do meu lado. Meu Deus, esperava não ter *babado* durante o sono.

Botei os pés no chão e me levantei. Os artigos de higiene dele ainda estavam no banheiro (não que eu tenha olhado) e a bolsa de viagem continuava do outro lado da cômoda da minha tia (só a vi *por acaso* ao sair do quarto), mas ele não estava em lugar nenhum.

Um sentimento solitário e pesado apertou o meu peito quando entrei na cozinha. Ele havia guardado a louça de manhã, tudo de volta onde estava na noite anterior. Só ajeitei as taças de vinho em fileiras retas e empilhei os pratos nas gavetas, onde ele os tinha colocado de qualquer jeito. Foi automático, um jeito de manter as mãos ocupadas. O apartamento estava muito silencioso sem ninguém lá, os sons da cidade abafados, um zumbido baixo de motores de carros, arrulhos de pombos e pessoas.

Quando abri a caixa de pão para pegar um bagel, reparei num papelzinho na bancada, preso embaixo de uma caneta, com uma caligrafia meio irregular.

> *Fui conseguir o estimado emprego de lavador de pratos.*
> *O café está quente! — I.*

Aquele nó peculiar no meu peito se desatou quando vi isso. Eu não sabia que queria vê-lo de novo até perceber que podia, e detestei o fato de haver um nó. Peguei o papel, comecei a amassá-lo para jogar no lixo embaixo da pia, mas resisti à vontade e o coloquei no lugar. Entrei no banheiro para lavar o rosto e escovar os dentes. Eu estava com um gosto ruim na boca por causa do vinho. Passei rímel nos olhos para não parecer tão morta quanto me sentia. Como Iwan acordou tão cedo? Ele tinha bebido quase tanto quanto eu; por outro lado, era bem uns cinco anos mais novo. E havia um abismo entre *vinte e poucos* e *quase trinta* que só as pessoas que existiam em corpos com *quase trinta* entendiam. Ainda dava para tentar lutar com o destino, mas você teria que botar gelo nos joelhos depois.

Quando o bagel saiu da torradeira, eu já tinha lavado o rosto e prendido o cabelo num rabo de cavalo. A jarra de café ainda estava quente, então aproveitei e servi uma xícara.

O cheiro estava bom, pelo menos.

Eu me sentei no banco para apreciar meu café da manhã ouvindo os pombos arrulharem no ar-condicionado e tentei me convencer de que não estava começando a gostar daquele cara.

– Droga – sussurrei, porque ele fazia um café excelente.

Ele ficou fora a maior parte do dia, e meus domingos eram reservados para ficar em casa botando os programas de televisão em dia, os poucos que ainda via. Principalmente *Survivor* e qualquer outro que Drew e Fiona me atormentassem até eu ver, alegando que eu adoraria. Mas minha tia nunca pagou para ter TV a cabo *nem* internet, e meu celular não podia se conectar ao wi-fi sete anos no passado, então decidi xeretar.

Só um pouco.

Só para afastar o tédio.

Eu não ia, mas a bolsa de viagem dele estava *bem ali* no quarto, e eu ficava passando por ela toda vez que entrava. Só uma espiadinha, argumentei, puxando a bolsa do lado da cômoda. Comecei a abrir o zíper, mas minha consciência falou mais alto.

Era errado remexer nas coisas de outra pessoa, e ele não tinha me dado *motivo* para não confiar nele.

– Você não pode controlar tudo – sussurrei para mim mesma, tentando sufocar meus impulsos. – Devem ser só roupas e coisas pessoais.

Mas ignorar a tentação era bem mais difícil do que eu imaginava, porque, embora ele tivesse me contado muito sobre si, me vi querendo saber… *tudo*. Onde ele fez o ensino médio. Quem foi o primeiro crush.

A cor favorita dele.

Com uma última olhada para a bolsa, fechei a porta do quarto para não me deixar levar pelos meus pensamentos intrusivos e fui para o escritório da minha tia.

Eu precisava me distrair.

Eu podia sair do apartamento, mas e se isso não me levasse de volta para lá quando eu voltasse? Era exatamente o que eu queria, e a porta estava a poucos passos de distância, a chance de ir embora…

Eu deveria ir, percebi, porque não havia nada me segurando ali, e, apesar de Iwan ser muito gato, eu que não ia quebrar o contínuo do espaço-tempo para ficar com ele. Não era esse o desenrolar daquela história.

Ir embora era a melhor opção, mas o apartamento ficaria me mandando de volta para lá de novo e de novo? Peguei a bolsa e olhei para a porta.

– Vamos fazer tudo direitinho – falei para o apartamento, segurei a maçaneta e abri a porta...

... bem na hora em que uma mulher passou, levando um furão para passear com uma coleira de strass. Ela assentiu para me cumprimentar, e seu olhar permaneceu em mim por tempo demais.

– Clementine – disse ela. – Que bom te ver.

– Bom te ver também, Emiko – respondi, puxando a bolsa no ombro, constrangida.

– Você está estilosa hoje.

Foi nessa hora que percebi: eu ainda estava de pijama. Um rubor subiu depressa até as minhas orelhas.

– É, bom... hã... eu só estava testando. – Indiquei a porta atrás de mim, inseri a chave e entrei.

A porta se fechou com um *clique* alto.

E eu soube antes mesmo de entrar na sala que tinha sido enviada de volta para o mesmo lugar. O café ainda estava quente, o bilhete continuava na bancada e eu havia esgotado minhas opções. Eu poderia ir para a casa dos meus pais, se quisesse. Talvez Drew e Fiona me deixassem ficar uma noite no sofá delas. Mas a ideia de admitir a derrota deixava um gosto amargo na minha boca.

Sempre quis que o apartamento me levasse por magia, e, agora que ele tinha feito isso, eu ficava pedindo para ele me trazer de volta.

– Tudo bem – falei para o apartamento, admitindo a derrota. – Você venceu! Eu fico.

Podia ter sido minha imaginação, mas os pombos no parapeito pareceram arrogantes quando arrulharam em resposta.

Deixei a bolsa no sofá de novo e fui até o escritório da minha tia procurar alguma coisa para fazer. Ainda tinha o cheiro que eu lembrava. De livros velhos, couro surrado e edições de bolso ressecadas com lombadas craqueladas, romances, aventuras, fantasias e guias de viagem, de tijolões a livros ilustrados. Quando não estava viajando, minha tia lia. Mergulhava nas histórias, se afogava nas palavras. Nos verões entre as nossas aventuras, ela construía um forte de almofadas e entrava embaixo dele, o enchia de fios de luzinhas e velas com aroma de alfazema em potes de vidro, e líamos juntas. Às vezes, eu passava fins de semana inteiros em aventuras ou resolvendo mistérios.

Havia algo de tranquilizador nos livros. Eles tinham começo, meio e fim, e, se você não gostasse de uma parte, podia pular para o capítulo seguinte. Se alguém morresse, você podia parar na última página antes disso, e o personagem viveria para sempre. Os finais felizes eram definitivos, o mal era derrotado e o bem durava para sempre.

E os livros sobre viagens? Eles prometiam maravilhas impressionantes. Falavam poeticamente sobre a história e a cultura dos lugares, como um antropólogo de experiências únicas na vida.

Numa das nossas primeiras viagens juntas, acho que eu tinha 9 anos na época e estava morrendo de tédio num passeio por um castelo inglês sem graça. O grupo era cheio de gente mais velha e eu era a única criança no ônibus. Tinha esquecido meu caderno de desenho; adorava pintar desde que era criança (meus pais sempre disseram que meu primeiro presente de Natal foi um kit de aquarela lavável). Então, comecei a rabiscar no folheto, até que minha tia abriu o guia de viagem e apontou para o lugar aonde estávamos indo, parágrafos após parágrafos de história no papel, e disse:

– Por que você não desenha aqui? Vai ficar mais interessante.

Foi o que fiz.

As canetinhas foram substituídas por tintas, depois por aquarelas de novo; pintar se tornou um hobby, e pintei nossos guias de viagem desde essa ocasião. Os guias ocupavam uma estante, com todos os lugares diferentes no mundo aonde ela havia me levado, as lombadas rachadas e as páginas onduladas pelas aquarelas.

Acabou fazendo sentido eu querer trabalhar com livros, principalmente os de viagem. Foi um trabalho fácil porque eu já adorava tudo aquilo. A sensação de um livro de capa dura nos dedos, o cheiro de tinta nova, a marca nova numa página quando se dobrava a ponta, o vinco da lombada de uma edição brochura...

A promessa de um lugar secreto que só o autor conhece.

Comecei a pegar um livro (um guia da Bolívia) quando uma lata na beira de uma prateleira chamou minha atenção. Era pequena, manchada de cores diferentes, mas eu a reconheci na mesma hora. Era um kit de aquarela de viagem, um dos meus mais antigos, porque, naquele ano, minha tia havia me surpreendido com uma lata novinha com cores mais fortes e intensas, e eu havia pintado o tempo todo em Amsterdã e Praga. A lata era pequena, do tamanho da palma da minha mão, com seis aquarelas do tamanho de um polegar dentro.

As cores não estavam ressecadas ou vencidas como eu esperava, só meio secas. Com um pouco de água, poderiam voltar à vida com facilidade. Havia até um pincelzinho aninhado no topo da lata. Eu o peguei e tive uma ideia. O guia de Nova York que tinha selecionado no trabalho ainda estava na minha bolsa, então fui pegá-lo junto com algumas almofadas do sofá (inclusive Jeff Goldblum) e fui para o banheiro. Minha tia sempre brincava que eu fazia um ninho na banheira, como um pombo, mas era o único lugar onde ela me *deixava* pintar depois que sem querer derramei aquarelas no tapete novinho dela.

– Você não vai estragar nada aqui dentro! – anunciara ela, balançando a mão na direção do banheiro. – E o que estragar um pouco de água sanitária resolve.

Eu me acomodei na banheira vazia e umedeci as aquarelas, despertando-as do sono. A maioria das cores estava quase no fim, com um resquício agarrado nos cantos como sombras. Mas aí virei uma página e tive uma visão que conhecia bem: a Bow Bridge, com os barquinhos a remo cheios de turistas que passavam por baixo. Áreas azuis e verdes, o marrom cremoso das pedras da ponte, pontos de camisas brancas de sujeitos românticos vestidos com cores fortes, confessando seu amor enquanto deslizavam pelo lago.

Enquanto eu pintava, a aquarela pendurada na parede (uma lua num mar de nuvens) me fez companhia. Eu a tinha pintado para a minha tia anos antes, e ela ficou tão feliz que a levou a uma loja de molduras no mesmo dia.

– Você me deu a lua, minha querida! – dissera ela com alegria. – Ah, que presente lindo e impossível.

Ela sempre me dizia para mirar na lua. Para me cercar de pessoas que a acertariam num piscar de olhos.

Para ela, era fácil. Ela era a personagem principal da própria história e sabia disso.

E, durante um tempo, acho que foi a personagem principal da minha também. Em comparação a ela, eu era uma sombra. Enquanto ela explorava Milão, eu ia atrás com um mapa. Enquanto ela andava até castelos, eu ficava para trás com o guia turístico e não deixava de levar um kit de primeiros socorros. Ela contava histórias de fantasmas e eu provava que ela estava errada abrindo dutos de ventilação, e, por mais doces que essas lembranças fossem, eu ainda ficava presa no gosto amargo de um mundo sem ela.

Depois de um tempo, uma coisa começou a surgir da minha pintura. Eu me perdi nas cores, no jeito incrível como se misturavam. Não conseguia me lembrar da última vez que me permiti pintar. Normalmente, eu estava ocupada com o trabalho, depois minha tia morreu, me jogando numa espiral de dor insuportável, porque sempre fora ela que me presenteava com kits de aquarela, que me incentivava a procurar lindas paisagens, que me colocava num banco e me deixava pintar por horas enquanto ela fazia compras em brechós e lojas turísticas. Ela provavelmente nunca deveria ter deixado uma adolescente *sozinha* num banco no Sena, nem na Acrópole, nem no jardim de uma casa de chá, mas essas eram algumas das minhas lembranças favoritas daquelas viagens: quando vi o mundo em tons diferentes de azul, verde e dourado, misturei-os, coloquei-os em camadas, encontrei o tom perfeito de anil para o céu.

Era bom fazer uma coisa por *mim* de novo. Simplesmente *existir*.

Sem listas de coisas a fazer me obrigando a executar tarefas, sem expectativas.

Só eu.

E, embora não me sentisse a criança que se acomodava numa banheira com pés em forma de garra para pintar, eu me sentia... *segura*.

Ainda me sentia sozinha (duvidava que isso fosse mudar), mas não achava que fosse surtar. A verdade é que eu estava isolada havia alguns meses, desde que Analea morreu, porque era o único jeito de me manter sã. Meus pais tinham um ao outro com quem chorar quando a dor surgia no meio da noite.

Eu não tinha ninguém, sozinha num apartamento no Brooklyn.

Eu não tinha ninguém para afagar minhas costas e me dizer que tudo bem não estar bem. Tinha que dizer isso para mim mesma enquanto me sentava no chão da cozinha no meio da noite e chorava num travesseiro para não acordar os vizinhos.

O passado era passado e não podia ser mudado. Mesmo que eu de alguma forma a encontrasse ali, naquele apartamento, sete anos no passado, não mudaria nada. Ela ainda morreria. Eu ainda me veria no chão chorando às duas da madrugada.

E aí, Nate apareceu três meses depois e achou que podia me consertar, imagino, com um pouco de amor bem direcionado. Só que eu não precisava de conserto. Tinha passado pelo pior dia da minha vida sozinha e saí do outro lado como uma pessoa que sobreviveu a ele. Isso não era algo a ser consertado.

Eu não precisava de *conserto*. Só precisava... ser lembrada de que era humana.

E jantar com um estranho que não me olhou como se eu estivesse quebrada tinha sido um começo surpreendentemente bom.

11

Pega fogo, bebê

Em determinado momento parei de pintar e preparei um banho de banheira.

Afundei na água quente, a alfazema e a camomila do sabonete que eu tinha usado eram suaves e calmantes, e olhei para a sanca do teto, todas as espirais intrincadas e padrões dourados característicos do Monroe. Provavelmente cochilei em algum momento, porque quando me dei conta a porta estava sendo aberta e ouvi alguém atravessar o apartamento. Os passos eram pesados. Esfreguei os olhos com dedos enrugados.

Eu me sentei na banheira.

Iwan.

Peguei o celular no banquinho. Cinco horas. *Já?*

– Limãozinho? Voltei – chamou ele, os passos se aproximando.

– Aqui! – respondi, tentando não entrar em pânico. – Eu estou, hã, no banho!

Os passos dele pararam de repente.

– A-*ah*!

Fiz uma careta. *Muito bem, Clementine*, pensei. *Você deveria só ter dito para ele não entrar.* Minhas orelhas queimaram de constrangimento.

– Não faz o clima ficar esquisito! – gritei.

Ele respondeu depressa:

– Não estou fazendo nada ficar esquisito, você que está!

– Você fez primeiro!

– Eu não disse *nada*!

– Você disse *Ah*!

– Eu deveria ter dito outra coisa?

Escondi o rosto nas mãos.
– Olha... me ignora. Vou me afogar na banheira. Adeus.
Ele riu.
– Bom, não se afogue por muito tempo. Vou cozinhar de novo hoje – acrescentou ele, e os passos sumiram na cozinha.
Peguei rapidamente a toalha e saí da banheira. Eu o ouvi na cozinha guardando as coisas enquanto eu me secava, e lembrei que não tinha pegado nenhuma roupa.
– Merda – murmurei.
Abri o armário do banheiro para tentar encontrar um dos roupões da minha tia. Só encontrei um robe preto de cetim lindo com debrum de penas. Era simplesmente ridículo, o tipo de robe caro que mulheres ricas usavam nos filmes antigos, com uma piteira comprida e um cadáver no saguão. Eu ri e o tirei do cabide. Quase havia esquecido que ela tinha essa monstruosidade. Alguns anos atrás, esse mesmo robe pegou fogo graças à vela da Santa Dolly Parton, e, em pânico, minha tia acabou jogando as duas coisas pela janela. O apartamento ficou cheirando a penas queimadas por semanas.
Bom, era melhor do que uma toalha, pelo menos.
Vesti o robe. Ainda tinha o cheiro do perfume dela. Red, de Giorgio Beverly Hills. Tão distinto e intenso. Ela o usara por quase trinta anos.
Quando saí do banheiro, Iwan olhou para mim, meu cabelo molhado com cheiro suave de sabonete de alfazema. Ele abriu a boca. Fechou de novo. Piscou... algumas vezes. E disse com seriedade:
– Dona, tenho uma pergunta muito séria para fazer: a senhora matou seu marido?
Afofei o boá e adotei um sotaque meio empolado.
– Desculpe, policial, não lembro como meu marido morreu. Deve ter sido o piscineiro! Preciso arrumar um novo.
Ele arqueou a sobrancelha. Estava parado ao lado do fogão, onde aquecia lentamente uma frigideira grande, com seis limões na bancada ao lado.
– Piscineiro ou marido?
– Não sei, quais são suas credenciais?
Ele voltou a olhar para mim de cima a baixo.
– Eu tenho um currículo bem robusto – respondeu, com aquele sotaque suave e grave. – E muitas referências.

Fiz um *tsc*.

– Referências de caráter, espero.

Ele abriu um sorrisinho debochado, e realmente achou que estava arrasando quando se apoiou no fogão... e deu um gritinho.

– *Filho da...!*

Ele ergueu depressa a mão, mas já tinha queimado a ponta do dedo mindinho e o enfiou na boca.

– Você está bem? – perguntei, alarmada, abandonando meu sotaque horrível.

– Estou – disse ele com o dedo na boca. – Estou bem. Foi só um susto.

Olhei para ele e me aproximei, tirando a mão dele da boca e inspecionando o dedo. Havia uma marca vermelha forte na lateral.

– Melhor botar manteiga.

– *Manteiga?* – Ele pareceu incrédulo.

– É. Minha mãe sempre faz isso.

Ele riu e tirou delicadamente a mão da minha. Ele se virou para a torneira e colocou o dedo embaixo da água fresca.

– Assim está ótimo. Eu detestaria estragar a Échiré da sua tia.

Demorei um momento para entender.

– A manteiga chique dela tem *nome*?

– Não é chique se não tiver nome – respondeu ele, galante, fechando a torneira enquanto eu pegava um curativo no kit de primeiros socorros no armário de remédios. Ele esticou a mão, e eu coloquei um band-aid da Disney. – Quer dar um beijinho? Pra passar?

– Isso não funciona.

– Funciona tão bem quanto manteiga, eu diria – respondeu ele.

– Bom, nesse caso...

Não gostei da arrogância na voz dele, e, com o robe de penas da minha tia, me sentindo subitamente muito corajosa, levei a mão dele à boca e dei um beijinho no curativo.

O rosto de Iwan ficou de um vermelho-rosado lindo, do pescoço até o couro cabeludo, ressaltando as sardas nas bochechas. Foi estranhamente sexy, o cabelo cacheado dele desgrenhado depois de um dia na cidade, a gravata frouxa e torta, a camisa branca de botão que não servia direito e a calça preta que eu tinha certeza de que devia ter alguns anos de uso, porque estava meio puída na barra. Sempre que eu o olhava com atenção, ele me deixava desorientada como acontece com os caleidoscópios, se movendo e mudando o tempo todo, cheios de cores e formas que não teriam combinado, mas ali ficavam perfeitas.

Talvez ele fosse o homem mais bonito que eu já tinha visto.

Principalmente quando ficava vermelho.

Ele engoliu em seco, o pomo de adão subindo e descendo com dificuldade, desconcertado.

Soltei a mão dele e falei:

– A propósito, manteiga funciona.

– Eu... hã. – Ele olhou para o dedo com curativo.

– Tá melhor, não tá?

O olhar dele pousou nos meus lábios. Ficou ali. Ele se curvou na minha direção, milímetro a milímetro, e, quanto mais perto chegava, mais dele eu absorvia, os cílios compridos, as sardas nas bochechas e no nariz, se multiplicando rapidamente. Os lábios dele pareciam macios. Ele tinha uma boca bonita, gentil. Era difícil explicar por que parecia gentil, mas parecia.

Mas então algo o fez recuar, duvidar do momento, e meu peito se apertou com um lamento. Ele pigarreou.

– Tudo bem, tudo bem. *Pode ser* que manteiga funcione – disse ele, se ocupando de medir o açúcar, algum tipo de amido de milho e sal, o rubor permanecendo só na ponta das orelhas.

Você ia me beijar?, tive vontade de perguntar, mas não sabia se queria que a resposta fosse não. Então, perguntei:

– O que tem pra jantar?

– Ah, isso é a sobremesa – respondeu ele, indicando os limões na bancada. – Que tal uma pizza hoje?

– Acho que tem o número de um delivery na geladeira...

– Eu quis dizer congelada.

Soltei uma risada, que pareceu vazia aos meus ouvidos.

– Tem certeza de que você é chef?

– Sou cheio de surpresas, Limãozinho – respondeu ele, me provocando com outro sorriso, e voltamos ao estado de antes.

Era bobeira ficar decepcionada por ele não ter me beijado. Eu não era assim.

E, ao que parecia, ele também não.

– Além do mais – acrescentou, com uma piscadela, e apontou para mim fazendo encantadoras e ridículas armas com as mãos –, hoje eu vou fazer uma sobremesa pra você.

12

A lua e mais

A pizza congelada foi exatamente o que eu esperava: tinha gosto de papelão com um pouco de queijo de plástico em cima. E estava deliciosa da mesma forma que pizzas de cinco dólares do supermercado e vinho barato: de um jeito previsível e confiável.

Enquanto esperávamos ficar pronta, peguei uma calça jeans velha que ainda me servia entre as minhas roupas que restavam no armário da minha tia e uma camiseta cinza que havia perdido na Espanha dois anos antes. Iwan preparou uma torta que tinha um cheiro maravilhoso de limão e botou no forno quente enquanto jantávamos.

– Como foi a entrevista hoje? – perguntei quando peguei minha última fatia.

Já tínhamos tomado metade da garrafa de vinho e comido a maior parte da pizza.

– Gloriosa – disse ele, com um suspiro satisfeito. – O restaurante está igual a como eu lembrava. Até a mesa em que meu avô e eu nos sentamos continuava no mesmo lugar.

– O chef estava lá? O que seu avô admirava?

Ele franziu o nariz e balançou a cabeça.

– Infelizmente, não. Mas acho que a entrevista foi boa! Fui um dos 23 candidatos que chegaram à etapa final.

– Para trabalhar *lavando pratos*?

Ele pegou uma fatia sabor pepperoni na pizza e me corrigiu:

– Para trabalhar num dos restaurantes mais prestigiados do SoHo. É uma instituição, claro que muita gente quer trabalhar lá.

Balancei a cabeça.

– Não acredito que não dá pra começar como ajudante de cozinha.

– Talvez se eu tivesse mais talento – respondeu, dando de ombros, e não acreditei nem um pouco na falsa modéstia dele.

No forno, havia uma torta que ele havia feito *do zero*, e eu não ia dizer que era especialista, mas já tinha provado comidas pelo mundo todo. Reconhecia comida boa da mesma forma que qualquer um que já viajara muito sabia que as melhores pizzas eram sempre de pizzarias com janelinhas engorduradas, os melhores tacos eram de food trucks sem frescuras, os melhores falafels, de vendedores de rua, as melhores massas, de restaurantes familiares nas entranhas de Roma. Iwan tinha talento.

Naquele momento as janelas estavam abertas, e uma brisa suave vinha da rua, balançando as cortinas finas. No ar-condicionado Mal-Amada e Besta Quadrada arrulhavam no ninho, apreciando a noite.

– E aí – disse ele, mudando de assunto –, o que você fez o dia todo?

– Tomei banho – respondi.

Ele arqueou a sobrancelha, então suspirei e falei:

– É que peguei no sono sem querer na banheira. Antes disso eu estava... – Franzi a testa. – Na banheira.

– Só na banheira?

Hesitei e deixei a borda da pizza no prato. Não estava com vontade de comer mesmo. Não havia motivo para *não* contar, principalmente depois de ele ter compartilhado tanta coisa comigo na noite anterior.

– Você não pode rir, mas é que eu fazia sujeira pintando quando era criança. Eu espalhava aquarela pra todo lado e minha tia ficava furiosa, por isso me botava na banheira e me deixava pintar à vontade. Era isso que eu estava fazendo. Antes de tomar banho.

Ele pareceu surpreso, da melhor forma.

– Pintando?

Assenti.

Quando Nate descobriu sobre o meu hobby, ao conhecer minhas paisagens, naturezas-mortas e retratos, tudo guardado no meu armário, os olhos dele brilharam com a possibilidade de vender as pinturas. De monetizar minha paixão. "Usa ao seu favor. Você é ótima."

Mas eu já trabalhava num mercado que vendia arte como um bem e não queria seguir por esse caminho. Não gostava de pintar porque *outras* pessoas poderiam gostar do que eu pintava; gostava porque apreciava o jeito como as cores se misturavam, como os azuis e amarelos sempre ficavam verdes. Como os vermelhos e verdes sempre ficavam marrons. Havia uma certeza em tudo, e, quando não havia, era por uma razão.

Além do mais, quando Nate e eu começamos a nos relacionar, eu já tinha parado completamente de pintar.

– Posso ver? – pediu Iwan, e, como não respondi imediatamente, ele acrescentou em seguida: – Não precisa mostrar. Tudo bem. É uma coisa sua, né? – adivinhou. – Particular.

Olhei para ele por um longo momento, porque era exatamente isso, mas eu sempre precisava explicar.

– Sim. É coisa minha.

Ele assentiu, como se entendesse.

– Cozinhar era assim pra mim. Eu gostava de fazer um segredo, só entre mim e meu avô. Parecia uma coisa poderosa, sabe? Algo que ninguém mais sabia.

– E, se você mostrar para alguém, tem medo de estragar.

– Aham.

– Mas você mostrou, obviamente – falei. – Já que cozinhou pra mim.

Ele deu de ombros.

– Achei que queria que fosse só um passatempo, mas aí decidi... por que não?

Olhei para o pouquinho de tinta que ainda havia embaixo das minhas unhas.

– Você se arrepende?

Ele inclinou a cabeça, pensativo.

– Me pergunta daqui a alguns anos.

Se eu te encontrar, pensei, *vou perguntar.*

Se bem que eu não conseguia imaginar que ele fosse se arrepender; havia certo tipo de pessoa que agarrava a própria paixão e nunca a deixava arrefecer. Iwan nunca perderia de vista o que o levou a querer ser chef.

– Sabe a pintura no banheiro? Da lua? É minha – admiti.

Ele franziu as sobrancelhas, buscando a pintura na memória, e seus olhos se iluminaram.

– Ah, aquela! É linda. Tem outras aqui no apartamento?

Ao ouvir isso, eu sorri e bati com um dedo nos lábios.

– Tem. Vou te mostrar na próxima vez, se você se lembrar de perguntar.

– Combinado – concordou ele. – Devem estar na minha cara.

Pensei nos guias de viagem no escritório da minha tia. Ele não fazia ideia. Inclinei a cabeça, reflexiva.

– Sabe, é estranho. Hoje foi o primeiro dia que eu pintei em… seis meses? É, acho que é isso.

Ele assobiou.

– É muito tempo. Por que você parou?

Senti meu corpo ficar tenso.

– Uma pessoa me deixou devastada – falei baixinho.

– Ah… Sinto muito, Limãozinho.

Dei de ombros e tentei agir com desdém.

– Tudo bem. Meu último namorado tentou me fazer pintar de novo, mas eu não estava a fim mesmo. Não estava a fim de fazer muitas coisas com ele, pra ser sincera. Ele dizia que eu era "fechada demais". – Fiz aspas com as mãos. – Eu nem chorei quando a gente terminou.

– Isso não quer dizer que você não o amava.

– Foram três meses – respondi, descartando a ideia. – Sei que não o amava. Minha tia sempre disse que a gente sabe o momento em que acontece.

Ele me observou por um instante.

– Talvez saiba.

– E *você*, já se apaixonou? – perguntei, e continuei, tentando provocá-lo: – É por isso que você está na cidade, *na verdade*? Veio atrás de alguém? Tudo bem – acrescentei, em tom conspiratório –, pode admitir pra mim. Não vou contar pra ninguém.

Ao ouvir isso, ele deu um sorriso torto e encantador, como se fosse me contar um segredo que nunca tinha contado para ninguém no mundo. Ele se inclinou na minha direção.

– E se for isso?

Eu me sentei mais ereta.

– A pessoa sabe?

– Infelizmente, sim – respondeu ele. – Mas as *pommes frites* são um monstro cruel, e meu corpo rejeita elas todas as vezes com… *azia*!

Ele botou a mão no peito, bem dramático, e revirei os olhos.

– Tudo bem, acho que mereci essa.

– Aham. – Ele segurou minha mão e me fez ficar de pé. – E, se você tem tempo pra planejar minha vida amorosa fictícia – disse, me puxando para a cozinha –, você tem tempo pra...

– *Por favor*, não diz dançar.

– ... bater chantili pra mim enquanto eu tiro a torta do forno e deixo esfriar um pouco.

O medo logo virou alívio.

– Ah, *isso*. – Então percebi o que ele tinha sugerido. – Espera, *eu* vou te ajudar?

– Vai ser fácil, prometo.

Por algum motivo, não acreditei nele. Eu estragava até macarrão instantâneo, com certeza não conseguiria bater nada. Ele pegou as luvas de forno com estampa de beija-flor da minha tia e tirou a torta do forno. O aroma de limão tomou conta do apartamento, quente, cremoso e cítrico. Ele colocou a torta no congelador, me levou até uma tigela e pôs os ingredientes nela em rápida sucessão; já tinha medido tudo e deixado na geladeira, resfriado, e me mandou ficar batendo os ingredientes até os picos se formarem. Eu só assenti e fiz o que ele mandou, e aparentemente meus picos de chantili ficaram lindos.

– Eu não tenho ideia do que isso significa – respondi, sentindo os braços virarem gelatina.

Iwan olhou a torta no congelador e pegou o creme que espalharia sobre ela. Então sorriu.

– Significa que você leva jeito.

– Para bater? Ou para comer?

– Isso por acaso é *senso de humor*?

Eu ri e dei uma cotovelada de leve nele.

– Cala a boca.

Mas ele continuou sorrindo ao levar a torta para a mesa, e fui atrás com dois pratos e dois garfos. Nós nos sentamos, entreguei um de cada para ele, e batemos nossos garfos numa espécie de brinde.

– Você primeiro – decidiu ele, indicando a torta. – O suspense está me matando. Nessa receita, eu substituo merengue por chantili. É uma variação da torta de limão-galego, mas com limão-siciliano e uma massa de biscoito. Bem simples mesmo. Talvez simples demais, principalmente sem o merengue.

– Por que sem merengue?

Ele deu de ombros.

– O chantili tem toques de limão. Já chega perto.

– Você não sabe fazer merengue?

– Ai, ai – disse ele, suspirando e apoiando a cabeça na mão. – Meu único inimigo. Pra falar a verdade, também não fiz o chantili. Foi você que fez.

– Então você *não é* perfeito? – Fingi surpresa e cheguei para trás.

Ele revirou os olhos.

– Eu seria um nojo se fosse perfeito. Nunca consegui fazer merengue direito, desde a escola de culinária. Os picos nunca se formavam e eu sou impaciente demais. Meu maior defeito.

– *Esse* é o seu maior defeito?

Ele realmente pensou por um momento antes de assentir.

– É. É, sim.

– Eita.

Eu tinha certeza de que, se ele descobrisse a lista dos meus defeitos, fugiria para as colinas. Girei o garfo nos dedos e o espetei na torta.

Peguei uma garfada e experimentei. A acidez quente e cremosa da torta, junto com a textura crocante do biscoito e a doçura do chantili, com um toque de raspas de limão... tudo isso era um buquê lindo de sabores e texturas. Fez com que eu pensasse em um bosque de limoeiros.

Ele esperou, tentando ser paciente. E, sendo fiel ao que tinha dito antes, ficou meio impaciente. Batucou com os dedos na mesa.

Mexeu-se na cadeira.

Bufou.

Finalmente, perguntou:

– *E aí?*

Mordi o garfo, olhei dele para a torta e para ele de novo. Iwan era *mesmo* impaciente, não era?

O rosto dele se transformou.

– Está horrível, né? Eu fiz besteira. Esqueci algum ingrediente. Eu...

– Você deveria ter vergonha – falei, apontando com o garfo para ele.

Alarmado, ele o pegou e tirou um pedaço da torta.

– Nós comemos pizza congelada podendo comer *isso* o tempo todo? – concluí, enquanto ele mastigava e relaxava na cadeira, engolindo o pedaço de torta. – Pra referência futura, eu não tenho o menor problema em jantar sobremesa.

Ele me olhou de cara feia.

– Você me enganou, Limãozinho. – Ele suspirou de alívio e percebeu: – Então você vai jantar comigo de novo? No futuro?

– Claro. Ainda estou esperando a sopa de ervilha – respondi, num tom empolado, e peguei outro pedaço. – Por que você ficou tão nervoso de não ficar bom?

– Era uma receita do meu avô... que na verdade não é uma receita – respondeu ele, e me devolveu o garfo. – Então fica meio diferente a cada vez.

Meio diferente a cada vez.

Como o fettuccine da Vera.

A frase foi um soco no estômago, um lembrete da segunda regra da minha tia. *Nunca se apaixone neste apartamento.*

– Ele sempre diz que a comida une as pessoas, e é isso que eu mais adoro nela.

Ele sorriu um pouco com a lembrança, embora estivesse com uma expressão distante. Era assim que eu ficava sempre que falava sobre a minha tia?

– A comida pode ser uma língua própria – continuou ele, apoiando os cotovelos na mesa e a cabeça nas mãos. – Já tive conversas profundas com pessoas com quem nunca troquei uma palavra. Dá pra dizer coisas com a comida que às vezes não dá pra dizer com as palavras.

E lá foi ele de novo, a paixão por aquela arte que eu nunca tinha valorizado transformada em poesia. Eu leria enciclopédias inteiras se ele as escrevesse com aquele tipo de ardor.

Depois de comer outro pedaço, a doçura do chantili dançando com a acidez do limão, me fazendo sentir prazer até nos dentes, falei:

– Ah, você está falando da refeição perfeita de novo.

– O círculo sempre se fecha – respondeu ele, com um sorriso. – Verdades universais na manteiga. Segredos sovados na massa. Poesia nos temperos. Romance num chocolate. Amor numa torta de limão.

Apoiei os cotovelos na mesa e a cabeça nas mãos, imitando a postura dele.

– Pra falar a verdade, sempre encontrei meus amores num bom queijo – declarei.

– O queijo Asiago é um danadinho mesmo.

– Um belo cheddar nunca me decepcionou.

– Você come *cheddar*? Isso é tão... a sua cara, pra falar a verdade.

Soltei um ruído de surpresa.

– Você quer dizer *tedioso*, né?

– Eu não falei isso, você que falou.

– Saiba que cheddar é um queijo *muito* respeitável. E versátil também! Dá pra botar cheddar em tudo. Não é como alguns desses outros queijos mais *chiques*, tipo... tipo gouda ou muçarela ou roque... roque...

Ele inclinou a cabeça na minha direção e sussurrou:

– Roquefort.

– Sim, esse! – falei, apontando meu garfo para ele. – Ou chèvre. Ou gouda...

– Você já falou esse.

O rosto de Iwan estava tão perto do meu que deu para sentir o cheiro da loção pós-barba dele na minha pele. Meu coração estava dando cambalhotas.

– Ou... – Minha mente lutou para tentar pensar em mais um. – Parmesão...

– Eu sempre gostei de cheddar – disse ele por fim.

De perto assim, os olhos dele eram mais azuis e verdes do que cinzentos, ficando mais escuros e tempestuosos conforme eu olhava. Eu me perguntei se poderia ver o futuro dele naqueles olhos, que tipo de homem ele seria em sete anos... mas só vi um cara de vinte e poucos meio perdido numa cidade nova, esperando para ser a pessoa que se tornaria um dia.

Se ele gostava de cheddar, então também gostava de coisas seguras e tediosas? De *mim*? Não, eu estava me deixando levar. Claro que não era isso que Iwan queria dizer, mas ele estava muito perto e minha pele pinicava com o calor que sua pele emanava. Os olhos dele desceram até meus lábios de novo, como se debatendo se deveriam correr o risco.

Então ele perguntou, a voz pouco mais de um sussurro, um segredo:
– Posso te beijar?
Inspirei. Eu queria e não deveria querer, e provavelmente estava prestes a tomar a *pior* decisão do mundo, mas...
Assenti.
Ele se inclinou sobre a mesa e encostou os lábios nos meus. Nós nos separamos, mas só por um momento, uma inspiração profunda, e juntamos nossas bocas de novo. Fechei os dedos na camisa dele e puxei a gravata já frouxa. Ele aninhou meu rosto nas mãos e me sorveu. Derreti junto a ele mais rápido do que sorvete numa calçada quente. Ele me beijou como se quisesse me saborear.
– Acho que de fato eu entendi errado – murmurou ele quando finalmente nos separamos, as palavras dele nos meus lábios, a voz grave e rouca. – Apesar dos meus esforços.
Eu estava faminta, a garota selvagem que eu queria ser, mas nunca era, do tipo que desejava devorar o mundo todo uma sensação de cada vez. A maciez dos lábios dele, a fome dele. Enrolei a gravata na mão e o puxei para mais perto de mim, e ele fez um som que veio do fundo da garganta.
– Nós dois podemos ter entendido errado – concordei. – Mas eu gostei. Será que podemos tentar de novo?
Os olhos dele escureceram como um furacão no horizonte, e, quando o puxei para mim, ele veio na mesma hora e me beijou com mais força, enfiando os dedos no meu cabelo. Sua língua brincou no meu lábio inferior, provocando, e ele tinha gosto de torta de limão, doce e calorosa. Meu corpo ardeu, doeu, quando o polegar dele deslizou pelo meu queixo, seguindo lentamente na direção do meu pescoço. O toque dele estava leve e suave, os calos na ponta dos dedos ásperos na minha pele me fazendo estremecer. Iwan tinha um cheiro incrível, de loção pós-barba, sabão em pó e massa de biscoito.
Só percebi o quanto estava ávida por um toque, por algo bom, por algo *quente e doce*, quando experimentei uma amostra.
"Não se apaixone neste apartamento", avisara minha tia, mas aquilo não era amor. Não era, não era, não era...
O jeito como ele me beijava, tão dedicado que eu sentia até nos dedos dos pés, o modo como eu o puxava para mim, minha mão enrolada na

gravata dele, a forma como eu pensava que, se ele era tão bom com a língua agora, como ficaria melhor em alguns anos...

Não, aquilo não era *amor*.

Afinal, eu não sabia o que era amor, o amor romântico, que deixava as pessoas inebriadas. Então, como poderia acontecer comigo?

Não era aquilo. Não podia ser.

– Você beija do jeito que dança – murmurou ele na minha boca.

Eu me afastei dele, perplexa.

– *Mal?*

Ele riu, mas foi uma risada grave e profunda, quase um grunhido, e roubou outro beijo.

– Como alguém esperando um convite. Você pode dançar e pronto, Limãozinho. Pode conduzir os passos.

– E você vai seguir?

– Até a lua e de volta à Terra.

Eu me inclinei para a frente, as mãos apertando seu peitoral, e o beijei de novo. Com mais intensidade. Por cima da torta de limão. Minhas entranhas pareciam aquelas balas que explodem na boca, borbulhantes e coloridas. Ele fez um ruído na minha boca, um rosnado que ribombou pelo peito dele enquanto os dedos compridos se fechavam no meu cabelo, os dentes mordiscando meu lábio inferior...

De repente, ele empurrou a torta de limão para o lado, as taças de vinho fazendo barulho ao baterem na parede, e apoiei um joelho na mesa, só para chegar um pouco mais perto. Só um pouquinho. Eu queria me colar a ele. Queria me perder no cheiro de Iwan, no toque calejado, no jeito como ele pintava palavras como poesia.

O romance não estava no *chocolate*, estava em nossas respirações ofegantes. Estava no jeito como ele aninhou meu rosto, o modo como passei o dedo pela marca de nascença em forma de lua na clavícula dele. Estava na forma como ele murmurou que eu era linda, no jeito como isso fez meu coração flutuar. Estava no fato de que eu queria saber tudo sobre ele: desde as músicas preferidas até finalmente adivinhar sua cor favorita. Ele migrou com a boca para o meu pescoço, e senti minha pulsação acelerar. Iwan deu um beijo embaixo da minha orelha...

Ele não vai ficar, ó querida Clementine, ouvi minha tia dizer, com a clareza de um cristal na minha cabeça. Eu a via sentada na poltrona de encosto alto, relembrando Vera. *Ninguém fica.*

– Espera – falei, ofegante, me separando dele. Meu coração estava acelerado e soava alto na minha cabeça. – Espera, isso é sensato? A gente *deveria*? Talvez seja uma má ideia.

Ele ficou imóvel.

– O quê?

– Isso... Talvez isso seja uma má ideia – repeti, soltando a mão da gravata dele.

Meus lábios estavam sensíveis, as bochechas coradas.

Iwan piscou e franziu as sobrancelhas, confuso, o olhar ainda embriagado dos nossos beijos.

– Você nunca poderia ser uma má ideia, Limãozinho.

Mas e se você for?, pensei, aflita. Porque ali estava eu, oscilando no precipício de alguma coisa. Eu poderia cair e nunca mais ver o topo, ou poderia continuar perfeitamente equilibrada onde estava.

Então olhei nos olhos cinza-azulados e soube exatamente como os pintaria: como a lua. Camadas de branco ficando gradualmente mais escuras com sombras azuis. No momento, no entanto, eles estavam como nuvens de tempestade no mar à luz dourada da tarde...

E eu era uma idiota.

– Limãozinho? Você está com aquela cara de novo – disse ele, apreensivo.

Despertei dos meus pensamentos, o constrangimento inundando as minhas bochechas. Iwan tinha contornado a mesa e se ajoelhado na minha frente, a mão no meu joelho, o polegar fazendo círculos ali.

– Limãozinho?

– Desculpa. – Cobri o rosto com as mãos. – Me desculpa.

– Não, não, tudo bem.

Com delicadeza, ele baixou minhas mãos e olhou para mim, visivelmente preocupado. Que homem fofo. Afundei nele, escondi o rosto no seu ombro, onde me encaixava (para o meu azar) com tanta perfeição. Ele era tão quente e confortável, e eu odiava amar aquilo.

– Me desculpa – repeti de novo.

Nem sabia de que outra forma expressar o quanto eu queria aquilo, o quanto o queria, mas havia coisas que meu coração não aguentava mais, ainda frágil e pequeno, traumatizado por outra coisa que chegou ao fim.

Eu estava vulnerável e sozinha. Queria que ele tivesse *me* encontrado sete anos antes, e não nesse momento delicado.

– Me desculpa. Me desculpa...

– Ei... ei, não pede desculpa, não lamenta, não tem nada para lamentar – disse ele, me desalojando delicadamente do ombro dele para poder me encarar e prendendo meu cabelo atrás da orelha. Ele aninhou minha bochecha em sua mão quente. – Está tudo bem. Tudo bem mesmo.

Nessa hora, as garotas normais teriam chorado, porque a voz dele foi tão gentil, tão reconfortante... Nessa hora elas teriam deixado o coração transbordar e derrubariam seus muros, mas meus olhos nem arderam de lágrimas. Acho que chorei todas as que eu tinha nos seis meses anteriores. Acho que estava seca. Porque, quando olhei para Iwan e para seus lindos olhos claros, só senti um buraco vazio no meio do peito.

Eu queria poder contar uma história, pensei, *e queria que você acreditasse*.

Mas ele não acreditaria. Eu tinha idade suficiente para saber disso. Porque, embora ele acreditasse em romance, em chocolates e em amor em meio a tortas de limão, a história de uma garota sete anos à frente parecia um pouco abstrata demais, mesmo para os ouvidos dele, e era insuportável pensar no jeito como ele me olharia quando eu contasse a minha história, com um pouco de pena e um pouco de decepção por eu ter que inventar uma mentira sobre uma falha no tempo em vez de contar a verdade.

Então inclinei o rosto e beijei a palma de sua mão.

– Podemos terminar a sobremesa? E conversar um pouco mais?

Ele se levantou e beijou a minha testa.

– Claro, Limãozinho. É o que eu mais quero.

Meu coração se contraiu, porque ele era tão adorável, e fiquei muito aliviada, até feliz, por ele entender a situação.

Ele voltou até a cadeira, pegou o garfo e me perguntou sobre os meus quadros favoritos. Por que Van Gogh? Para onde eu gostava de viajar? Qual era meu petisco favorito? Se pudesse jantar com qualquer pessoa do passado ou do presente, com quem seria? E me fez rir enquanto comíamos o resto da torta de limão e bebíamos vinho, ainda com o gosto dos lábios dele nos meus e a lembrança de beijos que, para todos os efeitos, nunca existiram.

13

De volta à labuta

Quando acordei, a cama ao meu lado estava vazia e Iwan tinha deixado um bilhete na bancada.

Café fresco no bule. — I.

Ele já devia ter saído para ver o emprego de lavador de pratos de novo; eu nem o tinha ouvido se levantar. Depois que terminamos a garrafa de vinho na noite anterior, fomos para a cama, os dedos entrelaçados e as testas encostadas uma na outra, o luar intenso e prateado pintando linhas suaves nos nossos corpos, e conversamos mais um pouco. Sobre a irmã dele, o restaurante dos sonhos do avô, meus pais e o estilo de vida tranquilo e rotineiro deles. Ele perguntou sobre a cicatriz que cortava a minha sobrancelha, e perguntei sobre as tatuagens dele; o ramo de coentro no braço em homenagem ao avô (os dois tinham aquele gene que fazia o coentro ter gosto de sabonete); as iniciais no tronco, misteriosas e apagadas; o batedor atrás da orelha porque ele achou divertido, entre outras. Conversamos sobre os lugares para onde eu tinha viajado, sobre aqueles aonde ele nunca fora.

— Você *nunca* comeu num Waffle House? — perguntou, estupefato.

— Minha tia e eu passamos por alguns na viagem de carro que fizemos uma vez, mas... não. Por quê? Estou perdendo alguma coisa?

— Os WaHos são maravilhosos. Não fecham nunca e, quando fecham, você sabe que tem um desastre natural vindo, então é melhor sumir de lá. As batatas estilo hash brown são as melhores coisas do mundo ou são tão melequentas que chegam a parecer sopa. É a melhor experiência de taverna moderna do mundo.

– Isso não pode ser verdade.

– Eu juro – respondeu ele firmemente – que nada é como um Waffle House às duas da madrugada.

Eu me perguntei vagamente, enquanto vestia a blusa, onde ficava o Waffle House mais próximo. Eu encontraria uma hash brown incrível ou uma sopa oleosa? Eu o encontraria lá, assombrando as mesas? Isso me fez imaginar onde ele estava de verdade no meu presente. Sete anos depois.

– Te vejo mais tarde – falei para o apartamento ao pegar minha bolsa e minha chave, e saí.

Earl estava na recepção lendo outro James Patterson e inclinou o chapéu para mim quando saí apressada.

Agora que estava fora do apartamento, a cidade pulsava ao meu redor, a toda velocidade, e num primeiro momento foi desconcertante.

No apartamento da minha tia, quase parecia que o tempo parava.

Eu estava tão perdida nos meus pensamentos, entre o apartamento e a Strauss & Adder, que não reparei em Drew e Fiona no elevador ao meu lado até Fiona dizer, parecendo meio desgrenhada:

– Você está com cara de raios de sol e peidos de unicórnio.

Ajeitei minha franja.

– Estou?

– Você está *exalando* isso – disse Drew.

– É irritante – acrescentou Fiona.

Ela apertou o botão de fechar a porta antes que mais gente pudesse se espremer no elevador. Já éramos dez lá dentro, e estávamos espremidas o suficiente.

Minhas bochechas ficaram rosadas quando pensei em Iwan. E na boca de Iwan. E no gosto dele.

– Passei o fim de semana pintando, só isso.

Não era mentira.

– Aah, pintando o quê? – perguntou Drew.

– Aquele guia novo de Nova York em que a Kate trabalhou, sabe? – falei.

– Ah! Eu vi um na estante dos livros para levar. Você pegou? O que pintou primeiro?

— A Bow Bridge – respondi, e observei as duas, que pareciam zumbis de *The Walking Dead*. – Devo concluir que vocês não tiveram um bom fim de semana?

— Eufemismo do ano – murmurou Drew, olhando para o teto. – *Nós* passamos o fim de semana preparando o cantinho do bebê. E, quando digo *nós*, estou falando de mim. Essa aí "supervisionou". – Ela fez aspas com as mãos.

— Você foi ótima, meu bem – respondeu Fiona, e beijou a bochecha dela.

O elevador chegou ao nosso andar, e abrimos caminho para sair. Drew foi para a mesa dela enquanto Fiona e eu passamos na cozinha para preparar nosso café. Só quando Drew sumiu de vista Fiona chegou mais perto e sussurrou:

— Eu estava *preocupada* com você!

Olhei para ela, confusa.

— Preocupada? Por quê?

Ela suspirou, irritada, e pegou uma caneca de café no lava-louça.

— Você não respondeu a *nenhuma* das minhas mensagens de texto no fim de semana!

Olhei para ela, e a ficha caiu.

— *Ah*... Ah, você sabe que o apartamento da minha tia tem sinal ruim.

Ela franziu o nariz.

— Eu não sabia que era *tão* ruim...

Peguei o celular na bolsa e, realmente, havia várias mensagens de Fiona: uma foto dela e Drew montando um quartinho de bebê com o tema de floresta e se irritando com o berço da IKEA.

— *Ah*. Ah, desculpa! Eu nem olhei meu celular. Que cor mais linda.

Ela não pareceu acreditar em mim quando colocou uma cápsula de café descafeinado na cafeteira.

— É...?

— Claro...

— Bom dia! – Rhonda entrou na cozinha, o cheiro do perfume dela forte e os saltos fazendo barulho. – Nós temos reunião! – cantarolou. – Melhor não se atrasarem! – E me lançou um olhar intenso.

Certo. Porque, a partir de agora, eu estava em avaliação. Se quisesse provar meu valor para Rhonda, mostrar que podia ocupar o lugar dela, precisava fazer o melhor possível. E faria. Era isso que eu queria, afinal.

Não podia fazer besteira.

Fiona olhou para Rhonda saindo com seu café matinal e sussurrou:

– *Ela* está de bom humor... Fico até desconfiada.

– Ela costuma estar de bom humor – respondi, e Fiona me encarou, perplexa. – O quê? É verdade. Melhor eu ir antes que isso mude.

– Espera... eu não acabei de te interrogar!

– Você pode fazer isso depois – prometi.

Preparei uma xícara de café a jato, larguei a bolsa ao lado da minha mesa e peguei o caderno e a caneta antes de sair depressa pelo corredor até a sala de reuniões.

Quando todos nos sentamos, Rhonda aproveitou a chance de começar.

– Acabei de ter um fim de semana maravilhoso e espero que todos tenham tido também! O que me leva ao primeiro assunto...

Ela começou com o plano de marketing: verificar a situação dos anúncios, se aquele vídeo novo que passaria no site da *Entertainment Weekly* estava pronto, se tinham corrigido o erro tipográfico num dos anúncios do Google, essas coisas.

Pensei em pesquisar Iwan no Google para ver se ele ainda trabalhava naquele restaurante francês, fosse qual fosse. Talvez eu pudesse surpreendê-lo. Talvez ele já fosse sous chef. Talvez tivesse ganhado prêmios.

Ou talvez... ele tivesse voltado para casa.

– ... Clementine? Você me ouviu?

Eu me empertiguei na cadeira giratória, morrendo de vergonha de estar perdida em pensamentos.

– D-desculpe. O quê?

Rhonda me olhou com curiosidade.

– Perguntei sobre o posicionamento de produto dos livros da Mallory Grey. Não queremos que ela esbarre naquele livro mais recente da Ann Nichols, da Falcon House.

– Certo, sim.

Olhei para as minhas anotações e tentei tirar Iwan da cabeça. O resto da reunião foi só um repasse rápido do trabalho da semana. Os livros que seriam lançados na terça-feira, as campanhas que estavam em andamento, as promoções em que precisávamos nos concentrar, as atualizações de clubes do livro... Mas, no fundo da minha mente, a pergunta persistia:

Onde ele estava agora?

14

Sete anos atrasada

Pensei em procurar Iwan no Google naquela tarde, mas mal tive tempo de fazer xixi, porque uma caixa de assinatura de livros decidiu oferecer uma das nossas biografias de celebridade junto com um sabonete no formato de uma coisa indizível, incluindo uma ventosa atrás que dizia *grude na parede do banheiro*, e passei a tarde toda apagando *esse* incêndio.

Quando deu seis da tarde, Fiona teve que me arrancar da frente do computador antes que eu enviasse outro e-mail acalorado para a empresa da caixa de assinaturas, quase me despedindo com *Tenham o dia que vocês merecem*. Andamos juntas até o metrô, porque nós duas estávamos indo na mesma direção (Fiona tinha uma consulta e Drew teve enxaqueca no meio do dia e precisou ir para casa mais cedo). Ela se sentou ao meu lado num banco enquanto esperávamos o metrô. Um homem com um acordeão e um tambor nos pés tocou uma versão jazzística de "Piano Man", de Billy Joel, e, a poucos metros, um rato mordiscava uma borda de pizza.

Meu Deus, eu amava Nova York. Até os clichês.

Fiona disse sem me olhar:

— Aconteceu alguma outra coisa no fim de semana, não foi? Dá pra perceber.

— O quê? Não. Eu só... Já te falei.

— Sim, você pintou e não olhou o telefone durante todo o fim de semana, duas coisas que você *nunca* faz.

Ela tinha razão. Mordi o lábio, tentando decidir se deveria contar. Conhecendo bem Fiona, sabia que ela não pararia de perguntar até descobrir, sem contar que nada passava despercebido pela minha amiga.

– Tudo bem, não vai surtar – comecei, e respirei fundo –, mas acho que conheci uma pessoa no fim de semana.

Isso a surpreendeu. Ela ergueu o rosto do celular.

– No Monroe?

– Ele está passando o verão no prédio. – Não chegava a ser mentira. – Está na cidade por causa de um emprego, e nós começamos a conversar e... ele é legal. É bom conversar com ele.

Ela piscou algumas vezes. Reorganizando a mente.

– Desculpa, você disse que *conheceu* uma pessoa? Por conta própria? O céu desabou? – acrescentou, perplexa.

Soltei uma risada.

– Ah, para com isso, eu sou capaz de conhecer gente às vezes.

– É, quando eu e a Drew *obrigamos* você.

Revirei os olhos. O metrô entrou na estação, os freios guinchando, e nós nos levantamos.

– Vocês se beijaram? Você passou a noite com ele? – perguntou Fiona, me seguindo.

Fui na direção de dois assentos vazios, mas um jovem de terno ocupou um dos lugares antes que pudéssemos nos sentar, abriu bem as pernas e começou a jogar no celular. Olhei de cara feia para ele.

– Me conta *tudo*. Ele é bonito? – continuou Fiona, indiferente àquilo.

Continuei olhando para o homem até que ele finalmente me encarou, irritado, mas aí viu a mulher grávida ao meu lado e os outros passageiros o julgando. Ele enfiou o celular no bolso e fechou as pernas, e assim Fiona pôde se sentar.

– Como ele é? – perguntou minha amiga. – Qual é o nome dele?

– Iwan – respondi, me segurando na barra acima dela –, e nós só jantamos juntos... o fim de semana todo.

Ela se abanou com as mãos e piscou para segurar lágrimas falsas.

– Ah, meu Deus! Minha pequena Clementine está crescendo, finalmente! Você talvez até *se apaixone*!

Eu não queria pensar nisso.

– Pronto, já chega.

– E se vocês dois se casarem? E se ele for sua *alma gêmea*? – disse ela, ofegante, chegando mais perto. – Qual é o *sobrenome* dele?

– É...

Parei de falar. O trem sacolejou. Percebi naquele momento que eu *não sabia* o sobrenome dele.

– Hã...

Ela ficou me encarando.

– Você passou o fim de semana *todo* com ele e não perguntou o sobrenome?

O cara das pernas abertas deu um sorrisinho debochado, e olhei para ele de cara feia de novo.

– Vou perguntar hoje. Ah, chegou sua estação – acrescentei.

Fiona realmente pareceu prestes a faltar à consulta para me perturbar mais um pouco, mas decidiu que era melhor não arriscar e pegou a bolsa.

– Você tem que me contar *tudo* amanhã, inclusive o sobrenome dele – disse ela, solene.

Não prometi nem neguei que faria isso enquanto ela saía e apontava para mim da plataforma, dizendo com movimentos labiais "Estou falando sério".

Dei tchauzinho, sabendo que não haveria como escapar, e fui me sentar no lugar dela, mas o cara já estava de pernas abertas de novo. Fechei a cara, fui para a porta e esperei para descer na estação da 86th Street.

Eu não acreditava que não sabia o sobrenome dele.

Alguns dias antes, se alguém tivesse me dito que eu conheceria um estranho bonitão no apartamento da minha tia que se tornaria um amigo não tão estranho (nós *éramos* amigos? Ou outra coisa?), eu não teria acreditado. Mas naquele momento estava me perguntando o que ele faria para o jantar à noite, se tinha conseguido o emprego de lavador de pratos, como havia sido o dia dele. Talvez eu pudesse passar os fins de semana no apartamento ao longo do verão aprendendo sobre a marquinha de nascença na clavícula dele e as cicatrizes nos dedos que beijaram facas demais.

E talvez, no fim da história, eu pudesse revelar a ele que *vivia no futuro*. E talvez ele acreditasse.

Ou, pior, talvez eu *acabasse* contando e ele não acreditasse, o que explicaria por que ele nunca foi me procurar. Pois é, eu não podia ignorar os sete anos entre nós, os sete anos desde que ele tinha me conhecido, e onde eu estava naquele momento. Iwan nunca foi me procurar.

Ao menos que eu lembrasse.

Saí do metrô e entrei no Monroe. Na portaria, Earl estava quase terminando o livro de James Patterson. Ele me cumprimentou com um sorriso, como sempre fazia, e eu entrei no elevador.

Iwan parecia alguém que teria um sobrenome extravagante, algo galês, quem sabe? Já que *Iwan* era galês. Ou seria um nome da família? E o sobrenome era comum, para contrabalançar?

Tirei as chaves da bolsa, tentando segurar a empolgação.

Destranquei a porta do B4 e a abri rapidamente.

– Que tal a gente experimentar o fettuccine da minha tia hoje? – falei para o apartamento, tirando os sapatos ao lado da porta.

Parei depois de dar alguns passos. O apartamento estava escuro e silencioso.

Era o tipo de silêncio que fazia meu coração se contorcer dolorosamente. O tipo que eu conhecia bem demais naquele lugar.

– Iwan? – chamei.

O medo cresceu no meu peito. Porque era o tipo de silêncio que veio depois que tia Analea morreu. O tipo de silêncio sem alma e sem vida que me fazia querer sair correndo o mais rápido possível. O tipo de silêncio que ficou comigo quando estava desempacotando as caixas. Quando estava guardando as coisas dela no armário. Dei outro passo para dentro do apartamento. E outro.

– *Iwan?*

Minha voz ficou mais baixa. Consumida pelo pânico.

Era o tipo de silêncio tão alto que chegava a gritar.

Quando entrei na cozinha, as luzes estavam apagadas e o cômodo estava limpo, minha caixa de louças do antigo apartamento ao lado da pia, aberta e parcialmente desfeita. No escorredor ainda havia xícaras de café que nunca chegaram aos seus lugares nos armários, o porta-guardanapos de pavão vazio. Na sala, tudo estava laranja-amarelado com a luz do fim da tarde, como uma natureza-morta, emoldurando o espaço onde antes ficava a poltrona azul como um ovo de tordo, as marcas dela ainda no tapete oriental.

Não. Não, não, não...

Dei um passo para trás, depois outro, torcendo para que talvez o apartamento percebesse o erro e o corrigisse logo. Mas não aconteceu. E, de repente, saí correndo pela porta.

E a bati com força.

Minhas mãos estavam tremendo quando a destranquei de novo e entrei.

Escuro e silencioso... e no presente.

Eu a fechei e abri de novo... e *de novo*.

Na quinta tentativa, fiquei parada na porta aberta e olhei para o apartamento vazio, onde a luz dourada do fim da tarde entrava num apartamento que não era mais habitado, e entendi que era o fim.

Aquilo, o que quer que fosse, tinha acabado.

Não haveria mais conversas sobre pizzas com gosto de papelão, nem danças na cozinha ao som do violino de uma mulher morta, nem beijos com gosto de torta de limão, nem... nem...

A vizinha de frente espiou para fora do apartamento. Era uma mulher mais velha com cabelo preto volumoso e óculos. Ela me olhou com preocupação.

– Clementine, está tudo bem?

Não, não estava, mas ela não entenderia. Então, eu me controlei. Eu me recompus. Tinha aprendido na marra a fazer isso nos meses anteriores e era muito boa. Uma pedreira especialista na arte de erguer muros para conter emoções.

– Está tudo bem, obrigada, Srta. Avery – respondi, surpresa com a firmeza da minha voz. – Estou voltando do trabalho.

Ela assentiu e entrou na casa dela.

Eu me encostei na porta do B4 e inspirei fundo, depois expirei. Meus joelhos estavam fracos, o peito apertado quando deslizei para o chão acarpetado. Tentei dizer para mim mesma que sabia que isso ia acontecer, enfiando todos os *e se* na minha cabeça numa caixinha: todos os fins de semana impossíveis que eu tinha inventado, aprendendo sobre a marca de nascença na clavícula dele e as cicatrizes nos dedos que beijaram facas demais.

– Foi um fim de semana perfeito – sussurrei, mantendo a dúvida longe. – Mais do que isso e teria ficado ruim. Você acabaria descobrindo que ele gostava de Nickelback ou... coisa pior.

Um fim de semana era suficiente.

Uma lembrança era *muito*.

Era.

Uma onda de dor subiu pelo meu peito. Eu não ia simplesmente aceitar isso. Peguei o celular e abri o navegador, e ali, no chão antigo e acarpetado do Monroe, tentei encontrar Iwan, onde ele estava, onde *poderia* estar. Pesquisei todas as palavras-chave em que consegui pensar: Culinary Institute of America + lavador de pratos + ajudante de cozinha, Carolina do Norte, torta de limão, Iwan...

Revirei tudo, todas as páginas estranhas de Facebook, e encontrei...

Nada.

Era como se Iwan fosse um fantasma, e eu só conseguia pensar que o pior tinha acontecido. Que ele tinha morrido. Que talvez, de fato, ele *fosse* um fantasma no meu presente, uma lembrança num ponto perdido de um cemitério. E, mesmo que não fosse, mesmo que ainda estivesse vivo, nunca tive tanta certeza de que jamais voltaria a vê-lo.

Minha tia havia me avisado. Regra número um, sempre tire os sapatos na porta. Regra número dois, nunca se apaixone neste apartamento.

Respirei fundo e me concentrei nisso, dizendo para mim mesma que, se chorasse, seria o fim: eu saberia como era o amor e seria o fim. E tentei. Queria chorar. Esperei que o ardor nos meus olhos se transformasse em lágrimas, mas não se transformou. Porque eu não chorava por alguém que mal conhecia. Isso seria besteira, e Clementine West não era boba.

Ela não se apaixonava.

E não começaria naquela hora.

Respirei fundo mais uma vez, me preparei e me obriguei a ficar de pé. Ficaria tudo bem. Tudo se acertaria. Era só continuar adiante, mantendo os olhos à frente. Formulei um plano. Fiz uma lista mental. Nada ficava – isso era algo que eu deveria ter esperado, que deveria ter lembrado.

Eu estava *bem*.

Então, me virei para a porta do B4, a destranquei e entrei no apartamento silencioso e solitário. Deixei a bolsa na bancada, troquei de roupa e liguei a televisão na sala enquanto desempacotava o resto da caixa da cozinha e guardava tudo no lugar.

Depois, fui dormir na cama no quarto da minha tia, a minha cama mais barulhenta do que a dela, a cortina com uma frestinha para que passasse um raio de luz prateado de uma lua que estava a 384.400 quilômetros de distância. Fechei a cortina e a ignorei, como deveria ter feito desde o começo.

15

Atemporal

E o verão seguiu em frente.

As manhãs úmidas de junho deram lugar a tardes tempestuosas de julho, que viravam fins de tarde dourados, e Iwan tinha realmente desaparecido. Mas continuei procurando, pensando que talvez pudesse encontrá-lo numa calçada lotada ou jantando num restaurante chique mas despretensioso de Chelsea ou West Village que talvez combinasse com sua personalidade interiorana, mas ele sempre estava fora do meu alcance. Eu estava procurando por toda parte alguém que, acima de tudo, não *queria* ser encontrado. Se quisesse, ele não teria dificultado tanto, e eu começava a me perguntar o quanto aqueles sete anos tinham mudado Iwan. Fiquei pensando se o reconheceria na rua.

Eu me perguntei se *já tinha* o visto, se tínhamos nos sentado lado a lado num metrô ou trocado uma piada num bar escuro, se eu tinha comido a comida dele ou roubado sem querer o lugar dele num ônibus lotado.

Talvez fosse hora de deixar aquilo para trás.

Então, aos poucos, parei de procurar tanto.

Além do mais, minhas amigas eram muito boas em me distrair... Bem, em me arrastar para os planos delas, pelo menos.

O corredor da Strauss & Adder estava escuro até eu ir para minha baia e as luzes com sensor de movimento se acenderem. Todo mundo tinha viajado mais cedo para o feriado do Quatro de Julho, então me alonguei e apreciei o silêncio. O verão era sempre úmido na cidade, e o apartamento da minha tia não tinha ar-condicionado central. O aparelho da janela funcionava da melhor maneira possível, mas nunca resfriava o suficiente.

– *Clementine!* – cantarolou Fiona, finalmente arrastando Drew do banheiro, onde as duas estavam havia vinte minutos, vestindo as roupas de jantar chique. – Está pronta?

– Vamos nos atrasar – respondi, colocando as mãos nos apoios de braço da cadeira e me levantando.

Fiona tinha me enfiado num vestido roxo horrível, e eu me sentia uma uva prestes a ser esmagada para fazer vinho.

– A gente pode ligar para ele e dizer que não vai – sugeri.

– Até que não é má ideia – concordou Drew, ajeitando a gravata.

Ela estava usando uma camisa de botão rosa com suspensório branco e uma calça jeans skinny de lavagem escura. Nem sinal do paletó de tweed que praticamente andava sozinho e da calça confortável. As coisas que ela fazia pela esposa... As coisas que *nós duas* fazíamos por Fiona.

– A gente pode dizer que pegou um resfriado – concluiu ela.

Apontei para ela.

– Exatamente.

Fiona revirou os olhos.

– Nós *vamos*. Esse cara é superlegal! Ele mora no nosso prédio. Até paga o próprio aluguel, o que é raro, porque nós moramos num prédio cheio de filhinhos de papai. E você – acrescentou ela, olhando para mim – *vai* se divertir.

Como eu temia, Fiona não tinha esquecido nossa conversa no metrô, e havia perguntado sobre Iwan alguns dias depois. Eu não podia contar para ela que o apartamento da minha tia decidiu parar de nos juntar, que por isso não descobri o sobrenome dele e que minha pesquisa quase obsessiva no Google não tinha dado em nada, então falei uma coisa da qual me arrependi muito depois...

– Não foi o momento certo.

Ela na mesma hora supôs que ele estava comprometido com outra pessoa, ou se divorciando, ou se mudando para a Austrália, então decidiu fazer a única coisa que uma melhor amiga faria:

Me animar.

Calcei os saltos e deixei que ela me arrastasse para o elevador e para o Uber que aguardava. O restaurante que o cara tinha escolhido era no Upper West Side, um italiano pequeno que ralava o queijo na mesa na hora, e o cara em questão era de fato incrivelmente legal. Elliot Donovan tinha um sorriso gentil. Era alto, tinha ombros largos, cabeleira preta cacheada e olhos cor de chocolate, e falou sobre livros e eventos a que tinha ido na livraria Strand e sobre seus autores favoritos. Fiona e Drew se sentaram a uma mesa do outro lado do restaurante, mas eu *sentia* o olhar de Fiona em mim o tempo todo... e o cara também.

Na metade do jantar, ele se inclinou um pouco para a frente e disse:

– Fiona é meio intensa, né?

Enfiei um pedaço de pão na boca antes que acabasse dizendo algo comprometedor e murmurei:

– Ela tem as melhores das intenções.

– Ah, não questiono isso – respondeu ele, mas então respirou fundo e disse: – Mas acho que isso não vai dar certo, vai?

Em tese, Elliot era ótimo. Era exatamente o tipo de homem com quem eu queria me relacionar: trabalhador, com um bom emprego e uma coleção de livros decente. Tinha um bom senso de humor e uma linda risada, mas, quando olhei para o cardápio, só consegui pensar em Iwan me contando sobre o romance no chocolate, uma carta de amor num fio de fettuccine, e balancei a cabeça.

– Acho que não. Desculpa.

– Tudo bem! Preciso admitir que vim aqui torcendo para ser uma boa distração – acrescentou, constrangido.

– Tem outra pessoa?

Ele assentiu.

– E você?

– Também, mas foi o momento errado.

Ele riu.

– Isso é sempre o mais trágico, né? – Ele olhou para a mesa de Fiona e Drew de novo (e Fiona teve a *audácia* de fingir que estava olhando a carta de vinhos) e disse: – Mas a gente pode fingir, pela sua amiga, né? Fazer um belo show pra elas?

Eu sorri.

– Claro. E depois a gente pode fingir que brigou no fim do jantar e nunca mais se falar.

– Aah, gostei dessa ideia. Pelo que a gente pode brigar?

— Qual é a sua opinião mais polêmica sobre livros? – perguntei.

Afinal, eu sabia que um homem que lia tanto, que havia passado a vida toda na camada mais alta da sociedade e trabalhava em Wall Street com certeza tinha uma opinião controversa.

E, ah, tinha mesmo.

Fiona ergueu as mãos quando descemos para as entranhas do metrô. Depois da nossa briga falsa, Elliot tinha ido embora de táxi, e Drew, Fiona e eu andamos até a estação.

— Eu não *acredito* que você arrumou briga por causa de *Duna*!

— Olha, não é culpa minha a opinião dele estar errada – respondi, tentando segurar o sorriso.

— Ele era perfeito... *perfeito*! Mas aí você teve que ir lá arrumar briga – continuou ela, falando sem parar, balançando as mãos no ar. — Me sinto ofendida! Humilhada! Eu tenho que encontrar com ele nos *elevadores* do meu prédio. Vou ter que olhar na cara do sujeito sabendo que ele acha que *Duna* é o melhor livro de ficção científica de todos os tempos.

Drew balançou a cabeça.

— O *desrespeito* com Anne McCaffrey.

— Olha, eu que não quero um homem morto ocupando espaço na minha estante. Os imóveis em Nova York *já estão* um absurdo – falei, com naturalidade.

Fiona apertou os olhos.

— Você diz isso, mas tem quatro edições diferentes de *O senhor dos anéis*.

— Eu *poderia* ter cinco – ameacei, e ela levantou as mãos de novo.

— Tudo bem! Tudo bem, vou examinar os caras primeiro e depois podemos tentar de novo...

Segurei a mão dela com delicadeza e paramos na frente da catraca. Não havia muitas pessoas na estação àquela hora da noite, e as que havia nos contornaram.

— Que tal a gente não fazer isso?

Ela franziu as sobrancelhas sem entender.

— Como assim?

– Eu não estou procurando nada agora... não *quero* procurar nada agora – corrigi. – Agradeço por isso tudo, mas... já superei o Iwan, juro. Estou bem sozinha.

E estava mesmo. Apesar de meus pais serem modelos de um romance bem-sucedido (eles se encaixavam nas peculiaridades e problemas um do outro como peças de um quebra-cabeça), minha tia passara a maior parte da vida sozinha, e não foi tão ruim. Rhonda tinha uma vida bem-sucedida e também não tinha um par. Elas eram exemplos brilhantes de que eu também podia fazer a mesma coisa. Só precisava me concentrar no trabalho naquele momento, como Rhonda fazia. Além do mais, eu estava cansada daquela dança toda. Não era que eu não quisesse um companheiro. Eu queria. Pensar em passar pelo mundo sozinha fazia meu estômago despencar até os pés. Mas eu não queria procurar ninguém agora.

Não queria me sentar em frente a outro cara legal, não sentir nada e planejar a melhor forma de encerrar o encontro para que a gente nunca mais tivesse que olhar para a cara um do outro.

Drew passou o braço pelo da esposa e acrescentou baixinho:

– Ela vai encontrar alguém quando estiver pronta.

Fiona soltou um suspiro.

– Tudo bem. Mas, até lá, você é nossa vela. E vai *gostar* de ser.

Levantei as mãos em rendição.

– Vou adorar segurar vela pra vocês.

– Que bom – respondeu ela, apesar de parecer meio derrotada.

Ela parecia querer dizer outra coisa, mas aí pensou melhor e tirou o MetroCard da bolsa. Pegamos a linha 1 até a linha Q juntas, as duas saíram na Canal Street para pegar a linha R, e dei tchauzinho para elas.

As intenções de Fiona eram as melhores, e eu não podia culpá-la. Além do mais, achei a comida daquele restaurante ótima. Não tão boa quanto a do lugar aonde Drew tinha nos levado no mês anterior, o Olive Branch, claro.

O alerta do metrô anunciou o fechamento de portas. Eu me sentei e finalmente baixei as muralhas. Meus pés estavam doendo nos sapatos, e eu mal podia *esperar* para tirar a cinta.

Continuar adiante, manter os olhos à frente, esse era o plano. Nada permanecia; isso era algo que eu deveria ter esperado, que deveria ter lembrado quando conheci Iwan.

Eu estava *bem*.

Ao meu lado, duas garotas cochichavam alguma coisa olhando para os celulares.

– Ai, meu Deus, a DondocaFofoca diz que ele foi visto no SoHo. Saindo do restaurante dele.

– O novo?

– É!

– Ele estava com *alguém*?

– Não! Acho que está *solteiro* de novo.

Elas deram risadinhas juntas enquanto analisavam um story do Instagram. Tirei da bolsa uma caneta e o guia de Nova York que tinha pegado no mês anterior e abri na seção do metrô. Comecei a desenhar as garotas curvadas sobre os celulares e me acomodei para o trajeto.

16

A vida segue

Havia algo de magnético em Manhattan no verão, no jeito como o sol refletia em todas as janelas espelhadas de arranha-céus, jogado para lá e para cá como uma bola de espelhos antiga. Era perfeito para tardes tentando assistir às peças do festival Shakespeare no Parque, sábados tranquilos no Cloisters, noites vibrantes com luz, comida e energia. Mas, todos os anos, quando chegava o Quatro de Julho, Drew, Fiona e eu fazíamos as malas com destino a Hudson Valley para fugir dos turistas e passear por todas as pequenas livrarias deliciosas escondidas em cidades pitorescas. Voltávamos assim que a cidade esvaziava de novo, e a vida seguia.

Eu almoçava com Drew e Fiona e trabalhava até altas horas. Uma tarde, cerca de um mês e meio depois que conheci Iwan e o vi pela última vez, no meio de julho, quando o verão estava no pico, Drew se inclinou com empolgação por cima da mesa de ferro forjado onde estávamos, na sombra do Bryant Park, e falou, animada:

– Adivinha qual proposta recebemos hoje!

Fiona e eu estávamos mordiscando nossos queijos-quentes do food truck estacionado perto do Edifício Stephen A. Schwarzman, da Biblioteca Pública de Nova York. Eles estavam em guerra com um novo food truck no quarteirão, um amarelo que vendia fajitas e tinha uma fila serpenteando pela calçada, com um cheiro absurdamente bom. Só que as fajitas não deviam ser tão boas quanto as que Iwan tinha feito para mim algumas semanas antes. Além do mais, eu era fiel ao food truck de queijo-quente. Era o melhor de Midtown: cremoso e torrado, a casca do pão de fermentação natural crocante, a mistura de queijos harmoniosa. O meu tinha pedaços de cogumelo e pimentão, maionese temperada com um pouco de *sriracha*, uma coisa divina. Eu tinha começado a prestar um pouco mais de atenção à comida desde que conhecera Iwan... e também às pessoas que a preparavam, me perguntando quais eram as histórias delas.

– De quem? – perguntou Fiona comendo um queijo-quente com pimenta.

– Do chef! Vocês sabem, aquele do Olive Branch, o James Ashton? Ele vai na editora amanhã. Quer se reunir com a gente.

Eu me animei.

– A gente não tinha descartado esse cara?

– Eu quase o descartei. É verdade que a agente dele *também* disse que ia se reunir com algumas outras editoras... – Ela deu de ombros. – Mas é um começo! Ainda não olhei a proposta, mas sei que vai ser *incrível*. E *você* deveria ler aquele artigo da *Eater*.

Baixei a cabeça, envergonhada.

– Desculpa...

Eu tinha deixado o artigo de lado desde aquele almoço algumas semanas antes, porque a vida havia ficado frenética, e Rhonda colocou muito mais responsabilidades em cima de mim. Em todo caso, isso não dera em nada ainda.

Fiona falou com a boca cheia.

– Ah, Clem, você vai se apaixonar pela escrita dele. É tão romântica. Os braços dele são quase tão bonitos quanto o rosto – acrescentou ela. – Espero que fiquem em destaque na capa do livro.

– Os braços ou o rosto?

– Tudo.

– *E* – acrescentou Drew, nos lembrando que ela era de fato uma profissional – ele escreve de um jeito lindo. Consigo muito bem *imaginar* como vai ser a proposta dele.

Eu duvidava que fosse me apaixonar por alguns adjetivos bem colocados, mas gostava do entusiasmo de Drew, e, se ela conseguisse prospectar mais um autor para a lista dela, era isso que importava. Ela estava tão empolgada para voltar ao escritório e ler a proposta que encerramos o almoço cedo. Achei que a tarde seria tranquila. Juliette não terminava com o namorado havia uma semana e meia, e eu estava em dia com todos os meus e-mails, então foi uma surpresa quando Rhonda me chamou para a sala dela cerca de uma hora depois e me pediu para fechar a porta de vidro... *de novo*.

Eu me sentei na cadeira dura de plástico.

– Aconteceu alguma coisa? – perguntei, hesitante, cutucando as unhas.

Afinal, quando ela fechava a porta da sala, era porque havia algo de errado. Na primeira vez, demitimos o designer de marketing. Na segunda vez, ela me disse que ia se aposentar.

Eu esperava que naquele dia ela não revelasse que estava com uma doença terminal.

– O quê? Não! Por que a pergunta? – disse ela, alarmada. E, com um pouco mais de seriedade: – *Eu* deveria perguntar isso?

– Não! Não, de jeito nenhum. Não – respondi depressa, balançando as mãos. Comi uma amêndoa que ela havia oferecido, e Rhonda se sentou de volta na cadeira. – Está tudo bem. Perfeito. – Houve três notificações no meu telefone. Três e-mails. Engoli em seco. – *Quase* perfeito. Estamos tendo um probleminha com...

Ela levantou a mão.

– Não importa. Como você sabe, temos uma reunião amanhã com James Ashton, que está tentando vender o livro de culinária.

– Acho que a Drew comentou sobre ele.

– Seria muito bom acrescentá-lo ao nosso catálogo – respondeu Rhonda. Ela tirou os óculos, colocando-os na mesa à frente, e acrescentou: – Já que perdemos Basil Ray para a Faux.

Eu me empertiguei na cadeira.

– *O quê?*

– Ele assinou um contrato com eles semana passada – relatou ela, o que talvez fosse a pior notícia que poderíamos receber.

Basil Ray era um dos nossos principais autores. Os livros de receitas dele vendiam tão bem que nem pensamos duas vezes quando ele pediu para que nós o colocássemos na primeira classe e nos enviou um adendo requisitando *só* Coca Diet, um tipo específico de kombucha, que tinha que ser importado da Coreia do Sul, e opções de comida veganas, sem glúten e de alto valor calórico durante sua turnê.

– Para ser sincera, perdê-lo foi um golpe e tanto nas nossas finanças. Juntando isso com outros pequenos toques de azar, podemos ficar com sérios problemas se não encontrarmos um livro grande para o próximo verão. Não quero te alarmar, só estou sendo sincera – acrescentou, porque sem dúvida via o sangue se esvaindo do meu rosto.

– Com sérios problemas... você quer dizer por um tempo ou...?

– Talvez, Clementine – disse ela com seriedade –, mas não queremos nos arriscar. Foi por isso que pedi pra você fechar a porta.

– Ah – falei baixinho.

– Estou fazendo uma lista de estrelas em ascensão no mundo da culinária para abordar, mas James Ashton seria a aposta certa. Ele é jovem, muito talentoso e bonito. O livro dele venderia que nem água – afirmou ela, com confiança. – Este é um cenário bem raro. Por tudo que ouvi sobre a agente dele, essa *provação* toda vai ser horrível. Por isso, eu gostaria que você assumisse a negociação com a Drew. Você é a única em quem eu confio.

O que significava que era a minha chance de provar minha capacidade.

Ela comeu outra amêndoa.

– Eu gostaria que você olhasse a proposta dele e fosse para a reunião amanhã com uma estratégia de divulgação do livro. O de sempre, você sabe. Drew pode te mandar por e-mail.

– Sem dúvida. E posso me reunir com ela e formular um plano de ataque.

– Perfeito. Estou ansiosa pra ver você agarrar esse chef – respondeu ela.

– Quem mais ele procurou?

– Todas as grandes.

O que significava que seria quase impossível. A Strauss & Adder não tinha o dinheiro *nem* os recursos das editoras grandes, mas isso só queria dizer que eu precisava ser criativa. Elaborar uma estratégia de marketing que ele não pudesse recusar. Eu tinha muito trabalho pela frente naquela noite.

– Vou ver o que consigo fazer.

– Excelente – respondeu Rhonda, e se encostou na cadeira, os olhos verdes cintilando. – Isso vai ser importante pra você, Clementine. Estou sentindo.

Eu esperava que ela estivesse certa.

17
Achados e perdidos

— Começa com o artigo do James Ashton, da *Eater* – disse Drew quando fomos correndo do trabalho para o metrô. Estava chovendo canivete, e tivemos que desviar de muitas poças quando descemos para a estação. – Acho que a proposta não cobre aquilo em que ele é bom de verdade.

— Você ainda quer convencê-lo a escrever uma biografia? – perguntei, enquanto passávamos os cartões do metrô.

— Mais do que *tudo*... Mas aceito um livro de culinária primeiro se conseguirmos! – respondeu, e acenou quando ela e Fiona correram para pegar o metrô delas.

Fui para o outro lado da estação e tentei espremer toda a água do cabelo enquanto o meu não chegava. Nova York ficava horrível quando chovia, mas principalmente quando você estava sem guarda-chuva.

Consegui um lugar na linha Q e me acomodei, tentando ignorar os estranhos encostando em mim de todos os lados. *Esse* era outro motivo para eu sempre trabalhar até tarde: não precisar lidar com a hora do rush. Enquanto tentava ignorar o turista sentado de pernas abertas à minha direita, peguei o celular e abri o artigo que Drew tinha me enviado um mês e meio antes.

"Boa comida", dizia o artigo. De James Ashton

Foi uma ótima leitura, que falava sobre a arte da comida e também a arte da apresentação. O tom era encantador, irônico, como o de um amigo contando um segredo enquanto vocês tomavam drinques com nomes de poetas mortos.

No começo, me vi sorrindo. Entendi por que Drew adorava a escrita dele. Era contagiante, de um entusiasmo admirável. Isso funcionaria muito bem na campanha, principalmente se o chef fosse tão carismático quanto sua escrita. As *possibilidades*...

Mas, na metade do artigo, fiquei com uma sensação estranha.

As palavras eram familiares, como um casaco que alguém colocasse nos meus ombros na chuva. Elas se entrelaçavam formando olhos cinza-claro, cabelo castanho-avermelhado e um meio sorriso torto, e de repente eu estava de volta ao apartamento da minha tia, sentada em frente a Iwan à mesa amarela da cozinha, a voz dele calorosa e segura...

> Raramente é a comida que faz uma refeição de verdade, e sim as pessoas com quem a compartilhamos. Uma receita de espaguete de família passada pela sua avó. O cheiro de dim sum grudado num suéter que você não lava há anos. Uma pizza com gosto de papelão sobre uma mesa amarela. Um amigo perdido numa lembrança, mas vivo no gosto de um brownie meio queimado.
>
> O amor numa torta de limão.

As portas apitaram e se abriram no meu ponto. Saí com o mar de gente, minha cabeça girando com aquelas palavras. Percorri o artigo de novo, certa de que tinha perdido alguma coisa. Eu devia estar enganada...

E ali, no alto, uma foto finalmente carregou.

Um homem numa cozinha profissional, usando uniforme branco, com um estojo de couro de facas conhecido nas mãos. Estava mais velho, com umas ruguinhas em volta dos olhos claros, mas aquele sorriso continuava tão brilhante e tão dolorosamente familiar que tirou todo o meu ar. Fiquei parada, olhando para a foto vibrante e brilhosa de um homem que eu conhecia.

James Ashton.

Não...

Iwan.

Alguém esbarrou com o ombro em mim a caminho da escada rolante e me trouxe de volta à realidade. Não podia ser ele. Não podia. Mas, quando saí, ali estava ele de novo, numa propaganda de uma competição de culinária no ponto de ônibus, com uma pichação em volta. A propaganda estava ali havia algum tempo. Pelo menos algumas semanas. Meu coração foi parar na boca quando dobrei a esquina às pressas e passei por um jornaleiro, o rosto de Iwan de novo na capa de uma revista. A realidade começou a ficar clara. Incrédula, fui até lá e peguei a revista.

O MAIS NOVO ASTRO CULINÁRIO DE NOVA YORK, dizia a manchete.

– Só pode ser brincadeira – murmurei.

Eu estava tão concentrada em seguir adiante, em me catapultar para o próximo passo do meu plano, deixando o resto do mundo virar um borrão para eu não sofrer...

... que eu não tinha olhado ao meu redor. Não tinha sido parte do mundo. Parte de nada, na verdade. Só havia seguido em frente, de cabeça baixa e coração fechado, como uma viajante resistindo a uma chuva torrencial.

Mas, quando finalmente parei por um momento e olhei em volta, ele estava...

Por toda parte.

18

Outro você

— Ele estava bem debaixo do meu nariz — murmurei para a minha nova jiboia, Helga, em seu vaso enquanto servia uma taça de vinho para mim.

Ali estava eu, sentada no chão diante da mesa de centro no apartamento da minha tia, clicando furiosamente em todos os links sobre um homem que estava sete anos mais velho, sete anos mais longe, sete anos mais desconhecido do que aquele que me beijou por cima de uma torta de limão.

— Só que *agora* ele virou tanta areia para o meu caminhãozinho que mal o reconheço. Ele nem *usa* o nome Iwan. Agora ele é *James Ashton*. Eu nunca teria adivinhado o Ashton — pensei com uma certa melancolia, e me encostei no sofá, segurando a garrafa de vinho junto ao peito.

Quando levei Helga para casa algumas semanas antes, minha mãe me disse que, se eu falasse com a planta, ela cresceria melhor, mas Helga parecia meio murcha. Provavelmente porque eu jogava todos os meus traumas emocionais em cima dela.

— Pelo menos ele conseguiu, né? Ele conseguiu. E eu o encontrei...

Foi um alívio, porque ele não estava morto e não tinha voltado para casa. Tinha *conseguido o que queria*, exatamente como disse que faria, e, quanto mais eu pesquisava sobre a vida dele, mais começava a desejar ter visto tudo pessoalmente.

Nos sete anos que se passaram, Iwan foi lavador de pratos por apenas um mês e meio antes de ser promovido a ajudante de cozinha, onde Albert Gauthier, o chef com estrelas Michelin em duas ocasiões, o acolheu sob sua proteção. Gauthier... não era esse o chef de quem ele falara no jantar? Um ano depois, ele passou a sous chef, sendo reconhecido como uma estrela em ascensão, um talento a ser observado, e angariou elogios como algumas pessoas colecionavam tampinhas de garrafa. A trajetória dele foi astronômica. Um crítico adorou a comida dele, e de repente a popularidade de Iwan explodiu. Dois anos antes, quando se aposentou, Albert Gauthier lhe entregou as rédeas do restaurante onde Iwan tinha começado como lavador de pratos. Qual era o restaurante?

O Olive Branch.

Eu me lembrei do peito largo com que choquei a caminho da porta.

Roí a unha do polegar, passando pelos links e matérias detalhando a vida dele numa linha do tempo confusa e imperfeita...

Como ele não usava o nome *Iwan*, eu o encontrei com certa facilidade na página de alunos da CIA, como chef notável. Com o reconhecimento no Olive Branch, ele ganhou uma reputação e tanto no mundo culinário. Foi convidado para o *Chef's Table* e alguns programas do Food Network; tinha sido convidado frequente em programas de culinária de viagem. Abriria um restaurante só dele no fim do verão, e eu tinha certeza de que isso coincidiria com aquela proposta de livro dele. O nome do restaurante ainda não havia sido anunciado, mas eu achava que seria algo relacionado ao avô, talvez. Pommes Frites?

A ideia me fez sorrir um pouco.

Não sei bem como, mas ele tinha ficado ainda mais bonito, envelhecido como uma garrafa de bourbon. Nos vídeos, era carismático e educado. Se Drew *conseguisse* o contrato, ele não precisaria de muito media training, o que tornava meu trabalho mais fácil.

Pensei naquele homem doce com a boca torta e uma preferência pelas tortas de limão do avô que nunca eram as mesmas, e decidi que sim, isso era bom. Estava tudo bem.

Terminei minha taça de vinho, abri a proposta do livro de culinária e comecei a traçar um plano. Eu era boa em planos, era boa no meu trabalho, boa no que fazia. Era a única coisa em que me destacava, em que podia mergulhar de cabeça e me sentir segura, principalmente contra este único pensamento horrível na minha cabeça:

Ele não se lembrava de mim, porque, se houvesse se lembrado... teria tentado me encontrar, certo?

Eu não sabia se queria descobrir a resposta.

E, por sorte ou azar, cheguei atrasada à reunião na manhã seguinte.

Para deixar claro: eram cinco para as dez, o horário da reunião começar, mas, pelo som das vozes lá dentro da sala de reuniões, eu era a última a entrar. Ajeitei a saia preta, pensando que deveria ter ido de calça. Com alguma coisa que me fizesse parecer mais inteligente, mais ousada. Talvez com uma blusa diferente também; por que eu sempre escolhia *amarelo*? Pelo menos ninguém reparou na mancha no meu lenço, do café que tomei de manhã.

Meu coração estava batendo muito rápido. Por que eu estava *nervosa*?
Você já fez isso cem vezes, falei para mim mesma. *Você é boa nisso*.
Fechei os olhos. Respirei fundo.
E abri a porta com um sorriso.
– Bom dia – falei, animada. – Desculpem, estou meio…
Atrasada era o que eu ia dizer, mas as palavras sumiram da minha boca quando entrei na sala e vi o homem sentado na cabeceira da mesa de reuniões. Eu tinha ensaiado aquele momento no espelho a manhã toda: seja simpática e contida, sorria profissionalmente (não sorria demais, não mostre as gengivas, aja como se a vida estivesse sob controle). Talvez ele me reconhecesse. Talvez achasse que eu era familiar e abrisse aquele sorriso juvenil dele…

Eu já tinha detalhado tudo quando cheguei ao metrô, repassando o cenário na mente até decorar exatamente o que dizer e como dizer.

E tudo, numa fração de segundo, sumiu da minha cabeça.

Porque o homem na cabeceira da mesa não era o mesmo de quem eu me lembrava. O cabelo castanho-avermelhado e cacheado estava bem aparado nas laterais, mais comprido em cima, acentuando o rosto forte e a mandíbula quadrada barbeada. Ele tinha deixado para trás a barba das fotos do Instagram, mas havia conquistado a habilidade de me deixar totalmente sem palavras. Havia partes de Iwan que eu conhecia: um pontilhado de sardas nas bochechas, o nariz marcante, os lábios de aparência macia.

Na mesma hora, me lembrei da sensação deles nos meus. Do jeito como ele tinha mordiscado minha pele, apertado minha cintura com as mãos…

Senti um embrulho no estômago.

Mas, para tudo que tinha ficado igual, *muito* tinha mudado. Coisas que eu não teria como saber se não o tivesse visto. Sete anos haviam aparado as arestas dele, transformado as camisetas de gola arregaçada num blazer cinza-claro ajustado que envolvia os ombros num corte bonito, os Vans em sapatos oxford elegantes, as olheiras escuras em linhas de expressão refinadas, a aparência dele toda sob medida. Os membros desajeitados se tornaram sólidos e musculosos, bem mais em forma do que o homem que eu tinha conhecido um mês antes num fim de semana estranho de verão. O homem que me beijou, os lábios com gosto de torta de limão doce, prometendo me seguir até a lua e de volta...

O olhar dele foi até o meu, os olhos cinza-claro, apurados e brilhantes, me grudando no lugar como uma mariposa num quadro de cortiça, e senti todos os músculos do meu corpo se contraírem.

Ah, não, eu estava *muito* ferrada.

19

A proposta

— Essa é Clementine West – disse Drew, me apresentando. – Se bem que acho que vocês se encontraram por alguns segundos mês passado, não?

Mês passado...? Ela tinha descoberto que ele era o *Iwan*? O meu Iwan? Não, eu não tinha contado nada específico sobre ele para Fiona nem Drew, e, além do mais, ele estava bem diferente do homem que eu tinha conhecido no apartamento da minha tia.

E aí de repente me ocorreu...

Eu esbarrei nele quando estava saindo do restaurante. Foi isso que Drew quis dizer.

— Clementine...? – disse ela, com certa hesitação.

Voltei a mim e sorri (*não mostre as gengivas, seja simpática*, como tinha ensaiado).

— Ah, oi, sim, desculpa. Acho que tivemos uma colisão no restaurante. Lamento não termos tido a chance de nos conhecermos direito na ocasião.

— Tudo bem, podemos nos conhecer agora – comentou ele com aquele sotaque sulista familiar, nada desagradável.

Ao lado dele estava a agente, uma mulher poderosa chamada Lauren Pearson, que era inegavelmente uma das melhores no mercado. Iwan ainda não tinha tirado os olhos de mim, quase como se achasse que eu poderia desaparecer.

Estaria tentando me identificar? Eu tinha aquele tipo de rosto de alguém que você podia ver numa multidão e quase lembrar.

Você também está me reconhecendo?, quis perguntar.

Não, não estava. Foram sete anos. *Eu* não me lembrava dos meus casos de uma noite só de sete anos antes.

Se controla, Clementine.

– Você salvou a sobremesa, se me lembro bem – disse ele.

– Teria sido uma pena sair do restaurante *vestindo* a sobremesa – respondi, e me sentei ao lado de Drew, posicionando o caderno na minha frente.

E aí, o pior aconteceu, o que eu mais temia: ele sorriu, aquele sorriso perfeitamente reto, perfeitamente branco e perfeitamente ensaiado, como o meu, e estendeu a mão por cima da mesa na minha direção.

– Aposto que teria ficado linda em você. E sou o James, mas James é o nome do meu avô. Meus amigos me chamam pelo meu nome do meio. Iwan.

Apertei a mão dele. Estava áspera e quente, marcada com cicatrizes, muitas novas, feitas nos sete anos que nos separavam. Na última vez que senti aquelas mãos, elas estavam aninhando meu rosto, o polegar acariciando meu queixo com delicadeza, como se eu fosse uma obra de arte...

– Como você classificaria sua futura assessora? Como uma amiga? – perguntei, e a agente dele soltou uma risada.

– Gostei dela! – declarou a mulher.

O sorriso de James Ashton ficou meio torto. Um pequeno deslize na imagem refinada.

– Vamos ver, Clementine – respondeu ele, e soltou a minha mão.

– Clementine é assessora de imprensa sênior aqui na Strauss & Adder. Basicamente, ela cuida de todo o departamento de marketing quando a Rhonda está fora. Ano passado, foi reconhecida como uma estrela em ascensão pela *Publishers Weekly*. Nem preciso dizer que qualquer livro que tivermos está em boas mãos com ela.

– Não tenho dúvida – respondeu Iwan, *James*, e se virou para Drew. Quando ele fez isso, mudou a postura, ficando um pouco mais ereto. – Me conte sobre a Strauss e Adder.

Drew contou. Falou sobre a história da empresa, nossos autores e nossa ética de trabalho. Enquanto ela falava apaixonadamente sobre a equipe e como poderíamos apoiar a carreira dele, usando slides para mostrar outros lançamentos e campanhas de sucesso ao longo dos anos, James fez perguntas atenciosas: como Drew gostava de editar, o que era esperado do livro de culinária, como era o processo de transformar um rascunho no produto final.

Eu devia estar olhando fixamente para ele, porque seus olhos, brilhando com a luz dos slides, se voltaram para mim. Iwan capturou meu olhar e o sustentou por um momento, enquanto Drew respondia a uma das perguntas de Lauren. Os olhos claros dele eram de um cinza perfeito e enevoado, como meus dias favoritos de outono, ideais para chai lattes misturados com uma dose de café e cachecóis macios. O olhar dele fez meu corpo queimar.

Ele *não podia* se lembrar de mim daquele fim de semana. Sete anos tinham se passado e ele havia conhecido estrelas bem mais brilhantes do que eu.

Ele afastou o olhar de novo e voltou ao massacre de números e projeções, assentindo ao acompanhar a apresentação apaixonada de Drew. Pelo jeito como ela falava do trabalho, dos autores, dava para saber que adorava o que fazia. Adorava ajudar pessoas criativas a plantarem sementes e vê-las florescerem em projetos fascinantes, e seu histórico indicava exatamente isso. Ela lidava mais com autobiografias e fantasia histórica, mas amava o estilo de escrita de James e suas receitas.

– E quero ajudar você a compartilhar tudo isso com o mundo – declarou Drew, desligando o projetor. – Acho que poderíamos ser uma equipe incrível.

– Bom, isso tudo foi lindo – comentou Lauren.

Não consegui entender se a apresentação de Drew tinha deixado James Ashton encantado conosco ou não. A agente dele era impossível de decifrar. Ela fez um movimento com a mão na nossa direção.

– Quer começar, James, ou eu começo?

Ele se empertigou um pouco mais e entrelaçou os longos dedos na mesa à frente do corpo.

– Eu começo, obrigado, Lauren – disse, com a voz calma e equilibrada, e voltou aquele olhar cor de xisto para Drew. – Eu acredito que a comida deva ser uma experiência.

Foi minha vez de endireitar o corpo, porque conhecia essa parte. Sabia que ele ia falar sobre o amor no chocolate, o conforto na manteiga e a poesia nos temperos... e fiquei empolgada, talvez pela primeira vez desde que o vi, porque significava que ele não estava tão diferente. As melhores partes dele eram...

– Qualquer um pode fazer um queijo-quente, qualquer um pode fazer sopa de tomate, e, com as ferramentas certas, acredito que qualquer um pode fazer bem. Está tudo na apresentação do que você cozinha – continuou ele, com confiança. – Na habilidade. No jeito como você cria sua arte culinária. É isso que gera uma experiência memorável de verdade.

Pensei nos sanduíches de pasta de amendoim com geleia da minha tia, que sempre grudavam no céu da minha boca, e que o Iwan que eu conhecia havia me dito que era...

– Uma refeição perfeita – disse ele.

Não era, não.

Olhei rapidamente para a proposta impressa na minha frente. Drew abriu um sorrisinho. Sorri para ela e assenti, torcendo para não parecer confusa demais.

Experiência? Habilidade? E as lembranças e histórias das pessoas, que tornavam as comidas cativantes?

– Como vocês puderam perceber pela proposta – continuou ele –, estou procurando uma editora que ofereça tanto quanto eu posso oferecer, considerando minhas impressões on-line, mídia e contatos. O livro de culinária em questão vai coincidir com a abertura do meu restaurante no SoHo. Vai detalhar especialidades sazonais e novas receitas para quem procura cozinhas mais empolgantes e se empenha em capturar o que torna uma refeição perfeita – concluiu ele, e lançou um olhar rápido para mim.

Não consegui encará-lo.

– É uma ideia ótima para um livro de culinária – disse Drew, dobrando e desdobrando o cantinho do papel com a proposta –, e, com o fotógrafo certo, sei que podemos fazer as páginas cantarem, junto com seus comentários cativantes no começo de cada prato, claro. Como você escreveu no artigo da *Eater*.

– Que bom que você gostou do artigo – respondeu ele em um tom simpático. – Eu o escrevi anos atrás.

E eu me perguntei se ainda havia algo daquele artigo nele, porque o que Drew não disse, mas eu ouvi entre as palavras, era como a proposta parecia... deslocada. Havia algo muito artificial nas páginas, quase intocável. Era tudo tão esnobe e... estranho para mim. Ele já havia falado poeticamente sobre comida acolhedora, mas não havia nada disso ali. Quem tinha gelo-seco por perto para usar num prato de macarrão? Quem passava três dias preparando um molho para decorar um corte de carne? Havia algo naquela proposta que era muito desconectado do homem que eu conhecera, e entendi por que Drew tinha me dito que o artigo era mais importante. Todo o calor e cuidado do texto contrastava com o brilho pomposo daquela proposta.

Apenas seis semanas antes (ou sete anos, na verdade), ele me contou com grande entusiasmo sobre a receita de fajita do amigo e sobre o avô, que nunca fazia a mesma torta de limão duas vezes. *Aquele* era o homem que tinha escrito o artigo da *Eater*. Não o que estava naquela sala. E as receitas dele não ficavam escondidas atrás de um paywall de habilidades, inacessíveis para quem não sabia o que era um *jus*.

– Você está com cara de quem quer dizer alguma coisa – comentou James Ashton, *Iwan*, me olhando de um jeito indecifrável e se recostando na cadeira.

Logo recompus a expressão.

– Não, desculpa – respondi, e Drew se virou para mim, intrigada. – É só a minha cara mesmo.

– Ah.

– Bom, temos algumas outras reuniões com editoras depois desta – disse Lauren, recolhendo suas coisas –, mas pedimos que, se vocês estiverem interessadas, enviem sua oferta preliminar até amanhã à tarde. Vai ser um processo meio... diferente do habitual.

Drew e eu trocamos um olhar estranho. Normalmente, havia ofertas, às vezes um leilão se as propostas fossem muitas, e Lauren Pearson adorava leilões. Eu achava mesmo que estaríamos competindo com algumas outras editoras e fiquei confusa com o que poderia ser *diferente*.

– Vamos levar todos os lances sérios para uma segunda rodada, uma aula de culinária, em que vamos avaliar como as equipes de publicação trabalham juntas. E nos divertir um pouco também. Depois, teremos a última e melhor rodada de ofertas, e vamos decidir a partir disso. – Ela entrelaçou os dedos na mesa. – Vocês devem estar se perguntando por que vamos ter esse trabalho todo.

De fato, sim.

– E eu queria poder contar mais – continuou ela, claramente adorando atiçar nossa curiosidade –, mas esta é só uma reunião preliminar. Vamos avaliar todas as partes da sua oferta e então, muito provavelmente, desde que a editora entre no jogo e tenha ideias dinâmicas, ela será convidada a participar da segunda rodada.

Ela se levantou, e Iwan, *James*, eu tinha que lembrar a mim mesma, também.

– Foi um prazer conhecer você – disse ele para Drew, e apertou a mão dela. – Espero, quem sabe, trabalhar com você no futuro.

– Espero que sim. Eu poderia fazer tanta coisa com você... com todo o respeito – respondeu ela.

Ele sorriu, mas o sorriso não chegou aos olhos.

– Não tenho a menor dúvida.

Drew seguiu a agente pela porta e a guiou até o saguão, e de repente me vi sozinha com o talentoso chef. Peguei rapidamente todos os meus papéis e os enfiei no caderno, querendo ir embora logo, mas seria grosseria sair antes do autor, e ele não estava com a *menor* pressa.

Um nó se formou na minha garganta.

– James? – chamou a agente.

– Estou indo – respondeu ele, e foi para a porta.

Mas, ao passar, ele chegou bem pertinho, exalando o aroma da sua colônia cara, amadeirada e intensa, e sussurrou, com um ronronar grave e delicioso:

– Foi bom te ver de novo, Limãozinho.

E logo saiu da sala de reuniões, onde fiquei boquiaberta, olhando para ele.

20

Mortíni

As noites de quarta costumavam ser reservadas para três coisas: reclamar da semana, tomar vinho barato e comer tábuas de queijo no Mortíni, um barzinho perto do Flatiron Building decorado com motivos de morte que acabavam sendo mais fofos do que mórbidos. Fiona dizia que era nossa noite de "Taças de Lágrimas", apesar de não beber álcool nos últimos oito meses. Agora, ela consumia parte da tábua de queijos e lamentava a saudade que sentia do gosto de um tinto. Normalmente, éramos só Fiona, Drew e eu, mas Juliette havia tido uma semana péssima, e nós a convidamos para ir junto.

O bar estava morto naquela noite (o trocadilho não foi intencional), e conseguimos nossa mesa favorita nos fundos, em formato de crânio, e isso fez Fiona *rachar* de rir. Ela se sentou na parte de cima do crânio e exclamou:

— Olha, amor, isso é que é ser cabeça-dura!

Ela soltou uma gargalhada, e não pela primeira vez Drew fez uma cara de quem se jogaria no mar a qualquer momento.

Pedimos o de sempre, tábuas de queijos e vinho barato da casa, e começamos nossa sessão de Taças de Lágrimas, porque pelo menos era terapêutico, e nenhuma de nós tinha grana para pagar terapia *de verdade*.

Eu só queria me enfiar no centro da Terra e nunca mais voltar. Desde o dia anterior, acho que meu coração não tinha se acalmado nem uma vez.

"Foi bom te ver de novo, Limãozinho", dissera Iwan... *James*, caramba, ele era um autor em potencial. Mas ele ter dito isso significava que se *lembrava* de mim.

Eu sabia como lidar com um monte de situações. Sabia para que números ligar quando meus autores ficavam presos em aeroportos, sabia quais jornalistas procurar primeiro para oferecer furos exclusivos, sabia como causar uma boa primeira impressão, as melhores palavras a dizer para começar com o pé direito, mas *nada* do que eu sabia ia me ajudar ali.

Fiquei repassando a reunião na cabeça sem parar, tentando identificar o Iwan que eu conhecia no James Ashton sentado à mesa. O jeito como ele controlou a sala desde que a reunião começou (parecia que eu não conseguia olhar para mais ninguém) foi irritantemente sexy e ao mesmo tempo inatingível.

À mesa, Juliette estava começando a se lamentar sobre a campanha nas redes sociais em que Rhonda a tinha colocado, algo envolvendo uma dancinha do TikTok que era, acima de tudo, uma perda de tempo total.

– Eu nem sei dançar! – exclamou ela, escondendo o rosto nas mãos. – Ah, *por que* ela me escolheu?

– Você podia ter dito não – comentou Fiona.

– Para a *Rhonda*? – perguntou ela, estupefata. – A Clementine pode, mas eu não posso, e gosto do meu emprego.

O que, para ser justa, era verdade, mas Juliette era muito melhor do que eu quando o assunto era genialidade e campanhas inesperadas. Um ano antes, quando eu estava de férias, a Strauss & Adder teve que promover um livro intitulado *Eu mapeio as estrelas*, mas o designer de marketing deixou um erro de ortografia numa propaganda que saiu no *New York Times* e, infelizmente, no grande painel do Times Square apareceu escrito EU MAPEIDO AS ESTRELAS. A coisa estourou na internet e todo mundo começou a debochar, mas em vez de pedir desculpas e tirar do ar o anúncio em que gastamos dinheiro *demais*, Juliette decidiu aproveitar a situação com a hashtag #EUTAMBEMPEIDO. Foi mera coincidência o personagem principal sofrer de síndrome do intestino irritável, e o autor, sentindo-se empoderado, revelou que tinha a mesma síndrome. Acabou virando algo importante.

E sim, esse foi o designer que Rhonda demitiu depois.

Juliette pensava rápido de um jeito que eu não conseguia, apesar de trabalhar como assessora há mais tempo que ela.

– Bom, será que você não consegue botar aquele estagiário novo pra fazer? – perguntou Drew, e Fiona concordou.

– Ou a nova gerente de mídias sociais? Por que você não bota isso nas costas dela?

– Eu tentei. – Ela suspirou. – Ela jogou de volta nas minhas.

– Mas que besteira. Clementine, o que você faria? – perguntou Fiona. – Clementine?

Eu estava com a cabeça abaixada olhando o Instagram. Bom, tecnicamente um *único perfil* no Instagram. O de James Ashton. Meu telefone reluzia, cheio das cores de todos os lugares aonde ele tinha ido, o amarelo vibrante do Saara, o verde-escuro da Tailândia, o rosa-sakura do Japão... tantos lugares diferentes colorindo tudo.

Como a minha tia.

Havia também outras pessoas nas fotos dele. A agente, Lauren, mas também pessoas com quem imaginei que ele trabalhava no Olive Branch. Mais para trás, havia fotos de mulheres, sorrindo quando ele as beijava na bochecha ou sentadas no colo dele em poses íntimas. Fotos de férias nos Hamptons e em viagens intercontinentais com namoradas exaustas porém felizes. Nenhuma daquelas mulheres ficou no feed dele por muito tempo. Alguns meses, no máximo, e então desapareciam, e logo outra mulher entrava na vida dele, e depois mais outra.

Nada diferente dos meus relacionamentos, percebi.

– Clem? – repetiu Fiona. – Terra para *Clementine*! – Ela balançou a mão na frente do meu celular.

Na mesma hora coloquei o aparelho na mesa, virado para baixo.

– Num tô olhando nada!

– Isso é, no mínimo, suspeito – disse Drew.

– Responder a uma pergunta que a gente não fez *e* com uma frase capenga? – acrescentou Juliette, desconfiada. – Que estranho.

Fiona concordou.

– Ela nunca mentiu bem. Me dá isso!

Gritei em protesto quando Fiona pegou meu celular, colocou a senha (desde quando ela sabia a minha senha?) e arfou de surpresa quando o Instagram dele apareceu. Escondi o rosto nas mãos.

– *Clementine!* Você tem um *crush*? – perguntou Fiona, com um sorriso malicioso, e mostrou meu celular para o resto da mesa, como se a revelação súbita fosse *um escândalo*.

Levantei a cabeça, sobressaltada.

– Não! De jeito nenhum! Eu só gosto do meu trabalho! – acrescentei, envergonhada ao extremo. – Eu só...

Coloquei as mãos no pescoço, sabendo que estava exibindo todos os tons imagináveis de vermelho, e minhas amigas me olharam com expectativa, porque eu não era de ficar stalkeando o Instagram de ninguém. Nunca.

Fiona balançou a cabeça.

– A Clementine *nunca* tem crush – disse ela.

Drew assentiu intensamente, complementando:

– Ela deve estar doente.

– Ah, que crush lindo! – acrescentou Juliette. – Espera, é aquele chef?

Eu queria morrer. Não podia simplesmente dizer que estava tentando entender como alguém que escreveu um artigo tão bom na *Eater* podia fazer uma proposta tão fria. Não queria minar Drew e a aquisição dela. Meu trabalho era apoiá-la, e qualquer sentimento ou reserva que eu tivesse era menos importante que estar na equipe dela. Então acabei dizendo:

– Tudo bem. Vocês têm razão. Ele é muito gato. Espero que a gente fique com ele.

Juliette pareceu intrigada.

– Ah! Lá na cozinha todo mundo tava falando desse cara. Tinha alguma coisa sobre um processo de aquisição esquisito, né?

– É meio ridículo, mas a gente vai participar – respondeu Drew, e comeu um pedaço de cheddar da tábua em formato de osso. – Não dá pra deixar de lado agora. Sei que o livro vai cair nas mãos certas.

– De preferência, nas suas – disse Fiona, e pegou a mão da esposa, apertando-a de leve. – Estamos torcendo por você, amor.

Peguei meu telefone da mão de Fiona e o enfiei na bolsa.

– Não tem como nós não chegarmos à próxima rodada. A oferta da Drew foi fantástica e nós somos uma ótima equipe. Eu ficaria mais preocupada com aquela aula de culinária.

Juliette arregalou os olhos.

– Nossa, *imagina* o seguro que ele teria que fazer por causa disso. Rob sempre tem que botar a guitarra no seguro.

Nós a encaramos, intrigada.

– Por quê? – perguntou Drew.

Ela respondeu num tom bem sério:

– Para o caso de pegar fogo quando ele estiver tocando.

Ora.

Fiona comentou, poupando a mim e a Drew do trabalho:

– Se alguém for queimar o restaurante dele, vai ser a Clementine.

– Ei! – gritei. – Não necessariamente.

– Você já admitiu que botou papel-alumínio no micro-ondas – replicou ela.

– Foi *uma vez*, eu estava *bêbada* e a barra de chocolate estava *congelada* – falei, na defensiva.

Todo mundo riu e concordou que todas venderiam um rim para serem uma mosquinha na parede daquela aula de culinária.

Elas ficaram falando sobre seus palpites de quanto tempo Basil Ray ficaria na Faux antes de se arrepender da decisão e voltar para a Strauss & Adder. Com a gente ele era peixe grande, mas na Faux? Nem tanto.

– Ele não vai voltar – disse Drew para Juliette. – E, mesmo que voltasse, ele exauriu a lista de ghost-writers de respeito que nós temos.

Juliette arregalou os olhos.

– Ele tem *ghost-writer*? Ah, até que faz sentido. Os livros de culinária dele sempre são tão diferentes...

E eu percebi que me desliguei um pouco. Passei um Brie cremoso numa torrada, botei geleia de damasco em cima e me perguntei o que Iwan acharia daquele lugar. Ele gostaria dos crânios na parede, dos trocadilhos ruins no cardápio? Ou passaria os olhos pelo salão, daria as costas e sairia na mesma hora, porque não era um lugar à altura de suas expectativas requintadas? Ele, James Ashton, tomando vinho da casa e comendo a tábua de queijos mais barata num bar temático de morte com um bando de fofoqueiras?

Eu não conseguia imaginá-lo ali.

E talvez fosse melhor assim.

– *Falando* em Falcon House – disse Juliette depois de Drew comentar que Ann Nichols também tinha *ghost-writer* –, ouvi falar que o editor-executivo de romances agora supervisiona *todo* o catálogo, de ficção e não ficção.

Fiona assobiou baixo.

– É solteiro?

Todo mundo olhou para ela.

– O quê? Para a Clementine!

– Ele tem noiva – respondi, sem me abalar, só para demonstrar que estava, sim, ouvindo. Peguei outra fatia de cheddar, meu favorito, que não falhava nunca, e acrescentei: – Além do mais, vocês me conhecem. Não tenho tempo pra me apaixonar.

21

Portas quebradas

Na tarde seguinte, Drew me deu a notícia. A notícia péssima, horrível, irritante.

— Não conseguimos — sussurrou ela, sentada à mesa alta na cozinha da editora, mexendo o café puro, e eu soube na mesma hora o que ela queria dizer.

James e a agente tinham rejeitado nossa oferta.

Meu sangue ferveu.

— *O quê?* Mas...

— Eu sei — disse ela, me interrompendo com um suspiro. — Não tem como nossa oferta ter sido mais baixa do que a da Estrange Books, e eu soube pela Tonya que eles entraram na próxima rodada. Pode ser que ele não tenha gostado da gente, só isso.

Mas isso era mentira, porque era impossível não gostar de Drew, e tínhamos criado um plano incrível para acompanhar nossa oferta.

— Bom, ele cometeu um erro e vai se arrepender.

— Obrigada — respondeu ela, e desceu do banco.

Drew estava tentando agir como se a decisão não a tivesse deixado arrasada. Ela era editora, afinal, e estava acostumada com decepções do tipo, mas aquilo parecia meio diferente porque ela tinha *ido atrás* de James Ashton. Tinha entrado em contato com ele. E, em qualquer outra circunstância, ela teria sido a única editora a fazer isso. Foi só um momento ruim e um azar maior ainda.

— Acho que vou dar uma volta no quarteirão. Você pode avisar a Fiona caso ela venha me procurar?

– Claro – falei, me sentindo meio impotente, quando ela seguiu na direção do saguão de elevadores.

Aquilo não fazia o menor sentido. Eu tinha certeza de que *pelo menos* conseguiríamos chegar à rodada seguinte. Andei pela cozinha, tentando lembrar o que Drew poderia ter dito, que erros poderia ter cometido durante a reunião do dia anterior, mas ela foi perfeita. Sua apresentação da Strauss & Adder foi precisa, e a paixão dela pelo projeto era quase *tangível*. A única outra possibilidade era...

Parei de andar.

Eu.

Ele se lembrou de mim e não queria trabalhar comigo, e foi por *minha causa* que ele rejeitou nossa oferta. Fiquei com um mal-estar terrível, porque essa era a única explicação possível.

Eu estraguei aquela aquisição. Assim que eu soube que era Iwan, deveria ter me recusado, mas tinha tanta vontade de *vê-lo*, de provar para Rhonda que era capaz de lidar com a situação...

– Merda – murmurei, passando os dedos pelo cabelo. – *Merda.*

Eu queria poder dizer que o azar parou aí, mas Rhonda descobriu que o chef nos dispensou, e dizer que ela ficou meio decepcionada seria eufemismo.

Ela parou na minha baia e examinou a proposta dele, nossos planos e a oferta declinada de Drew, balançando a cabeça.

– Deve ter sido alguma coisa que alguém disse durante a reunião. A oferta é boa, os direitos autorais são absurdamente generosos. – Ela balançou a cabeça de novo e, em vez de me devolver a proposta, jogou-a direto na lata de lixo. – Que absurdo, tudo isso.

– E a agente garantiu que todo mundo muito provavelmente entraria na rodada seguinte – falei.

– É óbvio que a Lauren mentiu. Agora, de volta ao quadro de planejamento. Vamos encarar isso como uma oportunidade de aprendizado e seguir em frente.

Rhonda se virou e foi para a sala dela, e eu resisti à vontade de me enfiar num buraco. Uma oportunidade de *aprendizado* depois de eu já estar ali havia sete anos. Aquela reunião preliminar era para ter sido moleza, mas tinha selado nosso destino. Eu me sentia humilhada, principalmente por ter confiado muito que *entraríamos* na rodada seguinte.

E tinha sido eu a estragar tudo, o que nos deixava sem um nome importante para ocupar o espaço deixado por Basil Ray. Basil Ray que fosse para o inferno. Ele *tinha* que ir para a Faux?

– Oportunidade de aprendizado – lembrei a mim mesma, abrindo o Instagram e olhando alguns dos grandes criadores de conteúdo de culinária, descartando todos os homens bonitos que apareciam. Eles não eram confiáveis.

Quando deu cinco da tarde eu já tinha planejado quatro jeitos diferentes de matar James Ashton e fazer com que parecesse acidente. Até tinha um ponto no rio Hudson salvo no meu celular como o local perfeito para jogar o corpo dele... Não que eu fosse fazer isso, mas pensar nessa possibilidade melhorou meu humor quando peguei minha bolsa para ir embora.

Bati de leve na lateral da baia de Drew, que ergueu o olhar do manuscrito que tinha impresso e no qual fazia anotações com uma caneta vermelha.

– Oi – falei, baixinho. – Você vai ficar bem?

– Não é a primeira vez que perco um leilão, Clementine – lembrou-me ela, colocando o manuscrito na mesa –, mas obrigada por perguntar.

Tentei não transparecer meu pesar, porque eu era o motivo de Iwan ter recusado a proposta. Ele tinha se lembrado de mim, afinal. Será que acabou me odiando depois daquele fim de semana, que o irritei de alguma forma ou que não queria trabalhar com alguém que tinha beijado uma vez, mil anos antes?

Eu era o motivo de termos perdido o livro. E se me tornasse o motivo da falência da Strauss & Adder? Era besteira, eu sabia que era besteira. Nenhuma editora falia por causa de uma aquisição que não deu certo.

Eu estava tentando não entrar em pânico.

Drew olhou para o relógio e levou um susto.

– Já são cinco horas? Não acredito que vou embora *depois* de você.

– Foi por isso que perguntei se você estava bem.

– Rá! Ah, obrigada. Estou ótima. A gente se vê na segunda?

– Não fica trabalhando até tarde – falei, dando tchau, e segui para o saguão dos elevadores antes que ela pudesse ver o pânico surgindo no meu rosto.

Segui para o meu bairro, para o grande prédio branco com leões nos beirais, e pensei que talvez um deles quebrar e cair em cima de mim (um pesadelo recorrente que eu tinha quando criança) podia ser um bom jeito de passar os meses seguintes em coma antes de acordar, tendo esquecido todo o verão, e voltar ao trabalho com a alegria de ignorar James Iwan Ashton.

O dia era um daqueles Solstícios de Manhattan, e, quando o sol desceu entre os prédios, os turistas e os moradores se juntaram nas calçadas, pegaram os celulares e registraram o modo como os laranjas, amarelos e vermelhos explodiam do horizonte. Não parei ao passar atrás dos turistas. O fenômeno durava poucos minutos, com o crepúsculo se acomodando na cidade como um copo de Tequila Sunrise, e, quando abri as portas do Monroe, já tinha acabado.

Earl me cumprimentou quando entrei. Ele estava na metade do mistério seguinte, *Morte no Nilo*. Eu só queria chegar ao apartamento da minha tia, preparar um banho de banheira com sais efervescentes, afundar na água e dissociar por um tempo enquanto ouvia a trilha sonora de *Moulin Rouge*.

O elevador demorou para chegar e, quando entrei, estava com um cheiro de salada de atum, que... era tão desagradável quanto parecia. Eu me encostei na parede, olhei para o meu reflexo deformado e ajeitei a franja, apesar de o dia ter sido tão úmido que meu cabelo tinha ficado com as pontas espetadas.

Não tinha jeito.

O elevador me deixou no quarto andar, e fui contando os apartamentos até o B4. Estava louca para tirar aquela saia. Depois de um banho, vestiria um moletom, tiraria o sorvete do congelador e assistiria a alguma reprise horrível.

Destranquei a porta, entrei e parei para tirar as sapatilhas ao lado da porta...

– Limãozinho? – disse uma voz da cozinha, grave e familiar. – É você?

22

Conselho não solicitado

O apartamento estava com cheiro de comida, quente e temperado, e os sons suaves de um rádio se espalhavam, tocando uma melodia que tinha sido popular anos antes.

Eu conhecia aquela voz. Meu coração cresceu no peito, prestes a explodir.

Dei um passo, depois outro.

Não era possível. *Não era possível.*

– Iwan? – falei, com hesitação... com *esperança?*

Eu estava esperançosa ou aquela sensação estranha no meu estômago era medo? Não tinha certeza. Dei outro passo pelo corredor enquanto tirava as sapatilhas. Quais eram as chances?

O som de passos soou rápido na cozinha, e um homem com cabelo castanho e olhos claros botou a cabeça na sala.

A porta se fechou atrás de mim.

Iwan estava usando uma camiseta branca meio encardida, a gola esgarçada, e uma calça jeans surrada, muito diferente do homem metido que tinha se sentado à minha frente na sala de reuniões, desprovido de tudo que o fazia brilhar. Ele abriu aquele sorriso gentil e lindo, como se estivesse feliz em me ver.

Porque *estava.*

Impossível, impossível, isso é...

– Limãozinho!

Ele me cumprimentou com alegria, e até o jeito como disse meu apelido bobo foi diferente. Como se não fosse um segredo, algo sagrado. Iwan abriu bem os braços e me puxou para junto dele. Eu não era muito de abraçar, mas ficar tão pertinho dele, sentir aquela proximidade... fez meu coração disparar no peito. O medo virou uma emoção trêmula, terrível, esperançosa. Ele tinha cheiro de sabonete e canela, e eu me vi o abraçando com força.

Eu te encontrei no meu tempo e você está tão diferente, tive vontade de dizer, mas duvido que ele acreditaria. *Não sei por que você mudou. Não sei como.*

E, mais baixo ainda: *Eu não te conheço nadinha.*

– Você é um *tremendo* colírio para os olhos. E chegou bem na hora do jantar – disse ele no meu cabelo. – Espero que você goste de *japchae*.

Olhei para ele como se fosse um fantasma. Minha mente vibrava. O apartamento fez de novo, como tinha feito com minha tia e Vera. Mas por que *agora*? Outra encruzilhada?

Iwan franziu a testa e me soltou.

– Aconteceu alguma coisa?

– Eu...

Percebi que não me importava. Ele estava ali. *Eu* estava ali.

E fazia tempo que eu não ficava tão feliz assim.

– Desculpa – falei – por não ter voltado.

– Deu tudo certo no seu apartamento?

– O quê?

– Com os pombos – disse ele.

– Ah, sim! Deu tudo certo. Eu só vim pra... pra dar uma olhada. Pra ver como você estava. Desculpa por não ter batido na porta.

– Tudo bem, tudo bem. Eu tinha certeza de que você ia voltar. Bom – acrescentou, com um sorriso tímido –, eu tinha esperança, pelo menos.

Ficamos ali por mais um momento esquisito. Parecia que ele queria dizer alguma coisa, e eu também meio que queria. *Senti saudades...* mas isso era direto demais? *Senti saudades* dessa versão *de você...* isso seria esquisito. Eu queria sacudi-lo e perguntar se *foi por minha causa que ele tinha recusado* a oferta de Drew, mas ele não era aquele homem.

Só seria dali a uns anos.

Iwan pigarreou e me convidou para a cozinha, onde abaixou o volume do rádio e voltou para o fogão. O momento passou. Eu fui atrás dele, botei a bolsa ao lado da bancada e subi no meu banquinho, como se fosse rotina. *Era* rotina àquela altura? Aquilo era confortável. Parecia irreal.

– Como você está? – perguntou ele, pegando a colher de pau que tinha deixado na panela e mexendo o que havia dentro.

– Bem. – Quando percebi que tinha usado aquela palavra com frequência nas semanas anteriores, acrescentei com mais sinceridade: – Meio cansada de tanto trabalhar, pra ser sincera, mas ando pintando mais.

Enfiei a mão na bolsa aos meus pés e peguei o guia de viagem de Nova York para mostrar minhas novas pinturas. Eu tinha finalmente colorido uma das garotas do metrô, e gostei de como elas tinham ficado, banhadas em azuis e roxos.

– Ah, que lindo! – exclamou ele, pegando o guia para olhar as outras páginas. – Isso é lindo demais. Olha só, um dia, quando eu tiver um restaurante, vou encomendar algumas pinturas.

Pensei no Olive Branch e na proposta do livro de culinária dele.

– Duvido que sejam do seu estilo.

– Claro que são. – Ele fechou o livro e me devolveu. – Você topa?

Fiquei lisonjeada. Era um pensamento muito agradável.

– Não aceito encomendas, infelizmente.

– Então que tal uma troca? – respondeu ele. – Jantar no meu restaurante pelo resto da vida.

Ele pintava um futuro lindo. Eu teria ficado encantada se ele existisse.

– Tudo bem – falei, porque não existia –, mas só se eu tiver minha própria mesa.

– Separada pra você todas as noites. A melhor mesa da casa.

– Combinado, chef – respondi, estendendo a mão, e ele a apertou, o toque firme e quente, os dedos calejados.

Pelo menos o aperto de mão dele não tinha mudado no futuro. A não ser, talvez, pelo fato de que na sala de reuniões ele tinha segurado a minha mão por tempo demais.

– Você vai se arrepender disso – falei, quando ele voltou para a panela fervente, e guardei o guia de viagem na bolsa.

– Ah, acho que não vou, não.

Não, só ia esquecer mesmo.

Dei uma olhada no apartamento. Nas semanas que se passaram sem mim, ele tinha ficado à vontade. Havia pratos secando no escorredor e algumas migalhas no ar-condicionado lá fora, onde ficava o ninho de Mal-Amada e Besta Quadrada. Ele pegou duas tigelas floridas no armário e as encheu com uma mistura de macarrão, legumes e carne. Levou as duas para a mesa amarela e nem perguntou se deveria pegar uma nova garrafa de vinho.

– Lembrei que gosta de rosé e comprei mais para o caso de você voltar – disse ele, para a minha surpresa, e me chamou para a mesa. – Já podemos comer.

– Uau, você está tentando me impressionar? – brinquei, descendo do banco e me juntando a ele na mesa.

Era tão fácil passar tempo com ele. Talvez fosse o sorriso despretensioso, o jeito como isso me desarmava como poucas outras coisas faziam. O que quer que fosse aquilo, o pânico que tinha se apossado dos meus ossos desde que me encontrei com James e depois que perdemos o leilão, acabou passando.

– Rá! Talvez – admitiu ele, sentando-se à minha frente, e serviu vinho para nós dois. – *Bon appétit*, Limãozinho.

Eu me agarrei ao jeito como ele disse meu apelido, como se fosse algo carinhoso.

– Você pode dizer de novo? – pedi, antes de me dar conta de como o pedido era esquisito.

– O quê? *Bon appétit?* – Ele fez uma careta. – Sei que sou péssimo no francês, não precisa jogar na minha...

– Não, meu apelido.

Um sorrisinho surgiu no canto dos lábios dele. Iwan se inclinou para a frente apoiado nos cotovelos, me provocando:

– Ah, então você está gostando agora?

A vergonha subiu pelo meu pescoço.

– Não. Eu só... preciso me acostumar. Porque *está na cara* que você não vai parar. – Mas é claro que ele não acreditou em mim. Nem eu acreditei em mim. – Deixa pra lá – acrescentei rapidamente.

De repente, o toque estridente de um celular soou na cozinha.

– Não é o meu – falei, porque meu celular não funcionava no passado.

– Ah! Desculpa – murmurou ele, se levantando de novo, e foi pegar um telefone antigo de flip no carregador na bancada.

Ele não era muito ligado em tecnologia, era? Ele viu quem era e franziu o nariz, algo que costumava fazer, percebi, quando estava confuso.

– Desculpa, preciso atender – disse ele, e atendeu enquanto ia para o quarto. – Oi, mãe. Aconteceu alguma coisa?

Fiquei sentada em silêncio, observando meu prato de macarrão, legumes e carne esfriando. Eu deveria comer ou...? Tentei não ouvir, de verdade, mas as paredes naquele apartamento eram finas como papel, e o quarto ficava do outro lado da cozinha.

– É, ainda estou procurando um apartamento... Não, estou bem, estou bem – disse ele, com uma risada. – Para de se preocupar tanto, tá? Olha, estou com uma pessoa aqui. Te ligo mais tarde, tá? Prometo. – Uma pausa. – Eu aviso. Também te amo. Boa noite.

Quando ele voltou, fingi que estava fazendo alguma coisa. Dobrei meu guardanapo, desdobrei, inspecionei os talheres (nem sabia que a minha tia tinha hashis de metal). Ao se sentar, ele perguntou:

– Minha habilidade como lavador de louça deixa algo a desejar?

– Não, não, é perfeita – respondi na mesma hora, botando os hashis no lugar. – É que eu... hã... Meu reflexo no... As paredes são finas – admiti, e ele soltou uma gargalhada.

– Era a minha mãe. Ela está morrendo de preocupação. Coisa de mãe mesmo – acrescentou, com um revirar de olhos, pegando um guardanapo da mesa. – Mas ela mandou um abraço.

– Você falou de mim? – perguntei, surpresa.

– Falei que conheci uma *pessoa*. E é claro que ela está supondo automaticamente que a gente vai fugir pra Vegas.

– Uau, que salto enorme.

– Essa é a minha mãe. – Ele riu. – Vamos comer?

– *Bon appétit* – falei com um sotaque exagerado, fazendo com que ele quase engasgasse com o vinho quando foi tomar um gole, soltando uma risada chiada.

Eu estava morrendo de fome. O macarrão frio estava delicioso, e a carne, tão macia que quase derreteu na minha boca.

– Uma boa carne de porco nunca me decepciona – comentou ele –, e admito que é uma comida reconfortante pra mim. As semanas têm sido difíceis.

– Ah! Sua entrevista! – falei, ofegante, me lembrando de repente.

Examinando-o com mais atenção, percebi que não parecia muito bem. O cabelo estava oleoso e penteado para trás, e a camiseta branca que ele usava parecia ter passado por muita coisa naquele dia, a gola repuxada, revelando a marca de nascença na clavícula. Na mesma hora afastei o olhar.

– Conseguiu o emprego?

Ele engoliu a comida antes de fazer uma pose e dizer:

– Sou *oficialmente* o novo lavador de pratos deles. Só esqueci como era cansativo.

Ele me mostrou as mãos. Já estavam ressecadas e rachadas, e, quando segurei uma delas, a pele estava áspera ao toque.

– Você precisa de um bom hidratante – falei, puxando-as e olhando com tristeza para as cutículas. – Ou luvas de borracha.

– Provavelmente...

– Vai dar tudo certo. Você não vai ser lavador de pratos pra sempre.

– Não, e, fora as mãos rachadas, tem sido muito legal. Já trabalhei em cozinhas, mas tem algo no Olive Branch que...

– É esse o nome do restaurante? – perguntei, apesar de já saber.

– Ah, sim! Eu não te contei? – Balancei a cabeça, negando, e ele abriu um sorriso pesaroso. – Você devia ir lá qualquer hora. Vou lavar seus pratos muito bem.

– Estou *lisonjeada*, Iwan.

Ele sorriu, pegou o macarrão com os hashis e comeu mais um pouco.

– O chef principal é *magnífico*. Ele sabe exatamente como tirar o melhor de todos os cozinheiros. Ele é rigoroso, mas estou ansioso pela minha vez – disse ele de forma quase reverente, e franziu o nariz. – Bom, quem sabe.

Ergui uma sobrancelha.

– Vai abrir uma vaga de cozinheiro, e eu quero me candidatar, mas...

– Mas o quê? Vai! Os apartamentos por aqui são absurdos de caros.

– Eu sei, mas acabei de ser contratado, e não sei se *deveria*. Ainda não fiz por merecer, e tem um outro cara que vai se candidatar. Ele prepara os legumes e verduras. Todo mundo acha que ele vai conseguir.

– E é por isso – adivinhei – que você nem vai tentar.

– Eu não sei se deveria. E se eu não for bom? E se fizer papel de bobo na frente do chef? Tive sorte de conseguir essa chance de estudar com o ídolo do meu avô. Ele nunca teve estudo formal, e eu quero isso mais que tudo. Quero que ele fique orgulhoso, sabe? E não sei se...

Estendi a mão e cobri a dele. Ele levou um susto e fez silêncio, olhou para a minha mão e depois para mim. Passei o polegar suavemente pela pele dele.

– James Iwan Ashton – falei com delicadeza –, você é talentoso e é incansável, e merece esse lugar tanto quanto qualquer outra pessoa.

– Eu ainda não fiz o necessário...

– E quem decide o que é necessário? Se você quer uma coisa, tem que correr atrás. Ninguém vai estar mais ao seu lado do que você.

Ele hesitou.

Fechei os dedos em volta da mão dele e apertei com força.

– Seja implacável com seus sonhos, Iwan.

Ele mexeu a mão e entrelaçou nossos dedos, os secos e rachados dele e os meus, macios.

– Tudo bem – concordou, e voltou aqueles olhos cinzentos lindos para mim de novo. – Mas acho que não te contei meu primeiro nome.

– Claro que contou – respondi rapidamente, tirando a mão da dele. Voltei a comer. – Lembra? Na primeira noite. – Dei uma batidinha na cabeça. – Minha memória é infalível.

Ele riu.

– Deve ser mesmo. – Ele refletiu por um momento. – Já te contei sobre o restaurante que quero abrir?

Eu me sentei mais ereta, interessada.

– Não.

Ele se animou como um cachorro quando vê um osso.

– Não contei? Tudo bem, tudo bem, imagina: mesas compridas como de um jantar em família. Paredes vermelhas. Tudo é confortável, o couro das cadeiras é bem macio. Eu chamaria um artista local para criar os lustres e contrataria todas as minhas pessoas favoritas, e colocaria sua arte nas paredes – acrescentou, com uma piscadela. – Vai ser um lugar onde as pessoas vão se sentir como se estivessem em casa, entende?

Pensei nos pratos do livro de culinária que ele oferecera à editora: o macarrão no gelo-seco, os dim sum que precisavam de uma vaporizadora comercial, a receita de molho chili que exigia uma pimenta africana rara... e não consegui imaginar.

– Parece um lugar onde eu comeria, e detesto comer em restaurantes – respondi. – Qual seria o nome?

– Sei lá. Não cheguei a pensar em nenhum. – Ele deu um sorriso lento e derretido como manteiga. – Acho que tenho alguns anos pra decidir.

Sete, para ser precisa.

Ele terminou o vinho quando deixei os hashis na mesa, porque, apesar de ainda haver um pouco no prato, não conseguia terminar. Ele apontou para a minha comida.

– Ah, sim, por favor, pode pegar – falei.

– Eu sou um buraco negro gastronômico – respondeu, botando meu prato em cima do dele.

Peguei meu vinho e me recostei na cadeira enquanto ele terminava a minha refeição. Havia uma ideia se formando lentamente na minha cabeça.

– Tenho uma situação pra te contar.

– Continua – disse ele, a boca cheia.

– Tem um autor, sabe? No trabalho. – Tentei deixar tudo o mais anônimo possível. – Minha amiga e eu entramos no leilão do livro dele. Era para todos os participantes passarem à rodada seguinte, mas... ele nos recusou.

Ele ergueu as sobrancelhas.

– Do nada?

– Do nada. E é frustrante, porque eu *sei* que ele faria coisas incríveis com a minha amiga. – Eu roí a unha do polegar, mas percebi o que estava fazendo e parei. – O que você faria?

– Você sabe por que ele fez isso?

Por minha causa, eu acho.

– Não sei.

– Hum. Difícil.

Ele começou a se levantar com os pratos, mas bati na mão dele e peguei a louça.

– Você cozinhou, eu lavo, lembra? – declarei, e abri a torneira para esperar a água esquentar.

Ele me seguiu até a cozinha, e, enquanto eu estava lá de pé, apoiou o queixo no meu ombro e se aconchegou em mim. Ele estava com cheiro de detergente e alfazema, e precisei usar todas as minhas forças para não sucumbir a ele.

– Bem – disse ele, a voz ribombando na minha pele –, será que você pode tentar convencê-lo?

Soltei uma risada.

– Infelizmente, não funciona assim. E, pra piorar as coisas, a minha carreira e a da minha amiga precisavam disso. Eu não entendo. Nós *deveríamos* ter entrado na rodada seguinte.

– Pena que ele não é chef. Nos restaurantes, uma boa cozinha é composta por uma boa equipe. Todo mundo trabalha com os outros, e na maior parte do tempo é melhor se também gostarmos uns dos outros. Meus amigos trabalharam em lugares em que todo mundo ficava se criticando, e era tão ruim que eles se demitiam. As *pessoas* são a coisa mais importante em qualquer cozinha.

As *pessoas*? Olhei para ele.

– Você acredita mesmo nisso?

Ele deu de ombros, como se fosse óbvio.

– Claro. Não ganhamos tanto assim pra ficar trabalhando num lugar de merda, principalmente se tivermos um currículo para ir para outro lugar.

Fechei a torneira e olhei para ele, minha mente girando a cem quilômetros por minuto. Ai, meu Deus, era *isso*. Eu só precisava apelar para o chef que existia nele, o cara que me disse exatamente *isso*. Sabia que ele já tinha passado por momentos péssimos na cozinha; pelo que li, é o que mais acontece. Era um tiro no escuro, mas eu acreditava em tiros no escuro.

Ele hesitou.

– O que foi? Tem alguma coisa na minha c…

Eu me virei para olhar para ele, observei os olhos lindos da cor da lua, então segurei seu rosto e amassei suas bochechas.

– Você é um *gênio*, Iwan!

Ele piscou.

– Eu… sou? Quer dizer, claro que sou.

– Um *gênio*! – Puxei o rosto dele para beijá-lo.

Os lábios estavam macios e quentes, surpresos num primeiro momento. Ele mal tinha registrado o beijo e eu já me afastei.

– A gente se vê mais tarde, tá?

Eu me virei para ir embora, mas ele me segurou pela mão e me puxou de volta. O aperto foi forte, mais do que o habitual. De um jeito desesperado e cheio de anseio.

– Espera um pouco – murmurou ele, e me beijou de novo.

Dessa vez, ele estava preparado para mim, a boca ávida, e eu me colei a ele. Fechei a mão livre na camisa dele para mantê-lo perto. Ele soltou a minha mão, desceu o braço para minha cintura, e de repente me levantou e me colocou na bancada. Ele olhou nos meus olhos, a palidez brilhante dos dele ficando tempestuosa. O cabelo caiu no rosto, e havia pontos dourados onde a luz da cozinha batia no ângulo certo.

– Incentivo – sussurrou ele, e me beijou de novo e de novo, beijos rápidos nas minhas bochechas, no meu pescoço – pra você voltar mais rápido.

– Você sentiu tanta saudade assim? – perguntei, envolvendo o pescoço dele com os braços.

Ele murmurou na minha boca:

– Eu teria que mentir pra dizer não.

E a pior parte, sabe qual era? Eu queria ficar. Queria ficar enquanto ele saboreava meu beijo, segurando minhas coxas e se inclinando para mim. Mas vi a hora no micro-ondas atrás dele, e já eram nove da noite. Se eu quisesse chegar ao Olive Branch antes de fechar, tinha que ir o quanto antes.

– Eu vou voltar – sussurrei, lamentando ter que ir.

Ele não acreditou em mim.

– Promete?

– Prometo.

Apesar de não depender de mim, *tecnicamente* não era mentira. Eu o veria de novo. Mas, se o apartamento tinha me levado de volta naquela hora, eu sabia que podia levar de novo... e, de alguma forma, no fundo do coração, eu sabia que *levaria*. Ele me beijou uma última vez quando desci da bancada, como se quisesse selar a promessa com os lábios, e eu soube que precisava ir naquela hora se quisesse sair dali, porque estava ficando cada vez mais difícil me afastar.

Lembre-se da regra número dois, falei para mim mesma, e me separei dele. Peguei a bolsa e a pouca resistência que me restava e fugi antes que eu mesma me convencesse a ficar.

23

Prato principal, ação

Eu sabia que era uma má ideia, mas não tinha outra. Não se quisesse resolver aquilo.

Chamei um táxi, mandei o motorista seguir para o Olive Branch, no SoHo, e me vi na frente do restaurante agitado menos de vinte minutos depois. Sem plano. As portas estavam escancaradas, as janelas abertas para deixar o ar da noite de verão entrar. Os clientes da noite estavam a um mundo de distância dos que eu tinha visto no almoço, um monte de gente jovem e descolada com roupas da moda, tirando fotos da comida e não comendo quase nada... e a maioria dos pratos era composto de uma ou duas garfadas apenas. Eu me senti completamente deslocada, e isso quase me impediu de entrar, mas me preparei e pensei no que a minha tia dizia:

– Se você não se encaixa num ambiente, finja até se encaixar.

A recepcionista me parou na entrada e pediu o nome da minha reserva. Era meu primeiro obstáculo. Eu não tinha reserva, obviamente, e ela não me deixaria entrar se não tivesse. Por isso, empertiguei os ombros, ergui o queixo e fingi com maestria.

– Eu vim ver o James.

A mulher arqueou a sobrancelha e me olhou de cima a baixo.

– E você é...?

Certo, muita gente queria vê-lo ultimamente, e eu duvidava que ele tivesse perdido seu tempo pensando em mim. O que era estranho, considerando que eu ainda sentia o toque fantasma dos lábios dele nos meus.

– Eu sou...

Ninguém importante, uma assessora de uma editora que ele tinha rejeitado. Isso certamente não me permitiria entrar para vê-lo. Então, pensei rápido. O que a minha tia faria? Ela havia colocado incontáveis máscaras ao longo dos anos para fingir se encaixar em algum lugar até conseguir.

– Eu sou jornalista. Da... hã... da... – Meus olhos passaram por uma pilha de revistas atrás do balcão da recepção. – *Women's Health*.

Tentei não fazer uma careta. Era uma péssima mentira.

Ela franziu a testa e me olhou de novo.

– Para falar com o *James*?

– É para um artigo sobre fazer o coração das mulheres disparar.

Eu estava cavando um buraco cada vez mais fundo para mim mesma.

– Está meio tarde, né?

– Nunca é tarde... Esse é o, hã, lema dos jornalistas. Ele está?

Ela contorceu os lábios, apertou o fone no ouvido e falou alguma coisa. Esperou um momento e assentiu.

– Desculpa, você vai ter que volt... Espera aí!

Eu tinha passado direto por ela como se tivesse um trabalho a fazer. Tecnicamente, eu *tinha*, mas não o que ela estava pensando.

– Pode avisar pra ele que estou aqui – falei, olhando para trás.

Entrei no restaurante escuro e exuberante que era caro demais para mim. A recepcionista deu um gritinho em resposta, mas não se mexeu para me deter. Tinha muitas outras pessoas para receber e levar à mesa, e provavelmente não estava ganhando muito naquele trabalho mesmo.

Contornei um garçom carregando uma bandeja pesada para uma mesa grande e entrei no corredor que levava à cozinha e aos banheiros. As portas de metal da cozinha se abriram com um garçom saindo com uma bandeja cheia de pratos lindamente decorados. Cheguei para o lado quando ele passou e segurei a porta de metal antes que se fechasse. Era a hora.

– Para Mordor – sussurrei, e entrei.

Uma mulher mais velha com cabelo curtinho verde-azulado ergueu o rosto. Arrumava um prato, algo de peixe, e seu rosto se franziu de irritação.

– A cozinha é proibida – disse ela, e gritou alguma coisa para trás, pedindo um molho ou algo assim. Devia ser a sous chef.

Tudo na cozinha era um caos. Gente gritando "Atrás!" ao passar com frigideiras quentes ou "Canto!" ao virar, levando pratos para a pia ou da pia. Era tudo muito sufocante, mas me obriguei a ficar firme.

Outro garçom passou por mim entrando na cozinha e botou um papel na estação com a sous chef, que o pegou e gritou o pedido para a cozinha.

Ela se virou para mim e disse de novo, meio irritada:

– A cozinha é proibida.

– Eu só estou procurando...

Ela fez sinal para o garçom ao meu lado.

– Tira ela daqui.

Ao meu lado, o garçom, um cara de vinte e poucos anos e membros compridos, se virou e abriu os braços para tentar me fazer recuar até o corredor.

– Desculpa, moça – murmurou ele, olhando para os sapatos sem me encarar.

Tentei empurrá-lo para longe.

– Espera, espera, eu quero falar com o chef!

– Todo mundo quer – respondeu a sous chef, sem nem se dignar a olhar enquanto limpava a borda de um prato quente. – Você não é especial.

Nossa, que *grosseria*. O garçom me segurou pelo braço, mas me soltei dele.

– Olha, eu só preciso de uns minutos...

– Você está *vendo* ele aqui? Fora! – gritou ela de novo, balançando a mão.

O garçom me enxotou da cozinha. Eu nunca tinha sido enxotada de forma tão cuidadosa na vida, com alguém murmurando "desculpa, desculpa, desculpa" ao me conduzir pela porta.

Cambaleei pelo corredor de novo, e Mordor se fechou num movimento de portas de vaivém prateadas.

– Espera, por favor, eu só preciso falar com...

– Algum problema?

O garçom ficou imóvel. Eu fiquei imóvel. Mas meu coração martelou no peito.

O garoto se virou na mesma hora para a voz atrás de mim.

– Chef – balbuciou ele, ainda olhando para o chão. – Desculpe. Ela entrou na cozinha procurando por você.

– Ah, é? – ribombou o chef.

Senti minha pele ficar arrepiada.

– A chef Samuels me pediu para tirá-la de lá.

– Espero que não para sempre.

O garçom ficou confuso.

– Eu... hã...

– É brincadeira – comentou ele, quase com pesar, e fez sinal para o rapaz ir embora. – Eu estou com ela. Pode voltar para o trabalho.

– Sim, chef. – O garçom assentiu de novo e saiu logo para cuidar das mesas.

Quando o cara que parecia um esquilo foi embora, ouvi o chef trovejar:

– *Você* não é de uma revista.

Eu me virei para encarar James Ashton. Meu estômago se embrulhou muitas vezes. Meia hora antes, a boca dele estava no meu pescoço, o hálito na minha pele, e agora... não poderíamos estar mais distantes.

– James – falei, cumprimentando-o e tentando manter a voz firme.

Eu esperava que funcionasse.

Esperava que Iwan estivesse certo.

Ele estava usando o uniforme de chef, um dólmã branco abotoado na lateral e na frente, esticado nos ombros largos.

– Sim, Clementine?

– Você rejeitou nossa oferta.

– Rejeitei, e, se é por isso que você está aqui – disse ele com cautela –, minha decisão é final.

Meu coração despencou.

– Espera, me escuta...

– Eu lamento – disse ele, deixando os braços penderem ao lado do corpo e passando por mim na direção da cozinha. – Preciso voltar para o trabalho...

Eu me virei.

– É por minha causa?

Ele parou, ainda de costas para mim. Cerrei as mãos com tanta força que senti as unhas deixando marcas nas palmas.

– É por minha causa? – repeti. – Porque você e eu...

Ele olhou para trás, e essa foi a resposta de que eu precisava.

Foi por minha causa. Meus punhos começaram a tremer. Eu deveria ficar triste porque ele me odiava, mas punir *Drew*? Eu não estava triste, estava ficando com raiva.

– Espera, você não acha isso meio exagerado?

Ele se virou para mim.

– Não acho, não.

– Nós nem fizemos nada – falei, e dei um passo na sua direção, fazendo-o recuar. – Só nos beijamos... algumas vezes. Só *isso*. – Dei outro passo, e ele se encostou na parede, com uma arandela de um lado e uma natureza-morta de fruteira do outro. – E eu tenho certeza de que você fez *mais do que isso* desde aquela época, James.

Os olhos claros dele estavam arregalados.

– Hã... bem...

– Eu entendo se você não gostar de mim ou se quiser me esquecer, mas rejeitar a oferta da Strauss & Adder por *minha* causa?

Continuei a falar porque o Iwan que eu conhecia e o homem parado na minha frente não poderiam ser mais diferentes, e eu não ligava para todo o sucesso que ele havia conquistado, nem para o quanto era bonito. Eu tinha uma editora para salvar.

– Clementine – disse ele, e odiei a firmeza em sua voz, a compostura –, você acha mesmo que a gente deveria trabalhar juntos? Você acha que *isso* – ele fez um gesto entre nós dois – seria uma boa ideia?

– Eu acho que você e a Drew trabalhariam muito bem juntos! E acho que a Strauss & Adder trataria seu trabalho *superbem*. E tem ainda o fato de que sou *ótima* no que faço e *sei* que sou. Eu não deixaria um rancor pessoal ou o que quer que você tenha contra mim afetar minha dedicação a você e aos seus livros. – Minhas mãos se abriram. – Sei que vir aqui não é profissional, mas uma vez você disse que são as pessoas que formam uma boa equipe, e todo mundo na Strauss & Adder é bom. As pessoas são dedicadas e honestas, e você merece isso. E elas merecem uma chance. De verdade.

E eu não estaria ali fazendo papel de trouxa se aquilo não fosse importante. A Strauss & Adder precisava de um autor grande para ocupar a lacuna deixada por Basil Ray, e, se não arrumássemos um, seria bem ruim para o meu emprego... e para o emprego de todo mundo na editora. Basil Ray não seria o *motivo* para a Strauss & Adder fechar, mas eu me recusava a deixar que aquele monstrengo velho fosse o último prego nesse caixão metafórico.

James repuxou os lábios, na esperança de que eu rompesse o contato visual antes, mas acabou fazendo isso primeiro e afastando o olhar. Um músculo na mandíbula dele tremeu.

– Eu não gosto que você use as minhas palavras contra mim... – murmurou ele.

– Admita – falei, cutucando-o no peito –, é uma boa jogada.

Ele franziu o nariz, a primeira leve rachadura na fachada firme. O primeiro pequeno sinal do meu Iwan.

– É... bem fofo – admitiu ele – e meio sexy.

Eu pisquei.

– *Sexy?*

Ele respondeu com o rosto a centímetros do meu, tão perto que deu para sentir as palavras na pele.

– Você me botou contra a parede, Limãozinho.

Ah.

Percebi como estávamos próximos. Tão próximos que dava para ver meu reflexo nos botões polidos do dólmã de chef. Próximos de uma maneira *nada profissional*. E, de repente, aquela sensação reveladora horrível voltou. As pequenas explosões efervescentes no meu estômago, quase me deixando enjoada. Um calor subiu pelas minhas bochechas, e me afastei depressa, desconcertada.

– Desculpa, desculpa mesmo – falei.

– Eu não estava *reclamando*...

– Eu vou me retirar do leilão e futuramente do possível projeto – falei, interrompendo-o. – Era o que eu deveria ter feito quando me dei conta de quem você era. Foi culpa minha. Juliette pode assumir o meu lugar, ela é uma ótima assessora e vai...

– Não, tudo bem.

Com um suspiro, ele massageou o pescoço. Os gritos da frente da cozinha chegaram ao corredor como um eco em uma caverna. O murmúrio da casa era alto, o tilintar de talheres nos pratos, as risadas de amigos. Mais baixo, ele murmurou:

– Achei que *você* não ia querer trabalhar *comigo*.

Arregalei os olhos e o encarei.

– O quê?

– Foi o que eu pensei. Achei que você estava só sendo educada na sala de reuniões. Você não foi exatamente simpática lá. Estava com aquela expressão, sabe, a...

Ele fez um movimento de pinça com as mãos na direção das sobrancelhas. Ele quis dizer o meu...?

– Essa! Essa aí.

A vergonha tomou conta de mim.

– Achei que *você* não quisesse *me* ver! – *Você não quis por sete anos. Nem veio me procurar.* Cheguei para trás e passei os dedos pelo cabelo. – Ai, meu Deus.

– Desculpa – disse ele, concordando, apesar de parecer querer dizer outra coisa. – Eu adorei mesmo a energia da Drew. Ela parece uma pessoa ótima de se trabalhar.

– Ela *é* – insisti. – Então você vai reconsiderar?

– Eu... vou ter que falar com a minha agente – respondeu ele, e esfregou o pescoço de novo... antes de perceber o que estava fazendo e parar.

– Tudo bem – respondi.

Já era um progresso.

– Certo.

A sous chef botou a cabeça no corredor. Ela não pareceu surpresa de nos ver ali.

– Chef, para de paquerar. Precisamos de você aqui!

– Sim, chef – respondeu ele, e foi na direção da cozinha, mas se virou para mim e sussurrou: – Eu não gosto quando a gente briga, Limãozinho.

E me deixou no corredor, o som do apelido que usava comigo parecendo um pedaço de chocolate no fim do jantar, doce e perfeito, e não consegui afastar a sensação de que talvez, *talvez* eu estivesse numa sinuca de bico.

24

Um presente indesejado

E foi assim que Drew se viu flutuando nas nuvens na tarde de sexta. Ela pegou todos os exemplares de culinária que a Strauss & Adder tinha nas prateleiras como se fosse uma devoradora de livros numa livraria em que tudo era grátis, enquanto Fiona e eu enviávamos para ela links de tutoriais de YouTube e fazíamos uma lista de programas de culinária na Netflix para ela maratonar durante o fim de semana. O apartamento não me mandou de volta para Iwan, mas talvez fosse melhor assim, já que estava em pânico, certa de que nem uma faca eu sabia segurar direito.

– É capaz de a gente botar fogo no restaurante – disse Drew com alegria, saltitando até mim e Fiona à mesa na cozinha. – Mas pelo menos ainda estamos no páreo!

Fiona estava comendo metade da barrinha de cereal que entraria no meu parfait. Ela deu uma mordidinha.

– Para alguém que não sabe cozinhar, você vai fazer o melhor possível, amor.

– Com certeza, amor – respondeu Drew, colocando a pilha de livros na beira da mesa, e se sentou. – Eu vou botar fogo no tortellini. Não sei como você conseguiu, Clementine, mas você é milagreira. Como sempre. A agente disse que ela bateu o martelo antes de consultar James Ashton.

– O que você fez para convencê-lo a reconsiderar? – perguntou Fiona.

Dei de ombros e mexi meu iogurte.

– Não fiz nada. – Além de invadir uma cozinha e intimidar um possível cliente. – Só perguntei o porquê, e ele mudou de ideia.

De um modo geral.

Da sala de correspondência, Jerry, nosso entregador, um homem alto que fazia os melhores bolos de festa de fim de ano, veio com um carrinho, assobiando uma música da Lizzo.

– Bom dia, moças – disse ele, e me entregou um pacote. – Pra você.

– Ah, é?

Eu o peguei para ver quem tinha enviado. Meu mundo se encolheu naquele instante.

Jerry se virou para Drew.

– Eu soube que você vai pra próxima rodada com aquele chef! Parabéns!

Eles bateram as mãos.

– Obrigada! Eu vou botar fogo em tudo! – respondeu ela, em êxtase.

Ele riu e saiu empurrando o carrinho. Drew pegou o primeiro livro da pilha, *Sal, gordura, ácido, calor*, de Samin Nosrat, e começou a ler.

– Acho que não vamos terminar o quartinho do bebê no fim de semana – disse Fiona, descontente, e Drew olhou para ela com uma expressão chateada. – O que foi? Você ainda não colocou o papel de parede que eu comprei.

– Amor, eu sei menos sobre papéis de parede do que sobre culinária.

– Tem menos jeitos de estragar o papel de parede – respondeu ela com tranquilidade.

Drew olhou de cara feia para Fiona, que sorriu, e isso era a essência do casamento delas. Deixei o pacote de lado rapidamente, com o endereço do remetente para baixo.

– Eu adoro colocar papel de parede. Posso ajudar? – ofereci.

– Ah, meu Deus, sério? *Obrigada* – disse Fiona, com alívio, e enfiou o resto da barrinha na boca.

– A gente paga – acrescentou Drew.

– Uma garrafa de rosé e eu sou de vocês pelo tempo que precisarem – respondi, e, com uma última colherada de iogurte, enfiei a colher de plástico no copinho vazio e me levantei. – Melhor eu voltar ao trabalho.

Eu estava saindo quando Drew disse:

– Você esqueceu seu pacote.

Fiona o pegou.

– De quem ser... Ah.

Fiz uma careta.

Fiona mostrou a Drew o nome no pacote, e ela arregalou os olhos.

– Sua tia? – perguntou Drew. – Mas...

– Deve ter se perdido no correio – murmurei.

Minhas amigas trocaram um olhar preocupado. Às vezes, quando estava viva, minha tia enviava pacotes para o meu trabalho para me surpreender: cadernos com capa de couro da Espanha, chás do Vietnã e *lederhosen* da Alemanha. Sempre que ela viajava sozinha, eu recebia alguma coisa.

Mas minha tia estava morta havia seis meses.

O pacote devia ter ficado perdido no correio por *muito* tempo. Ela não viajava desde novembro, quando foi para a Antártica. Ela disse que nunca tinha sentido tanto frio em toda a vida, que o frio era tanto que as pontas dos dedos ainda não tinham esquentado dias depois de ela voltar para casa.

– Seu aquecimento está funcionando? – perguntei na época, e ela riu.

– Ah, eu estou bem, estou bem, minha querida. Às vezes, o frio gruda na gente.

– Então tá.

Eu não conseguia lembrar o que estava fazendo enquanto conversava com ela, acho que indo para casa depois do trabalho, depois de sair do metrô, o nariz frio e a neve fofa no chão, mas não conseguia lembrar. Nunca ligamos um momento mundano a uma lembrança. Nunca achamos que vai ser a última vez que vamos ouvir a voz da pessoa ou ver seu sorriso ou sentir seu perfume. Ao olharmos para trás, nossa cabeça nunca se lembra das coisas que o coração quer.

– Estou inquieta – disse minha tia. – Vamos sair numa aventura, minha querida. Eu te encontro no aeroporto. Vamos pegar o primeiro voo...

– Não posso, tenho que trabalhar – interrompi. – Além do mais, acabei de comprar as passagens para a Islândia, para a nossa viagem de agosto. Estavam uma pechincha, não deu para resistir.

– Ah.

– Você não quer ir para a Islândia?

– Não... não, eu quero. É que já fomos lá.

– Mas não em agosto! Dizem que dá pra ver o sol à meia-noite, e tem uma fonte termal que eu quero experimentar. Ouvi que é ótima pra artrite, então vai fazer bem a você – acrescentei.

Minha tia bufou, porque estava ficando cada vez mais aparente que ela não gostava da ideia de desacelerar. Tinha 62 anos e, na opinião dela, *não deveria ter* artrite. Pelo menos até os 70. Meu telefone tocou.

– Ah, minha mãe está ligando. A gente se vê no Ano-Novo. Você vai ao jantar na casa dos meus pais?

– Claro, querida – respondeu ela.

– Promete que não vai pegar o primeiro avião saindo do JFK?

Ela riu ao ouvir isso.

– Prometo, prometo. Não sem você.

E, de repente, eu estava de volta à manhã de ano-novo do ano anterior, com o telefone tocando sem parar, minha cabeça latejando. Tinha bebido demais na noite anterior, tudo demais. Minha boca parecia algodão-doce, e acho que beijei alguém à meia-noite, mas não conseguia lembrar o rosto dele. Drew e Fiona sempre me arrastavam para festas de Ano-Novo, e toda festa era sempre horrível do mesmo jeito.

Procurei o telefone na mesa de cabeceira e, quando o encontrei, puxei do carregador e atendi.

– Mãe, está muito cedo...

– Ela se foi.

Eu nunca tinha ouvido minha mãe falar daquele jeito. Com a voz estridente e histérica. Falhando. As palavras forçadas.

– Ela se foi! Querida... querida, ela se foi.

Não entendi. Ainda estava sonolenta.

– Quem? Como assim? Mãe?

– Analea. – E, mais baixo: – Os vizinhos a encontraram. Ela...

O que ninguém conta, o que você precisa descobrir por experiência própria, é que não existe um jeito fácil de falar sobre suicídio. Nunca houve, nunca haverá. Se alguém perguntasse, eu diria a verdade: que a minha tia foi incrível, que viveu a vida ao máximo, que tinha uma risada contagiante, que sabia quatro idiomas e tinha um passaporte cheio de carimbos de muitos países diferentes que deixaria qualquer viajante experiente com inveja, e que tinha um monstro no ombro que ela não deixava mais ninguém ver.

E, por sua vez, esse monstro não a deixava ver todas as coisas que ela perderia. Os aniversários. As comemorações. Os pores do sol. A mercearia da esquina que tinha virado uma loja de móveis de madeira de demolição. O monstro fechava os olhos dela para toda a dor que ela causaria às pessoas que deixaria, o peso terrível de sentir falta dela e tentar não *culpá-la* ao mesmo tempo. E aí, você começa a se culpar. Será que você poderia ter feito alguma coisa, ter sido a voz que faria diferença? Se você a amasse mais, se prestasse mais atenção, se fosse melhor, se ao menos perguntasse, se *soubesse* o que perguntar, se conseguisse ler nas entrelinhas...

Se, se, se.

Não há jeito fácil de se falar sobre suicídio.

Às vezes, a pessoa que você ama não vai embora com uma despedida. Ela só vai embora.

– Você está bem? – perguntou Fiona baixinho, pondo a mão no meu ombro e me trazendo de volta ao presente.

Eu me afastei dela e pisquei para esconder as lágrimas.

– Estou – falei.

Enchi os pulmões de ar uma vez. E mais uma. Fiona estava com o pacote na mão, então o peguei. Eu não o abriria.

– Eu estou bem. É que é... inesperado.

Drew olhou para o pacote.

– É bem pequeno. O que será?

– Preciso voltar ao trabalho.

Quando saí, despejei meu almoço e o pacote na lata de lixo, voltei para minha baia e me entupi de trabalho, como sempre fazia. Como deveria.

Duas horas depois, quando a maioria das pessoas tinha ido embora do escritório, voltei até a lata de lixo para pegar o pacote embaixo de um lo mein de quatro dias antes e de um sanduíche de atum, mas não estava lá. O pacote que a minha tia me enviara tinha sumido.

25

O melhor que há

O resto do fim de semana e a semana seguinte passaram num borrão. O apartamento parecia vazio sem Iwan. Cada vez que abria a porta, eu esperava encontrá-lo de novo, mas o tempo presente sempre me recebia, e comecei a me perguntar se algum dia seria levada de volta.

Os dias se passaram sem grandes acontecimentos. Com a proximidade do parto, Drew e Fiona estavam se preparando para a licença-maternidade e também deixando tudo pronto, até que de repente me vi sentada num Uber parando na calçada do Olive Branch. A placa na porta dizia que estava fechado naquela noite para um evento especial. E qual era o evento especial? A aula de culinária. Editores e equipes do mercado editorial inteiro estariam lá. A Faux, a Harper e uns Random Penguins e, pelo que os boatos diziam, o editor novo da Falcon, o Sr. Benji Andor em pessoa. Pelas janelas abertas, eu via algumas pessoas já socializando no salão vazio.

– O plano é o seguinte: eu cozinho, você pica as coisas – especificou Drew, provavelmente por não confiar nem um pouco nas minhas habilidades culinárias.

E tudo bem, porque eu também não confiava nelas.

– E, se dermos de cara com o Parker, vamos amarrá-lo e jogá-lo no banheiro.

Fiona pôs a cabeça para fora do carro, dizendo:

– Acabem com eles, moças!

Ela fez arminhas com os dedos enquanto o motorista do Uber saía a caminho do Lower East Side para deixá-la em casa.

Eu e Drew esperamos o carro dobrar a esquina, e ela ajeitou a frente da camisa de botão.

– Como estou?

Ajeitei o colar com medalhão e botei as mãos nos ombros dela. Ela parecia tão nervosa quanto eu.

– Você vai arrasar lá dentro.

– *Nós* vamos arrasar – lembrou ela, passando o braço pelo meu, e tremeu. – Aah, finalmente estou nervosa! A gente pode desistir? Dizer para a Strauss que eu fugi para as colinas? Virei eremita? Fui viver do que a terra dá?

– O que aconteceu com a editora que disse que faria qualquer coisa pelo James Ashton? Além do mais, você detesta viver sem água quente.

– Tem razão. Vou fugir para um castelo na Escócia, então.

– Vai ser assombrado.

– Você adora estragar tudo, né? – disse ela.

Revirei os olhos e a guiei delicadamente na direção da porta do restaurante.

Lá dentro, vi editores de todas as editoras, alguns nomes importantes, outros que não reconheci. Eu não participava de nenhum evento havia alguns meses, pelo menos desde que a minha tia tinha morrido, e Drew me atualizou sobre as pessoas. Havia uma mesa com taças de champanhe, então pegamos as nossas e fomos assombrar um canto do restaurante até chegar a hora de começarmos nossa jornada culinária.

– Isso é uma missão impossível – murmurou Drew, passando os olhos pelo salão. – Estamos no meio do território inimigo, como duas espiãs na selva de… Ah, Parker, oi.

Ela se empertigou rapidamente quando um sujeito branco desengonçado com óculos grandes demais e cabelo penteado para trás se aproximou. Ele tinha o que eu chamaria de síndrome do cara com mestrado em letras. Vivia agindo como se fosse o cara mais inteligente da sala, cujo livro favorito era algo do Jonathan Franzen ou, pior, *O clube da luta*. O tipo de sujeito que veria em um meme a frase "ela subiu as escadas com os seios fartos farfalhando", assentiria e diria *Sim, sim, isso é literatura de qualidade*.

Ele era *esse* tipo de cara.

– Drew Torres, que bom te ver – disse Parker, com um sorriso que devia ser tão genuíno quanto o implante capilar dele. – Animada para a aula de hoje?

– Ah, claro. Mal posso esperar pra ver o que vamos cozinhar!

– Não é todo dia que aprendemos com um dos melhores chefs do mercado. Ora, outro dia mesmo eu estava conversando com o Craig ali – ele apontou para o diretor-executivo da Harper ou da Simon & Schuster, ou algo assim, um exibido de marca maior – e estávamos comparando o menu em constante mudança do James. Fico impressionado com as habilidades dele.

Drew assentiu.

– Ah, sim, ele é muito talentoso.

– Ele vai ser ótimo na Faux. Temos tantos recursos fantásticos. Se bem que eu tenho certeza de que a Strauss & Adder vai fazer o melhor que puder, não vai?

– Somos pequenos, mas somos poderosos – respondeu Drew, e me indicou. – A Clementine aqui é uma das nossas assessoras seniores. Ela é a mente por trás do sucesso de muitos dos nossos livros.

– Ah, o braço direito da Rhonda Adder, eu estava me perguntando quando conheceria você! – Parker estendeu a mão para me cumprimentar. – Só ouvi coisas ótimas. Estou surpreso de ela ter deixado você sair de baixo da pedra onde ela te esconde! – acrescentou ele com uma risada.

Meu sorriso foi tenso.

– Bom, eu fico surpreso de a sua editora ter deixado você sair de baixo da sua – disse uma voz grave e suave.

Drew e eu olhamos para um gigante se aproximando. Com cabelo escuro penteado para trás com gel e óculos grossos, o rosto era uma expressão de pintas artisticamente colocadas. Ele olhou para o colega editor com um ar sério.

– Você não consegue parar de ser horrível, Parker.

Parker olhou para Benji Andor com surpresa.

– Eu só estava brincando! Ela sabe que eu estava brincando! Né?

– Ah, sim, é óbvio – falei.

– Viu? É óbvio.

Parker deu um tapinha no meu ombro. Fiquei tensa e tentei não me afastar, mas alguém do outro lado do restaurante o chamou. Ele se despediu e foi até lá. Estremeci quando ele finalmente me soltou.

Drew falou num sussurro fingido:

– Viu só? Ele é péssimo.

– Você não estava brincando – comentei.

Benji Andor se virou para nós com um pedido de desculpas no olhar.

– Eu diria que ele tem boas intenções, mas todo mundo sabe que não tem.

– Eu te chamaria de mentiroso de qualquer jeito – respondi, sem conseguir me segurar.

– Ele é a inspiração para o vilão de alguém – concordou Drew, e inclinou a cabeça, pensando. – Provavelmente o meu, para ser sincera.

Ele soltou uma risada bem-humorada.

– Se o Parker vier incomodar vocês de novo, me avisem.

– Obrigada, mas acho que a gente consegue resolver – respondeu Drew.

– Sem dúvida, mas é que eu gosto de olhar – disse ele com uma piscadela, e, depois de se despedir, foi para um canto diferente ficar em silêncio de novo, como a árvore reflexiva que ele era.

Não precisamos ficar constrangidas de pé por muito mais tempo, porque James Ashton entrou no restaurante, todo sorrisos e covinhas encantadoras, de camisa marrom de botão e uma calça jeans absurdamente justa, e tentei controlar minha expressão da melhor forma possível. Não queria que ele tivesse a impressão errada de mim... *de novo*.

Drew me deu uma cotovelada e disse:

– Para de fazer cara de quem quer matar ele!

Ao que parecia, não estava dando certo. Eu gemi.

– É só a minha cara!

James foi para a frente da cozinha e bateu palmas para chamar a atenção de todo mundo.

– Bem-vindos! – disse ele, nos cumprimentando. – É tão bom ver seus rostos adoráveis. Espero que todos tenham vindo preparados, de coração aberto e estômago vazio. Agora, vamos comigo para a cozinha. Preparei estações de trabalho diferentes para todo mundo, para podermos aprender a cozinhar uma especialidade aqui do Olive Branch...

Drew não deveria ter se preocupado tanto com *cozinhar*. E, no fim das contas, não éramos as piores cozinheiras ali: essa honra foi toda para Parker, que, junto com o assessor de imprensa e o diretor de marketing dele, botou fogo em toda a estação. James correu com um extintor e deu um tapinha no ombro dele, rindo.

– Acontece com os melhores cozinheiros! – disse o chefe.

Naquele ambiente intimista, James Ashton era uma pessoa gentil e atenciosa, além de um professor muito paciente, mas havia algo de distante no jeito como ele sorria para todo mundo, algo de cauteloso sempre que os editores faziam perguntas. Eu ficava procurando uma rachadura na fachada para ver o homem que conhecia por baixo, como tinha visto na sala de reuniões, mas ele parecia ter treinado. Não estava deixando ninguém se aproximar, o que, por um lado, era inteligente e profissional (ah, ele era *tão* profissional), e me fez imaginar como e por que ele tinha ficado tão ressabiado e refinado.

Apesar disso, a aula de culinária foi tão divertida que logo esqueci que tinha ficado preocupada. Terminamos espalhando farinha para todo lado enquanto fazíamos raviólis, roubando goles de vinho no processo de aprender a reduzir o molho, lacrimejando ao cortar cebola e fazendo uma prece pelo frango quando cortamos seu peito no meio. Benji Andor estava feliz da vida na estação ao nosso lado, rindo tanto que precisou pedir licença e se sentar para recuperar o fôlego. ("Eu não fico sem ar desse jeito desde que fui atropelado.") Conseguimos executar a aula de culinária, mas sabíamos que não ganharíamos nota máxima na apresentação.

E, quando James Ashton finalmente chegou à nossa estação, pareceu moderadamente entretido pelos nossos raviólis.

– Parecem…

Vaginas. Não que nós fôssemos dizer.

– Parecem a especialidade do Olive Branch – falei, ecoando a declaração dele de antes, e tomei outro gole de vinho.

Drew queria morrer.

James contraiu os lábios, se esforçando para sustentar a persona profissional… mas ali. Eu vi. A rachadura na imagem.

– Como vocês conseguiram isso? – perguntou ele só depois de conseguir afastar o olhar.

– Eles ficavam desmontando – disse Drew, sem jeito. – Então a gente meio que… deu uma espremida neles, sabe?

Ele assentiu, a expressão sincera.

– O gosto vai ficar ótimo de qualquer jeito, tenho certeza.

Eu tossi no ombro para disfarçar uma risada, e Drew me cutucou quando James se afastou para olhar o grupo da Falcon House.

– Não acredito que você disse que pareciam ser a *especialidade do restaurante*! – cochichou ela.

– Mas *parecem*, Drew – respondi. – Você prefere que eu diga que parecem vulvas? Cada ravióli é meio diferente.

Ela revirou os olhos e começou a jogar a massa na panela fervente.

– Você é *terrível*.

Eu a cutuquei de volta.

– Você está feliz porque eu vim.

– Imensamente.

O resto da aula de culinária correu tão bem quanto esperado. Terminamos a comida, e James falou um pouco sobre como controlava a cozinha.

– Uma boa cozinha funciona com base na excelência, mas uma ótima cozinha funciona na base da comunicação e da confiança – disse ele, olhando para mim enquanto eu fazia uma arminha com o dedo escondida atrás de Drew. Ele me ignorou solenemente. – Quero agradecer a todo mundo por ter vindo aqui hoje. Sei que isso é meio diferente do que vocês costumam fazer para adquirir um livro e agradeço sua boa vontade de explorar a culinária comigo.

Eu queria que ele falasse com mais entusiasmo, como tinha feito no apartamento da minha tia. Queria ver *aquela* parte dele, a parte empolgada e apaixonada, mas ela parecia meio apagada na luz forte da cozinha do Olive Branch. Meu coração estava cheio e pesado de pensar em Iwan me esperando no apartamento da minha tia e naquele ali com a gente agora, tão diferentes e tão parecidos.

Ele não falou sobre as melhores ofertas nem os lances finais. Falou sobre comida e técnicas, e disse esperar que voltássemos para visitá-lo independentemente do resultado final.

Depois da aula, ele andou pela cozinha agradecendo a todo mundo. Todos colocamos as sobras em quentinhas e fomos embora do restaurante, rindo e pegando no pé de Parker por quase ter botado fogo no restaurante todo.

– Eu sou melhor editor do que cozinheiro!

Essa foi a defesa dele.

– Na verdade, *todos* nós somos – respondeu Drew.

Do lado de fora havia uma mulher loura esperando, e ela correu até Benji Andor quando o homem saiu. Ele se curvou e deu um beijo na bochecha dela, depois lhe entregou seu péssimo ravióli, e os dois seguiram na direção da estação de metrô. Parker resmungou enquanto ele e sua equipe entravam num táxi. O Uber de Drew chegou primeiro.

– Eu posso esperar o seu – disse ela, mas dispensei o gesto.

– Não precisa, o meu vai chegar a qualquer minuto.

– Tudo bem. – Ela me abraçou e beijou minha bochecha. – Obrigada por ser da minha equipe. Não sei o que faria sem você, Clementine.

– Você continuaria arrasando. Toma, leva o meu pra Fiona – acrescentei, entregando minha comida para ela depois que entrou no Uber.

– Fiona vai te amar pra sempre.

– Eu sei.

O carro foi embora, e logo me vi sozinha em frente ao Olive Branch. Meu Uber estava dando a volta no quarteirão errado pela segunda vez, e comecei a ter a impressão de que o motorista ia cancelar a corrida e marcar como se eu não estivesse no local combinado. Eu deveria pegar o metrô para casa e economizar meu dinheiro. Além do mais, a noite estava linda. A lua estava cheia e grande, emoldurada perfeitamente entre os prédios como o personagem principal do seu próprio filme, refletida nas janelas, cascateando luz prateada no laranja quente dos postes. Por algumas horas, eu tinha ficado tão concentrada na cozinha que nem havia pensado na aposentadoria de Rhonda nem no desastre iminente que seria a Strauss & Adder se não conseguíssemos James. Não, *concentrada* não era a palavra certa. Minha mandíbula não estava dolorida, o que acontecia com frequência, devido à tensão, mas minhas bochechas doíam de tanto sorrir. Eu não me *divertia* tanto fazia... muito tempo. Principalmente em coisas que envolviam meu trabalho.

Mesmo antes dessa história toda de James Ashton, eu não conseguia me lembrar da última vez que tinha me *divertido* de verdade no trabalho. Eu me divertia, sei que sim, e não teria ficado na Strauss & Adder se não gostasse, mesmo quando estava me matando de trabalhar. Havia algo de revigorante em dominar o trabalho, em estar cercada de pessoas que amavam as mesmas coisas, mas nos últimos anos... eu não tinha certeza. O trabalho nunca mudou, mas acho que o que eu gostava nele mudou. Antes, meu trabalho era como mirar na lua, mas passou a ser como planejar formas de dá-la para outras pessoas.

Mas era *assim* que deveria ser um trabalho que você adorava, certo? Quando se estava nele fazia um tempo?

Enquanto eu esperava e via meu Uber dar *outra* volta errada, alguém se aproximou de mim na calçada.

Olhei para o lado. Era James, depois de trancar o restaurante, balançando as chaves no indicador. Ele estava tão impecável quanto algumas horas antes, e resisti à vontade de passar os dedos pelo cabelo dele para deixá-lo um pouco menos perfeito. Eu me sentia desgrenhada ao lado dele.

– Acho que a gente começou com o pé esquerdo – disse ele como cumprimento.

– *A gente?* – repeti, me virando para ele. – Não me mete nas suas decisões ruins.

Ele soltou uma risada e enfiou as mãos nos bolsos da calça jeans escura. Ficava terrivelmente bem ajustada, envolvendo cada curva. Afinal, não era a primeira vez naquela noite que eu pensava que ele tinha uma bunda linda. Não que eu fosse dizer isso para algum *autor em potencial*. Nem dizer em voz alta a ninguém. Na verdade, eu provavelmente nem deveria ter pensado naquilo.

– Tudo bem, tudo bem – disse ele, a voz leve e calorosa. – *Eu* comecei com o pé esquerdo.

– Melhor.

No aplicativo, meu motorista continuava circulando. Brad não ia me buscar, ia?

– Quer saber de uma coisa? – disse ele, e soltou um suspiro frustrado, franzindo o nariz. – Essa parte foi bem mais fácil na minha cabeça.

Surpresa, olhei para ele de novo.

– O que você quer dizer?

Ele se virou para mim, e eu queria que não estivesse tão bonito daquele jeito sob a luz do poste – com os laranjas e marrons no cabelo castanho brilhando, alguns fios brancos na frente –, mas ele estava, e eu não consegui afastar o olhar. Nessa hora pensei em como era estranho vê-lo no mundo e não num apartamento pequeno e apertado no Upper East Side. Ele estava *ali*, era real. No meu tempo.

Senti um frio na barriga que não sabia descrever.

– Está com fome? – perguntou ele.

Inclinei a cabeça.

Drew tinha beliscado a noite toda, mas eu estava tão nervosa que não consegui comer. Devia ser má ideia atravessar qualquer tipo de limite profissional, mas era só comida. Não era um pedido de casamento nem nada. Além do mais, ele era um mistério tão grande para mim que não consegui resistir. E eu estava mesmo morrendo de fome. Mas talvez não do que eu achava...

Cancelei o Uber e perguntei:

– O que você tem em mente?

Ele acenou com a cabeça para a calçada e começou a andar naquela direção, e devia ter sido a atmosfera de Nova York à noite, o brilho das possibilidades, a mudança do calor do dia para a noite reluzente e cintilante, mas fui atrás.

26

O arco de Washington Square

Minha tia me dizia que as noites de verão na cidade eram feitas para serem impossíveis. Eram tão curtas quanto você precisava que fossem, mas nunca longas o suficiente. As ruas se prolongavam na escuridão, os arranha-céus subiam para as estrelas e, quando você inclinava a cabeça para trás, o céu parecia infinito.

– Então... – comecei a falar, porque o silêncio entre nós estava ficando meio constrangedor. – Você planejou o que diria *depois* que me convidou pra jantar?

Ele abriu um sorriso tímido.

– Tenho que dizer que não. Eu sou bem ruim em planejamento.

– Ah.

Andamos mais um quarteirão em silêncio.

E então ele fez a pior pergunta possível:

– Como está a sua tia?

A pergunta foi um soco no estômago. Botei as mãos nos bolsos para impedir que tremessem e me preparei para a resposta.

– Ela faleceu. Uns seis meses atrás.

– Ah. – Ele passou a mão na nuca, envergonhado. – Eu... eu não sabia.

– Você não tinha como saber.

Paramos no cruzamento seguinte e olhamos para os dois lados antes de atravessar, mas não havia nenhum carro vindo.

– Faz sete anos – comentei.

– E você parece não ter envelhecido um dia.

Eu me apoiei nos calcanhares e comecei a andar de costas na frente dele.

– Quer que eu conte minha rotina de cuidados com a pele? – Afinal, eu duvidava que ele fosse acreditar na verdade. – Posso te passar com detalhes precisos.

– Você está dizendo que eu estou acabado?

– *Distinto* é uma pegada bem melhor.

Ele arquejou e pôs a mão no peito, fingindo indignação.

– *Ai!* E eu achando que a gente estava tentando começar com o pé direito.

– Você estava – reforcei, sem conseguir segurar um sorriso. Eu me virei de novo e esperei que ele me alcançasse. – Eu estou brincando, aliás.

Ele passou as mãos no rosto, como se pudesse esticar as rugas em volta dos olhos.

– Agora estou com a sensação de que preciso fazer botox…

– Eu estava brincando! – Eu ri.

– Talvez cirurgia plástica.

– Ah, *por favor*, e estragar esse seu nariz perfeito?

– Eu estou ficando calvo? Talvez possa refazer o rosto todo…

Eu o segurei pelo braço para fazê-lo parar.

– Eu gosto do seu rosto – falei, fazendo graça.

E, antes que conseguisse me conter, ergui a mão e aninhei a bochecha dele, passando o polegar pelas linhas em volta da boca. Um rubor subiu pelo pescoço até as bochechas dele, mas, em vez de se afastar, James fechou os olhos e se apoiou na palma da minha mão.

Meu coração palpitou de alegria. A pele dele estava áspera com uma leve barba por fazer, e, ao olhar para ele, realmente *olhar*, havia tanto que eu reconhecia naquele homem que eu não conhecia que foi quase como se eu o conhecesse. Mas, para tudo que estava igual, havia pequenas partes diferentes. As sobrancelhas estavam feitas, o cabelo, bem cortado. Passei o polegar pelo nariz dele e senti o calombinho ali.

– Quando você quebrou o nariz? – perguntei, abaixando a mão.

Seus lábios se torceram num sorriso.

– Não é uma história tão legal quanto você está pensando.

– Então você *não* quebrou numa briga de bar? – perguntei, simulando espanto.

– No casamento da minha irmã, ano passado – respondeu ele. – Ela jogou o buquê. Eu estava perto demais das pessoas que tentaram pegar.

– E você levou uma porrada de uma delas?

Ele balançou a cabeça.

– Foi do próprio buquê. Tinha uma fivela prateada nele. Me acertou bem no nariz.

Eu ri. Não consegui evitar.

– Você está de *brincadeira*! Você pelo menos pegou as flores?

Ele bufou de deboche.

– Você acha que eu sou o quê? Claro que peguei. Minha irmã e todas as amigas dela ficaram furiosas.

Voltamos a andar, e o Washington Square Park estava bem à frente. Havia um food truck no lado mais distante, mas eu ainda não conseguia ler o nome.

– Então, tecnicamente – comentei –, *você* vai ser o próximo a se casar.

– É, foi por isso que elas ficaram furiosas. Eu nunca fui muito de compromisso.

– Seu Instagram mostra isso.

Ele arfou de surpresa outra vez.

– Estou honrado por você ter me *procurado*!

Apontei para mim mesma.

– Assessora de imprensa. É meu trabalho.

– Claro, claro – concordou ele, e deu de ombros com um lado só. Do jeito que eu lembrava… e continuou me irritando do mesmo jeito. – Talvez eu só não tenha encontrado ainda quem estava procurando.

Olhei para ele. Observei as linhas de seu rosto, como as luzes da rua intensificavam as sombras nos seus traços.

– E *quem* você está procurando, James?

– Iwan – corrigiu ele suavemente, uma expressão pensativa surgindo no rosto. – Meus amigos me chamam de Iwan.

Inclinei a cabeça.

– É isso que eu sou? – perguntei.

Eu não sabia que tipo de resposta queria. Que sim, eu era uma amiga? Ou que não, nós não devíamos atravessar os limites profissionais? Ou…

Queria que ele dissesse que eu era algo mais?

Foi um pensamento bobo, porque eu tinha visto o tipo de mulher com quem ele saía, e nenhuma delas era como eu: assessoras nerds com diploma

de história da arte que trabalhavam demais e passavam o aniversário tomando vinho de garrafinha na frente de quadros do Van Gogh.
– Bom – começou ele –, na verdade...

27

As Fajitas da Tua Mãe

— Iwan! É você? – gritou um homem no food truck, nos dando um susto no meio da conversa.

Tínhamos ido parar na frente de um furgão amarelo-vivo com um logotipo estilizado na lateral que dizia As Fajitas da Tua Mãe. Uma fila ocupava a calçada, composta em sua maior parte de universitários e jovens que faziam cursos de verão no campus da NYU ali perto.

Iwan...?

Isso significava...

Um homem maior acenou da janela do food truck, e o rosto de James se iluminou quando o viu.

— *Miguel!* – gritou ele, e acenou.

O homem abandonou o posto e saiu pela traseira do furgão. Era um homem latino corpulento, com cabelo escuro e cacheado preso num coque, as laterais raspadas, pele marrom-escura e um sorriso maior que o mundo, do tipo que mostrava que ele contava piadas ótimas. Os dois se abraçaram rapidamente, com direito a aperto de mão secreto e tudo.

— Ei, ei, achei que só te veria no fim de semana! – disse Miguel, cumprimentando-o. – Qual é a ocasião? Veio pedir emprego? – Ele mexeu as sobrancelhas pretas e grossas para cima e para baixo.

— Pronto pra vir trabalhar na minha cozinha? – retorquiu James.

— Naquele seu restaurante novo e caro? Sai pra lá – respondeu Miguel.

James deu de ombros.

— Não custava tentar.

Miguel olhou para mim.

— E quem é essa?

— Essa é a Limãozinho — apresentou James, gesticulando na minha direção.

Limãozinho. Não Clementine. Acho que ele só usava meu nome de verdade no ambiente profissional.

Estendi a mão, decidida a não corrigi-lo. Acho que eu não ficaria por perto tempo suficiente para os amigos dele precisarem saber meu nome.

— Oi. É um prazer.

Miguel me cumprimentou. Seu aperto foi duro e firme, e gostei do sujeito na mesma hora.

— Limãozinho, é? Prazer em te conhecer. O que você tá fazendo junto com esse cara?

Junto?

Levei um susto, entrando em pânico.

— Ah, não estamos *juntos*, nós só... É que eu estava esperando um Uber que nunca chegou e estava numa aula de culinária, eu sou só a...

— Nós nos conhecemos há algum tempo — interrompeu James, olhando para mim para ver se era uma boa saída. Era. Eu queria derreter na calçada de tão aliviada que fiquei. — Velhos conhecidos.

— Sim, isso — concordei, apesar de Miguel parecer imediatamente desconfiado.

Mas, antes que ele pudesse perguntar os *detalhes* de como nos conhecemos, a outra pessoa do food truck se inclinou pela janela e gritou com ele:

— Ei, seu babaca! Você me deixa aqui sozinha com uma fila *dessas*?

Miguel se virou e apontou para James.

— Isa! Iwan está aqui!

— Bom, diz pro Iwan entrar na fila! — respondeu a mulher, voltando para dentro do food truck.

Era uma mulher branca, alta e musculosa, com o cabelo castanho-claro preso num rabo de cavalo, as orelhas decoradas com uns seis brincos, os braços expostos cobertos de tantas tatuagens que se misturavam formando uma tapeçaria. Depois de pensar melhor, ela colocou a cabeça para fora e acrescentou:

— Iwan, se você veio filar comida da gente de novo, pelo menos distribui as bebidas!

– Ele veio acompanhado! – respondeu Miguel.

James olhou para ele como se tivesse sido traído.

– Não é...

Isa gritou:

– Então é melhor ele pedir alguma coisa! A gente fecha às dez *em ponto*!

Miguel abriu um sorriso apreensivo.

– É melhor eu ir ajudar antes que ela planeje me matar enquanto eu durmo. De novo – acrescentou ele, muito sério.

Ele correu de volta para o food truck e pegou o pedido seguinte, e eu e Iwan entramos na fila. Algumas pessoas se viraram para olhar para James, apesar de só uma ou duas o reconhecerem e pegarem o celular para verificar se imagens on-line correspondiam à vida real.

James pareceu não dar a menor bola.

– Esses são Miguel Ruiz e a noiva, a metade da laranja dele, Isabelle Martin. Nós todos nos formamos na CIA juntos.

– Ah, é?

Tive um palpite quando cheguei mais perto do food truck e li o cardápio. Com um nome como As Fajitas da Tua Mãe, imaginei o que serviam, mas tive uma surpresa agradável quando passei os olhos no cardápio.

– Você conseguiu, então – falei, com um sorriso.

Tirando a carteira do bolso de trás, distraído, ele perguntou:

– Consegui o quê?

– Convenceu seu amigo da receita de fajitas a abrir um food truck.

Ele precisou acessar suas memórias, mas certamente se lembrou, porque pareceu bem animado ao falar:

– Eu *fiz* pra você as fajitas dele na noite em que a gente se conheceu, não foi? Essas são infinitamente melhores.

– Ah, não tenho dúvida.

– Uau, me conta o que você *realmente* acha da minha comida, Limãozinho.

– Acho que acabei de fazer isso.

Ele ficou boquiaberto e com uma expressão escandalizada, e tenho certeza de que pensaria em algo inteligente e mordaz para dizer, mas nossa vez na fila chegou naquele exato momento e, felizmente, me distraí pedindo uma fajita de frango. Ele pediu uma de carne, junto com duas Coronas. Ficou perto do food truck enquanto Miguel e Isa preparavam nosso pedido, parecendo bem mais à vontade ali do que na cozinha impecável, onde se arrumava com dólmã de chef e gritava ordens para assistentes de cozinha. Ali, a camisa dele estava para fora da calça e o cabelo meio desgrenhado e murcho pela umidade da noite, pegando um pouco no pé de Miguel por causa da técnica dele com a faca.

– Falando sério, olha aquela faca – disse James, com um *tsc* de reprovação. – Deve ser a coisa mais cega da cozinha, e isso inclui você.

– Eu tenho *sentimentos*, mano.

Botando outra fajita no prato, sem nem titubear, Isa disse:

– Não tem, não. Eu esmaguei todos anos atrás.

– Vocês *dois*? Ah, podem ir se foder, tá legal? – disse Miguel, mas sorriu para a esposa e o amigo.

James riu e, ah, como foi *encantador*, como foi fácil. Como se ali fosse o lugar dele, do lado da janela do food truck do amigo. Ele se virou para mim e perguntou:

– Sabia que nos Estados Unidos um food truck é tecnicamente classificado como restaurante? E que, por causa disso, pode ganhar uma estrela Michelin?

– Não, eu não sabia – respondi.

Miguel revirou os olhos.

– Você não vai me convencer.

– Já convenci uma vez.

– Pff. Você tá me dizendo pra chamar um crítico de gastronomia metido a besta pra vir aqui, comer minha comida e me dizer o que eu já sei? Não, obrigado. Pode ficar com suas estrelas.

Miguel balançou a mão e voltou para o fogão, e James revirou os olhos. Perguntei, porque não sabia direito:

– Como se consegue uma estrela Michelin?

Ele se virou para mim e balançou os dedos.

– É um mistério. Bom, não é um mistério *tão* grande, mas nunca se sabe quando um crítico Michelin entra nos nossos restaurantes. Só sabemos quando eles vão embora. Normalmente, eles aparecem a cada um ano e meio se você estiver na lista… a menos que um restaurante esteja correndo o risco de *perder* uma estrela, aí eles podem fazer uma visita surpresa.

– Parece uma máfia da comida – falei, em tom conspiratório.

– É quase isso. Pra conseguir uma estrela, um crítico precisa ir a um restaurante e gostar da comida a ponto de dar uma estrela. Pra duas estrelas, um crítico precisa ir quatro vezes. Pra três? – Ele soltou um assobio baixo. – O mais difícil de tudo. Dez visitas. Dez jantares consecutivos perfeitos depois de *anos* de trabalho. É quase impossível, e é por isso que só há uns poucos restaurantes com três estrelas. – Ele pareceu um pouco tenso, girando um anel de prata no polegar. – A maioria dos chefs faria qualquer coisa por três estrelas.

– E você?

– Eu sou um chef – respondeu, com uma expressão ressabiada.

Ele fez um gesto indicando o fogão, onde Miguel virou uma tigela de tiras de carne e acrescentou um punhado de pimentão e cebola.

– Miguel e Isa são duas das pessoas mais talentosas que conheço. Eles fazem isso parecer fácil, mas a comida deles é intrincada e incrivelmente detalhada. Está vendo a carne? Fica marinando por pelo menos quatro horas numa mistura de... o que é? Suco de limão e...?

– A receita secreta da Tua Mãe – declarou Isa.

James soltou uma gargalhada.

– Certo, certo. Os ingredientes são frescos e eles mudam o cardápio com base no que está disponível na estação. No outono tem uma fajita de abóbora que simplesmente... me deixa besta.

Enquanto James falava, acabei contagiada pela empolgação. Como aconteceu no apartamento. Ele gesticulava bastante, entrelaçando adjetivos no ar com os dedos, e era bem fofo, a ponto de outras pessoas da fila se aproximarem para ouvir.

Quando ele se iluminava, éramos como mariposas atraídas para uma chama.

Desejei que tivesse sido esse o lado que ele havia mostrado naquela sala de reuniões e na aula de culinária... e em todo lugar que importava, na verdade.

Aquela era a parte dele que eu temia haver desaparecido, mas ele só a tinha controlado e mantido escondida para os amigos que não entregariam seu segredo.

– Por que você tá sorrindo? Falei alguma coisa engraçada? – perguntou ele de repente, abaixando as mãos.

– Não, desculpa. É que... eu senti falta disso.
– Eu te entediando falando sobre comida?
Fiz que não.
– Você falando sobre comida com tanto entusiasmo.
Ele pareceu tenso outra vez.
– Eu sempre falo sobre comida com entusiasmo.
Então por que você não mostra esse lado com mais frequência?, tive vontade de perguntar, mas achei que poderia ser meio grosseiro. Além do mais, sete anos o tornaram quase um estranho, então quem era eu para falar alguma coisa?
– Eu sei, é que... senti saudade. Nesses – balancei a mão distraidamente – sete anos. Foi muito tempo.
– Ah.
James assentiu e segurou um sorriso que era só um pouco torto, e a parte vazia do meu peito doeu, a parte que tinha sido consumida pelo luto. Ela ansiava por algo caloroso. Por algo bom. Algo que talvez, quem sabe, pudesse ficar. Um sorriso e uma história agridoce contada junto de uma torta de limão.
E eu estava encrencada naquela noite, porque sorri para ele.
– Acho que foi um pouco mais de tempo pra mim – disse ele por fim.
Meus olhos se arregalaram.
De repente, meu celular apitou. Afastei depressa o olhar do dele e peguei o aparelho na bolsa, esperando que fosse um dos meus autores preso em outro aeroporto ou hotel. Eram Fiona e Drew. Droga, tinha me esquecido de enviar uma mensagem de texto para Drew para dizer que... o quê? Que eu estava jantando com nosso cliente em potencial?
Melhor não.
TERRA CHAMANDO CLEMENTINE!!!, escreveu Fiona, junto com uma série de emojis que eu torcia para que significassem que ela estava preocupada e não prestes a me assassinar.
Você foi assassinada?, perguntou Drew. Nós precisamos fazer um BO?
CLEMENTINE NOME DO MEIO WEST, VOCÊ ESTÁ VIVA?, acrescentou Fiona. DIGITE S/N.
Eu amava muito as minhas amigas. Mas queria que elas não tivessem estragado o momento.

James perguntou, meio preocupado:

– Está tudo bem?

– Ah, sim. Só preciso responder uma mensagem rapidinho. – Senão elas poderiam acabar fazendo mesmo um BO de pessoa desaparecida no meu nome. – São minhas amigas. Elas estão meio...

– Ah, não precisa falar mais nada – respondeu ele, levantando as mãos. – Eu cuido da comida. Você pode ir procurar um lugar pra gente sentar, se quiser.

– Claro, obrigada.

Eu me afastei do food truck, o que provavelmente foi bom, porque eu estava ficando com calor demais ao lado de Iwan, que estava bonito demais, e esse era o tipo de limite que eu não ia atravessar. Fui para os bancos de pedra na frente do arco do Washington Square Park e me sentei lá para esperar.

Fiona escreveu em seguida: Tudo bem, talvez seja melhor não responder. SE VOCÊ FOR O ASSASSINO, NÓS ESTAMOS INDO ATRÁS DE VOCÊ, MEU CAMARADA.

Drew acrescentou: ISSO AÍ, VAI SE FODER.

ACABA COM A RAÇA DELE, AMOR, continuou Fiona.

Vocês duas precisam se acalmar, escrevi, olhando na direção do food truck. Miguel estava dizendo alguma coisa para James, que parecia envergonhado, massageando a nuca. Tive vontade de guardar aquela imagem na memória, botar numa moldura na minha cabeça, as luzes da rua brilhando no cabelo dele, as sombras do rosto em tons de azul e roxo. Não pela primeira vez naquela noite, senti meus dedos tremerem com a ideia de pintá-lo em cores vívidas, de capturar o momento. Para fazê-lo durar para sempre.

Na mesma hora, Fiona escreveu: PUTA MERDA, ELA TÁ VIVA. AMOR, ELA TÁ VIVA.

ALALUIA, acrescentou Drew.

Em seguida: ALILUIA.

E depois: ALALUDSHGAKJA.

Um sorriso surgiu nos meus lábios. Drew, você não era editora?, perguntei.

Drew enviou uma carinha de testa franzida.

Fiona disse: Como podemos perceber, ela nunca teve que piratear essa música na vida.

Acho que envelheci uns dez anos lendo essa mensagem, respondi, e contei que estava jantando com um amigo que tinha encontrado na rua (o que não era exatamente mentira, concluí). Guardei o celular quando James se aproximou com a nossa comida, trazendo duas Coronas debaixo do braço. Peguei as cervejas quando ele se sentou, e ele as abriu na quina do banco.

– À boa comida – disse ele, me entregando a minha.

– E à boa companhia – respondi.

Brindamos e decidi pintar aquela noite de verão só na minha cabeça. A noite era uma mistura de névoa azul-marinho e roxa, com pontinhos perolados e um cor-de-rosa intenso e vibrante que só eu conseguia ver, metáforas do que sentia.

A noite estava quente, a cerveja gelada e a companhia acabou sendo perfeita. As pessoas passavam embaixo do arco, rindo juntas, e o parque fazia o céu parecer tão amplo que quase dava para ver as estrelas. Conversamos enquanto comíamos. Ele perguntou sobre o meu trabalho e eu perguntei sobre o dele. O restaurante novo que ele estava abrindo ocupava a maior parte do seu tempo, então a sous chef do Olive Branch estava dando conta de boa parte do trabalho, e ele se sentia culpado por isso.

– É aquela que eu conheci semana passada? – perguntei, relembrando a sous chef que me mandou sair da cozinha.

– Iona Samuels – respondeu ele, assentindo. – Uma das melhores chefs que eu tenho. Ela ainda não sabe, mas vai ser a chef principal do Branch quando eu sair. Não consigo imaginar o restaurante em mãos melhores.

– É uma satisfação meio amarga? Ir embora de um lugar onde você passou os últimos sete anos?

Ele deu de ombros de um lado só.

– Um pouco, mas é bom pra minha marca, pra minha carreira.

Era bom ver a vida de Iwan se desenrolar exatamente como ele queria. Não importava o que eu achava daquela vida reluzente.

Afinal, eu estava só numa pequena parte dela.

– Eu me dediquei tanto – continuou ele – que não posso parar agora. Não quero parar.

– Você construiu uma coisa incrível. Seu avô deve estar orgulhoso.

Ele hesitou e tomou outro gole de cerveja.

– Na verdade, ele faleceu.

Pareceu que todo o ar sumiu dos meus pulmões.

– Ah... *ah*, eu sinto muito.

Ele balançou a cabeça.

– Tudo bem, sério. Tem quase sete anos agora. Ele faleceu logo depois... – Ele parou e disse: – Alguns dias depois que consegui o meu apartamento.

Então, depois que ele saiu do apartamento da minha tia. Depois do verão. E muito pouco tempo depois de ele conseguir o emprego. O avô nem chegou a vê-lo se tornar o chef que era agora. Era muito injusto. Eu não sabia como consolá-lo, nem se ele *queria* consolo. Sete anos tinham se passado, afinal... e ele parecia conseguir falar sobre o avô com mais facilidade do que eu sobre a minha tia. No fim das contas, eu só disse:

– Olha tudo que você fez. Você vai abrir seu próprio *restaurante*. Você o deixou orgulhoso.

– Deixei – concordou ele, apesar de não haver ego em sua voz. Havia só... um cansaço? É, ele parecia cansado. – E abri mão de muita coisa pra estar aqui. De relacionamentos, de amizades, de outras oportunidades de carreira... O único caminho é pra cima.

Comi o último pedaço de fajita de frango e o observei sob as luzes da rua.

– Você se arrepende?

– Se eu dissesse que sim – respondeu, pensativo –, seria um desserviço ao eu do passado que sonhou em chegar aqui? Provavelmente. – Mas um sorriso lento se abriu nos lábios dele, doce e tímido. – Não me arrependo, e isso é bom. Mas... – Ele hesitou. – Eu me arrependo de não estar lá. Ao seu lado – acrescentou. – Quando a sua tia faleceu. Eu me arrependo disso.

Um nó se formou na minha garganta. Afastei o olhar. Para um ponto qualquer.

– Tudo bem – falei. – Eu estou bem.

– Não – murmurou ele, observando meu rosto, e eu sabia que parecia meio perdido, meio arrasado. – Não está.

– Por que você não foi me procurar, então? – perguntei de repente. – Ao longo dos últimos sete anos?

Com o rosto contraído, ele botou o prato no banco ao lado e começou a limpar as mãos. Imaginei que estivesse pensando na melhor maneira de

me dizer que não ligava, que se quisesse poderia ter me procurado, mas ele apenas apoiou a mão entre nós, se inclinou e se aproximou, sussurrando:
— Você teria acreditado em mim, Limãozinho?

28

Tempo de muitas viagens

– Eu... não entendi o que você quis dizer – confessei.

Ele suspirou e se afastou um pouco, olhando o parque ao redor, observando um grupo de jovens que tirava fotos debaixo do arco.

– Então vou descrever a cena. Sete anos atrás. Você tem... quantos anos, 22? Eu te encontro, e sou um estranho, né? Porque *você* só vai me conhecer sete anos depois.

As palavras dele me pegaram desprevenida, e quase engasguei com a cerveja quando tentei tomar outro gole. O que ele tinha dito antes? "Acho que foi um pouco mais de tempo pra mim"?

– Então... você sabe? Que...

– Sim – respondeu ele brevemente. – Sei.

Eu não sabia o que era mais chocante: a constatação de que ele *tinha* pensado em me procurar ou o fato de que em algum momento nas semanas seguintes, depois de ele sair do apartamento da minha tia, eu contaria a verdade. Eu me sentei um pouco mais ereta quando me dei conta...

– Então eu volto, né? Para o apartamento no seu tempo?

Ele se concentrou numa luz de poste.

– Não lembro.

Observei o rosto dele por um longo momento, tentando perceber se ele estava mentindo, pela posição da boca, por uma expressão hesitante, mas ele não revelou nada, nem mesmo quando notou meu escrutínio e retribuiu o olhar.

– Não lembro, Limãozinho – insistiu, e logo afastei o olhar.

Aconteceu alguma coisa?, tive vontade de perguntar. Algo tão horrível que ele nem podia me contar? Tentei pensar na época e me lembrar daquele verão sete anos antes, quando saí para viajar com a minha tia por impulso. Foi a primeira e única vez que nós duas passamos meses fora, carregando os celulares em cafés e dormindo em albergues. No ano seguinte, arrumei o emprego na Strauss & Adder, e passamos a planejar uma viagem no final de cada verão. Nós nos encontrávamos no Met no meu aniversário já de malas na mão, visitávamos Van Gogh por um tempo e partíamos para lugares desconhecidos.

Eu não me lembrava do dia em que voltei para casa depois daquele verão glorioso no exterior sete anos antes. Eu me lembrava de taxiar por tempo *demais* na pista do LaGuardia, tanto tempo que o vinho de cortesia acabou, e eu me lembrava de ter deixado minha tia no apartamento dela com um abraço de despedida e de estar tão cansada que sem querer peguei um táxi com outra pessoa já dentro.

Franzi a testa.

James estendeu a mão e alisou a pele entre as minhas sobrancelhas com o polegar. Ele não disse nada, mas não precisou, porque concluí que eu estava com aquela expressão no rosto de novo, aquela distante e amarga, como se tivesse chupado um limão.

– Você não lembra ou não quer me contar? – perguntei, me afastando.

Ele inclinou a cabeça para o lado e pensou em como responder.

– Tem uma terceira opção?

– Claro, mas qual é?

Ele hesitou e olhou para a fajita meio comida, como se estivesse tentando decidir como dizer o que precisava, e de repente tive o pressentimento horrível de que isso só pioraria as coisas.

– Desculpa – falei rapidamente. – Não precisa responder. Nossa, eu... não sei mesmo ter uma conversa normal, né? Qual é a sua banda favorita? Seu livro favorito? Sua *cor* favorita?

– *Tsc, tsc*, você ainda precisa adivinhar... Ah, não – acrescentou ele, ainda mais baixo, ao ver algo atrás de mim, e seu olhar ficou sombrio. – Estou com a sensação de que vou me arrepender disso.

– O quê?

Olhei para trás. Miguel e Isa estavam fechando o food truck, puxando a cobertura da janela e trancando as portas, vindo na nossa direção. Olhei o relógio. Eles *realmente* fechavam às dez em ponto, né?

– Espero que não tenha o que eu acho que tem nesse saco de papel, Miguel – disse James.

– *Pffft*, de jeito nenhum. Quer uma? – acrescentou Miguel para mim, se sentando ao meu lado, e me ofereceu o que havia no saco.

Peguei um salgadinho, que parecia coberto de açúcar. Provei. Com certeza, açúcar mascavo.

– Nossa, que delícia. O que é?

James arqueou uma sobrancelha para Miguel e pegou um.

– A verdadeira especialidade do Miguel – disse ele para mim. – Chips de tortilha cobertos com açúcar, canela e alguma outra coisa. Ainda não descobri o quê.

Miguel fez outro *tsc*.

– Nem a Isa sabe.

Os chips de sobremesa eram deliciosos e doces, com uma crocância oleosa gostosa. Eram perfeitos depois das fajitas. Comi outro.

– Pimenta-caiena? – tentei adivinhar.

Isa pegou um punhado no saco e disse:

– Ele nunca vai te contar, você estando certa ou errada. Minha aposta é *sriracha* desidratada.

– Não tem o ardor da *sriracha* – refletiu James.

Miguel pareceu feliz de ninguém conseguir adivinhar.

– Que importância tem? Vocês querem *todos* os meus segredos?

– Pode ajudar com o livro de receitas dele – disse Isa. – Deus sabe que ele não sabe fazer pão.

– Meu pão não é exatamente *ruim* – respondeu James com indignação –, e isso aí não é pão.

Ela riu e bagunçou o cabelo dele.

– Diz o cara que quase repetiu em Introdução ao Pão *duas vezes*.

– E – acrescentou Miguel, me olhando – ele ostenta isso como uma medalha de honra.

Ele estendeu a mão e puxou o cabelo de James atrás da orelha para mostrar a tatuagem que havia ali. O batedor que eu tinha visto antes, desbotado, as linhas meio borradas.

James resmungou e bateu na mão de Miguel.

– Epa, não sai entregando todos os meus segredos.

— *Pffft.* — Miguel balançou a mão para James e se encostou em mim. — Sabe como ele fez essa tatuagem?

— É muito engraçado — acrescentou Isa, passando o braço pelo ombro de James.

— Não dá ouvidos a eles — suplicou James, a mão roçando na minha, um gesto leve e demorado demais para não ser de propósito. — Eles só vão contar mentiras. São uns mentirosos.

— Falando em Introdução ao Pão... primeiro dia de CIA. Nós três éramos os mais velhos lá — disse Miguel.

James balançou a cabeça.

— Ah, não, essa história não.

— É uma história ótima! — retrucou Miguel, e se inclinou na minha direção. — O chef que estava nos ensinando chamou esse cara, todos nós com massa até os cotovelos, sabe?

— Eu odeio tanto essa história — resmungou James, passando a mão no rosto, agoniado.

— O chef perguntou pra ele... Isa, o que ele perguntou?

Ela pegou outra tortilha no saco.

— Perguntou o que ele estava fazendo.

— Eu estava seguindo instruções — murmurou James.

— Ele *disse* para o chef, que aliás era muito chato: "O que parece que eu tô fazendo? Sovando." Isso com massa até os cotovelos. Farinha na cara. Fermento espalhado na bancada. Usando... que merda você estava usando? Uma *colher de pau*? Ele era o puro suco do caos.

Isa riu.

— E o professor olhou pra ele e disse: "É pra misturar com o *batedor*."

— Pra ser sincero — interrompeu James —, eu nunca tinha visto um batedor de massa dinamarquês na vida. Aí a Isa decidiu que a gente ia sair pra beber naquela noite, e nós fomos parar num estúdio de tatuagem, e — ele deu de ombros — foi isso. Essa é a história.

Miguel e Isa mostraram os utensílios tatuados atrás da orelha esquerda deles também, uma espátula e uma concha.

— Agora eu estou me sentindo excluída — falei. — Quero um utensílio de cozinha tatuado atrás da orelha. Qual seria?

Isa pegou outro punhado de tortilhas no saco.

– Não, você não teria um utensílio de cozinha. Você teria... hum.

– Um pincel – disse James com muita certeza.

– Você é pintora? – perguntou Miguel.

– É só um hobby – respondi na mesma hora. – Na verdade, sou assessora de imprensa numa editora. Um ótimo trabalho. Eu trabalho com uma das pessoas mais talentosas do meu ramo, é uma honra. Eu adoro.

Do outro lado de James, Isa perguntou:

– Por que você adora?

Eu abri a boca... e congelei.

Era uma pergunta mais difícil do que eu imaginava.

A questão era que eu adorava meu emprego, mas, se quisesse ser sincera comigo mesma... não sabia se ainda estava apaixonada por ele. Não como Rhonda era, ou a pessoa que eu era seis meses antes, que não parava de crescer, que só queria isso, mas...

Eu via como Drew tinha ficado ávida e empolgada com a possibilidade de adquirir o livro de James, e que, mesmo perto da aposentadoria, Rhonda continuava totalmente apaixonada pelo trabalho, e em geral eu só me sentia... cansada.

Pensei na última conversa que tive com a minha tia: "Vamos embarcar numa aventura, minha querida."

E, para falar a verdade... embarcar numa aventura parecia ótimo.

– Eu... adoro, só isso – acabei respondendo. – E é bom, porque minhas duas melhores amigas também trabalham comigo. O que te fez querer ser chef? – perguntei a ela.

– Minha mãe é uma doceira renomada... quer dizer, *pâtissière*. Eu cresci nas cozinhas – disse Isa. – Mas acho que a coisa que eu mais gosto no mundo é o cheiro de um croissant fresco. Não tem nada igual.

– Ou quando você consegue a mistura perfeita de sal, acidez e gordura... – Miguel beijou a ponta dos dedos e jogou para o céu. – Faz o prato cantar.

– Ou as pessoas que vão provar sua arte – concordou James, repuxando os lábios e balançando a cabeça. – A verdade é que a maioria dos empregos em restaurante paga mal. As horas de trabalho são exaustivas. Embora você faça uma comida maravilhosa, quando vai pra casa só come porcaria. Ou está cansado demais pra comer. Esse negócio não é pra qualquer um. Se você não estiver atrás de algo que valha a pena, por que está na cozinha?

– Não consigo lembrar a última vez que cozinhei pra mim mesma – comentou Isa, com uma expressão distante.

Miguel tomou o resto da cerveja.

– Não consigo lembrar a última vez que alguém elogiou a minha comida.

– Nem eu, e estou prestes a abrir um restaurante, com sorte pra aclamação da crítica, então um brinde às mudanças – disse James, e terminou o que restava da cerveja.

Ele se levantou, pegou os pratos vazios e as garrafas e foi jogar tudo fora. Ao se afastar, uma sensação ruim surgiu no meu estômago.

Isa suspirou e comeu outra tortilha.

– Estou com medo de ele ter um burnout.

Miguel massageou a nuca.

– Pois é.

Vi James ir até a lata de lixo.

– Burnout?

– É – disse Miguel, observando James chutar uma lata na calçada, pegá-la e jogá-la no lixo com o resto das coisas. – É que... às vezes acho que ele tá fazendo coisas demais. Que não tá se cuidando direito.

– Ele quer deixar o avô orgulhoso – observei.

Miguel assentiu.

– É, mas quando ele vai começar a fazer alguma coisa por ele mesmo? Se não era o avô dele, era o chef Gauthier; se não era o Gauthier, era o que ele achava que precisava fazer pra subir de nível. É sempre assim – disse ele, girando a mão para enfatizar.

– Talvez também seja o que ele quer fazer – observou Isa.

– Talvez – respondeu Miguel –, mas talvez seja bom fazer aquilo que traz alegria também. Mesmo que não seja a coisa que te dá uma porcaria de uma estrela Michelin.

Terminei minha cerveja, e James voltou com as mãos nos bolsos do jeans escuro. Ele se sentou com força entre nós de novo e se apoiou nas mãos.

– Tudo bem, chega de reclamar de trabalho. Limãozinho, sabia que eu provavelmente não teria sobrevivido à CIA sem esses dois?

– Ele era um *saco* – reclamou Isa, e comeu outra tortilha.

Olhei para James.

– Eu acredito.

Ele pareceu abalado.

– *Ei...*

– Nós temos muitas histórias – concordou Miguel.

Peguei outro punhado de tortilhas e falei para os amigos dele:

– Não estou com a menor pressa de ir embora. Me contem *tudo*.

Isa adorou a ideia e ficou de pé, empolgada. Se James gostava de falar com as mãos, ela gostava de falar com o corpo todo. Ela se movia enquanto falava, eu logo descobri, andando de um lado para o outro, girando nos calcanhares, como se ficar sentada e parada fosse o tormento da existência dela.

– Bom, você está olhando para os três melhores chefs da CIA no ano em que nos formamos – disse ela, indicando os três. – E dois de nós quase não se formaram, mas não por falta de tentativa.

James chegou pertinho de mim e murmurou, a voz baixa e meio brincalhona:

– Vou deixar você adivinhar quem são os dois.

– Não você, claro – respondi, e ele retorceu a boca num leve sorriso.

– Nós meio que fomos atraídos uns pelos outros – continuou Isa –, porque éramos os mais velhos lá.

James falou mais alto, apesar de não se afastar de mim. Nossos ombros se roçaram, e eu me senti uma adolescente, com o coração acelerado.

– Acho que *eu* era o mais velho da nossa turma...

– Não, não. – Miguel balançou a mão. – Tinha aquela contadora aposentada. Qual era o nome dela? Beatrice? Bernadette?

Isa estalou os dedos e apontou para ele.

– Bertie! Foi por causa dela que viajamos pra fora naquele verão, lembra? Quando cozinhamos para aquela colônia de nudistas na costa da França?

James estava com o olhar perdido, como se relembrasse uma zona de guerra.

– Eu queria não ter ido.

– Ou a vez em que quase envenenamos a rainha da Inglaterra – acrescentou Miguel.

– Nós *não* fizemos isso – corrigiu James. – Não chegamos nem perto.

Mas a única coisa que chamou minha atenção foi:

– Vocês cozinharam pra *rainha*?

Ele balançou a cabeça.

– Que ela descanse em paz. Não foi nada de mais...

– Claro que foi! Olha, ele nunca se empolga com nada. Foi pra um banquete, certo? Uma coisa bem chique, e nós entramos com boas recomendações. Se bem que acho que você não estava trabalhando naquela cozinha, estava, Isa?

– Não, eu estava enchendo a cara em Shoreditch.

– Isso, isso. – Miguel assentiu, lembrando. – Bom, se não fosse aquele provador de alimentos, ninguém teria percebido.

– Páprica e pimenta-malagueta moída são parecidas, tá? – James massageou a ponte do nariz e disse, um pouco mais baixo: – E eu estava com um *pouco* de ressaca.

– Ah, meu Deus – falei, surpresa. – Você foi quase um assassino?

– A pimenta-malagueta moída não teria matado a rainha – respondeu ele, indignado, batendo com o ombro no meu. Mesmo através das roupas, ele estava quente, e perto assim eu sentia o cheiro de sua loção pós-barba, um aroma amadeirado de cedro e rosa. – Já pimenta-caiena? Provavelmente.

– Essa nem é a história *divertida*!

Miguel continuou falando com um brilho nos olhos. Falou poeticamente sobre algumas das outras histórias dele com James, histórias de um casinho em Glasgow, um encontro engraçado com um gângster em Madri que acabou numa perseguição de bicicleta elétrica em alta velocidade pela Gran Via. James viajara tão longe quanto tinha dito, lá no apartamento da minha tia, que esperava conseguir fazer.

Conversamos até os dedos sujos de açúcar e canela chegarem ao fundo do saco, e foi uma noite boa. O tipo de noite boa que eu não tinha havia um tempo.

O tipo de noite boa que grudava na pele e nos ossos, espessa e calorosa, cobrindo a alma de luz dourada.

Boa comida com bons amigos.

No fim de tudo, James estava rindo de novo, o sorriso fácil enquanto falava sobre seus dias iniciais como cozinheiro no Olive Branch e sobre o vendedor de carne que tentou juntá-lo com a filha.

– Acho que vocês saíram juntos, não foi? – perguntou Isa.

James abaixou a cabeça.

– *Uma vez*. Logo percebemos que não tínhamos *nada* a ver. Mas ela tinha um cabrito que usava galochas. Tão fofo – admitiu ele.

– Isso não foi no verão depois que você veio pra Nova York? Quando foi promovido a cozinheiro no Branch? – perguntou Miguel.

Eu já estava tão envolvida que queria ouvir todas as coisas escusas e constrangedoras que James Iwan Ashton tinha feito ou das quais tinha participado.

– Depois que você conheceu aquela garota, né? – acrescentou Miguel.

Algo mudou na postura de James, enquanto ainda estávamos encostados um no outro. Ele ficou tenso.

– Essa história, não.

– Ah, para com isso. – Isa revirou os olhos e me disse: – Ele não parava de falar nela. Nem por um segundo. Como era o nome dela? Tinha a ver com uma música, né?

– *Música?* – Eu queria e também não queria saber.

– É – concordou Miguel, e começou a cantar: – Ó querida, ó querida, ó querida *Clementine*.

29

Momento ruim

James me acompanhou até a estação de metrô, mas tinha chamado um Uber para voltar para casa... Eu não sabia onde ele morava, mas certamente não era no Monroe. Depois que Miguel cantara "Ó querida Clementine", achei que fosse engasgar com uma tortilha. James logo mudou de assunto, falando de como Miguel tinha pedido Isa em casamento: no meio do food truck, num dia chuvoso de primavera três anos antes. Sem clientes, só os dois e a carne que ia estragar. Eu teria ficado encantada com a história deles se a minha mente ainda não estivesse girando depois da conversa anterior.

– Ele não parava de falar dela – dissera Miguel antes de cantar a música, e pensar nisso me deu um frio na barriga.

Ele não parava de falar dela... de *mim*.

– Hoje foi divertido. Obrigado por entreter meus amigos. Eles às vezes são... intensos – disse James, as mãos nos bolsos.

– Se você acha que *eles* são ruins, deveria andar com a Drew e a Fiona – respondi, com uma risada envergonhada, porque pensar em nós quatro na mesma sala me dava quase um ataque de pânico.

Parei na frente da escada que levava para a plataforma, e ele fez o mesmo. Ambos perto demais e longe demais.

Como se estivéssemos esperando alguma coisa acontecer.

Eu me virei e perguntei, tentando não parecer modesta demais:

– Clementine, é? Quantas garotas chamadas Clementine você conhece?

Ele retorceu a boca num sorriso. Seus olhos eram poças suaves e cinzentas. Talvez eu os pintasse com um verde aguado, com pontos de amarelo e azul, nuvens opalescentes.

– Só uma – respondeu em voz baixa, e tirou as mãos dos bolsos.

O frio na barriga virou uma geleira.

– Ela deve ter sido uma mulher de sorte.

– Ela também é inteligente, talentosa e linda – disse ele, contando as minhas qualidades nos dedos e se aproximando.

De perto assim, ele era bem mais bonito do que eu estava preparada para ver, as sobrancelhas escuras e grossas aparadas e as sardas no nariz manchando a pele como constelações. Seu olhar era cauteloso, e eu desejei, desejei muito, que ele ainda fosse aquele homem com olhos expressivos no apartamento da minha tia.

Levei as mãos ao rosto dele, passando os dedos pelas linhas em volta da boca, sentindo os fios bem curtos da barba por fazer. Fechei os olhos e senti sua boca perto da minha, e quis que ele me beijasse... e percebi isso com uma pontada de medo. Queria que ele me beijasse mais do que queria qualquer outra coisa em muito, muito tempo. Estar perto dele dava a impressão de participar de uma história cujo fim eu não sabia, a sensação de efervescência nos ossos que eu sempre tinha quando a minha tia sorria para mim com todos os dentes, os olhos brilhantes e animados, e me convidava para uma aventura.

Ele era uma aventura. Uma que eu de repente queria viver.

Sem sombra de dúvida, eu queria aquilo.

Eu *o* queria.

Mas um segundo se passou, depois outro, e a empolgação logo começou a sumir. Abri os olhos quando ele se afastou e deu um beijo na minha testa.

– E ela está completamente fora de alcance pra mim – concluiu ele.

Senti sua voz no meu cabelo. Meu coração se dilacerou com a traição final. Ele se afastou de mim com uma expressão de tristeza.

– É sempre a hora errada, não é, Limãozinho?

– É – sussurrei, a voz tensa.

Porque ele tinha razão, e eu estava morrendo de vergonha de ter sido ele quem precisou falar isso. Não consegui encará-lo.

– É melhor... é melhor eu ir – murmurei, e desci a escada correndo.

– Limãozinho! – chamou ele.

Mas só parei depois de passar pela catraca e chegar à plataforma do metrô.

Eu quase tinha jogado minha carreira fora, e por quê? Por um sentimento rápido que não permaneceria? Porque nada permanecia.

Nada *permaneceria*.

Mas o que me assustava era o fato de que eu nem tinha hesitado em beijá-lo, que nem tinha me preocupado com a minha carreira. Com o que Rhonda pensaria. Com a possibilidade de jogar fora sete anos de horas extras, fins de semana sem dormir e cortes de papel nas mãos.

Isso era o que mais me assustava, que a coisa pela qual eu trabalhava tão arduamente fosse algo que, numa fração de segundo, eu descartei sem pensar duas vezes.

O trem parou na plataforma, e eu entrei. Ainda sentia as mãos dele nas minhas, e meu estômago ardia sempre que pensava no quanto ele tinha chegado perto. No cheiro da sua loção pós-barba. No calor daquele corpo. Em como ele tinha se segurado, no suspiro quase silencioso.

– É sempre a hora errada, não é? – perguntara ele.

Acho que era mesmo.

30

Antigamente

Entrei no meu apartamento e deixei os sapatos na porta. A chuva batia nas janelas, suave como ponta de dedos batendo na vidraça. Os dois pombos estavam encolhidos no ninho em cima do ar-condicionado, e eu estava pensando se deveria ou não tomar um banho frio para esquecer a noite e todos os sentimentos incômodos ainda vibrando no meu peito quando alguém falou:

– Limãozinho?

Fiquei paralisada. E, quase sem acreditar, falei:

– Iwan?

Tropecei nos meus sapatos ao correr até a cozinha. E ali estava ele, à mesa, com uma garrafa de bourbon e um copo à frente. Ainda usava a camiseta branca do trabalho e uma calça preta larga.

– *Limãozinho!* – disse ele, com um sorriso torto. – Que bom te ver. O que está fazendo aqui tão tarde?

– Eu… eu queria te ver – respondi, com tanta sinceridade que meu coração doeu no peito.

Eu simplesmente não achava que conseguiria mais encontrá-lo. Aquele homem de cabelo castanho desgrenhado e olhos claros, que tinha aquele sorriso torto e caloroso.

E você não me esquece.

Atravessei a cozinha e segurei seu rosto, e Iwan arregalou os olhos de surpresa… Ah, aquela surpresa maravilhosa nos seus olhos tão expressivos. E dei um beijo nele. Com vigor e avidez, querendo tatuar o gosto dele na matéria cinzenta do meu cérebro. Eu tinha passado a noite com vontade de fazer aquilo. Passar os dedos pelo cabelo dele, segurar com força seus cachos. Abraçá-lo com tanta força até senti-lo junto a mim.

Ele estava com gosto de bourbon, e senti a barba por fazer áspera contra minha pele.

– Por que essa fome toda, Limãozinho? – perguntou Iwan, ofegando para respirar.

A curiosidade dele era meio comovente, como se desconfiasse que eu tinha motivos escusos. Que não poderia estar ali querendo beijá-lo.

– Você não está se sentindo assim? – perguntei.

E isso pareceu ser resposta suficiente, porque, sim, ele estava.

Sim, eu sabia que estaria. Claro que sabia. Pelo jeito como ele tinha me olhado a noite toda, como se quisesse me beber, como se achasse que nunca mais me veria... Eu *conhecia* aquele olhar. Era o olhar que a minha mãe fazia para o meu pai. Que a minha tia lançava à lembrança antiga que ficava como uma bala azedinha na língua dela.

Eu conhecia aquela expressão tão bem que a reconheci no momento em que ele ergueu a cabeça quando entrei, no momento em que ele me chamou de Limãozinho com aquela descrença esperançosa.

Ele ergueu a mão e enfiou os dedos no meu cabelo, me puxando para outro beijo. Lento e sensual, as mãos aninhando meu rosto enquanto a boca pressionava a minha, murmurando palavras suaves nos meus lábios. A língua dele passou pelo meu lábio inferior, e me aproximei mais dele, com uma sensação efervescente no peito. O cheiro dele era tão *gostoso*, de natureza e sabonete e *dele*, que fiquei ávida por mais.

– Você sempre parece vir aqui bem quando estou precisando de companhia – murmurou ele.

– De companhia... ou de mim?

Ele chegou um pouco para trás e me fitou com aqueles lindos olhos de tempestade, como nuvens antes da primeira neve de outono.

– De você, eu acho – respondeu ele.

Sua voz era suave e segura, e derreteu o muro horrendo que eu tinha construído em volta de mim mesma. Eu o beijei de novo para poder saborear aquelas palavras.

As mãos dele foram gentis quando aninharam meu rosto, desceram lentamente para baixo, na direção da minha blusa, e abriram os botões um de cada vez com aqueles dedos ágeis e compridos. Enquanto fazia isso, seus beijos foram da minha boca para o meu pescoço. Fiz um som que pareceu mais um grunhido de animal selvagem do que algo sexy quando ele deslizou os lábios na linha do meu pescoço e em direção ao ombro. Ele nos virou, me encostou na mesa e me colocou em cima dela, tirando a garrafa de bourbon da frente. A língua de Iwan roçou a pele da minha clavícula, sugando, depois mordendo de leve.

Fiquei arrepiada, ofegante.

– Estou exagerando? – perguntou ele, olhando para mim com aqueles cílios lindos e compridos, o olhar embevecido.

Não, o contrário.

– Quero mais – supliquei, sentindo o calor nas bochechas.

– Adoro como você fica vermelha – murmurou, beijando meus seios e abrindo os botões da minha blusa. – Me deixa louco.

Eu nunca tinha pensado na minha aparência quando ficava vermelha.

– Fala mais sobre isso.

– É uma cor linda – disse ele, a respiração quente na pele entre os meus seios, me deitando na mesa, o joelho apoiado na beirada e as mãos nos lados do meu corpo. – Começa aqui – ele deu um beijo logo abaixo do centro das minhas clavículas – e sobe – um beijo na base do meu pescoço – e sobe – outro na lateral do pescoço – e sobe. – Outro no contorno da mandíbula. Na minha bochecha direita. – E me deixa louco quando sei que o motivo sou eu.

Senti a pele corar com a suposição dele, que era muito verdadeira, sinceramente. Meu coração estava disparado. Um sorriso lento surgiu naquela boca lindamente torta dele.

– Assim mesmo – ronronou ele, e beijou minhas bochechas vermelhas.

O jeito como ele me tocava era tão carinhoso, tão sincero, que era, para ser bem franca, muito erótico. Eu já tinha sido seduzida antes, claro. Não se viaja pelo mundo sem se apaixonar por um homem bonito em Roma ou um viajante eloquente na Austrália, por um escocês com sotaque forte, por um poeta na Espanha. Mas aquilo era diferente. Cada toque, cada roçar da ponta dos dedos na minha pele, tinha um peso. Uma reverência.

Como se eu não fosse só mais uma garota a beijar e de quem se lembrar com carinho dali a dez anos, mas alguém a beijar dali a dez anos.

Ou vinte.

Mas, claro, isso não aconteceu, não *podia* acontecer, porque eu já sabia como aquilo terminava.

Ele beijou a ruga entre as minhas sobrancelhas.

– O que você tá pensando, Limãozinho?

Meus dedos desceram pelo peito dele e se encolheram embaixo da camisa. Eu estava pensando que queria parar de pensar. Que queria apreciar a companhia dele *ali*. Estava pensando no quanto isso era egoísta, sabendo o que eu sabia, sabendo que não tinha como dar certo. Estava pensando em como a minha tia tinha sido inteligente de criar aquela segunda regra, e que eu a quebraria de forma retumbante.

Passei o dedo pela tatuagem na barriga dele, um coelhinho correndo. A pele dele ficou arrepiada sob meu toque.

– Quantas você tem? – perguntei.

Ele arqueou uma sobrancelha.

– Dez. Quer procurar?

Em resposta, tirei a camisa dele, larguei-a no chão da cozinha e passei o dedo por outra tatuagem no osso do quadril, um ossinho da sorte.

– Duas.

Iniciais no lado esquerdo do tronco.

– Três. Quatro – acrescentei, beijando o ramo de ervas no braço esquerdo, amarrado com um fio vermelho.

Uma na parte interna do outro braço, uma estrada cheia de pinheiros.

– Cinco.

– Você é muito boa nisso – murmurou ele quando deslizei da mesa da cozinha e o puxei lentamente para a sala.

Ele me beijou de novo e mordiscou meu lábio.

– Eu nunca fujo de um desafio – respondi, e o virei, dando um beijo na faca tatuada no ombro direito dele. – Seis.

A sétima ficava no antebraço direito, um rabanete cortado, caindo.

A oitava era pequena, fácil de deixar passar, no pulso, uma constelação de pontos que formava Escorpião. *Claro* que ele era escorpiano.

– Tá ficando duro... de encontrar – provocou ele.

– Tá mesmo – respondi.

Ele percebeu o que tinha dito e soltou uma risada, e foi sua vez de ficar vermelho. Eu o puxei pelo corredor e dei um beijo enquanto o levava para a cama e subia nele. Ele estava mesmo extremamente excitado pela minha brincadeira, o que era maravilhoso. A tatuagem número nove ficava logo acima da clavícula, com a marca de nascença em forma de lua crescente abaixo. Era uma linha de batimentos cardíacos, e, quando mordisquei a pele ali, o som que ele fez deu a leve impressão de que estava perdendo o controle.

– Pena que você não vai encontrar a última – murmurou ele.

Claro que eu encontraria. Era uma ouvinte atenta. Virei a cabeça dele de lado com delicadeza, ouvi-o prender a respiração e afastei o cabelo que se encaracolava em volta da orelha esquerda, dando um beijo no batedor ali.

– Dez – sussurrei. – Qual é o meu prêmio?

Ele franziu o nariz.

– Quer um lavador de pratos?

– Já me disseram que é o papel mais importante na cozinha – respondi.

– Ele talvez nunca venha a ser grande coisa.

– Ah, Iwan. – Suspirei e segurei o rosto dele. – Eu não ligo. Eu gosto de você.

E pronto.

A regra da minha tia fora quebrada; meu plano perfeito, estilhaçado. Eu sabia que Iwan não seria lavador de pratos para sempre e, mesmo que fosse, não importava: lavador de pratos, chef, advogado ou zé-ninguém. Era o homem com os olhos de pedras preciosas, o sorriso torto e as falas adoráveis por quem eu sentia minha alma se derretendo.

Aqueles lindos olhos perolados escureceram em chuvas, em tempestades, quando ele me pegou pela cintura e me colocou sobre o edredom. Ele foi para cima de mim com voracidade, passando as mãos pelas minhas coxas, debaixo da minha saia.

– Vou tirar a sua blusa – disse ele, os dedos indo até os botões e abrindo o resto um a um com os dedos longos e ágeis. Eu os queria em outro lugar. – Vou beijar cada parte de você. Vou guardar cada pedacinho seu na memória.

– *Cada* pedacinho? – perguntei quando ele estendeu a mão e abriu meu sutiã.

– Cada... – murmurou enquanto a boca explorava meus seios, os dedos seguindo minhas curvas para baixo, puxando minha saia, entrando na minha calcinha – ... lindo...

Fiquei tensa e ofeguei quando os dedos dele brincaram comigo, e me vi agarrando seu cabelo desgrenhado.

– ... *pedacinho* – rosnou ele, e enfiou os dedos em mim, me acariciando enquanto a língua percorria a pele exposta dos meus seios.

Eu me remexi debaixo dele, mas Iwan me abraçou com firmeza e murmurou docemente, como chocolate, palavras picantes e sedutoras como pimenta, uma afirmação após a outra junto ao meu cabelo. Nunca fui o tipo de mulher que se apaixona por uma voz, mas, quando cheguei ao clímax, ele encostou a boca no meu ouvido e sussurrou "Boa menina" de um jeito que me fez perder toda e qualquer noção de autopreservação.

Minha tia tinha duas regras naquele apartamento: uma, tirar os sapatos antes de entrar, e tenho certeza de que havia me esquecido de fazer isso pelo menos uma vez.

Então, podia pelo menos uma vez quebrar a regra número dois também.

Só uma vez.

Mas, ao contrário dos sapatos, bastava se apaixonar uma vez para ficar arruinada para sempre.

– Anticoncepcional? – perguntou ele entre beijos.

Precisei pensar por um segundo.

– Hã, sim, mas...

– Já volto.

Ele deu uma série de beijos descendo pelo meu corpo e deu um na parte interna da minha coxa antes de ir buscar uma coisa na carteira, logo voltando para o quarto e tirando a calça. Ele abriu a camisinha com os dentes, um gesto *bem* mais sexy do que eu pensei que seria, e a colocou antes de me penetrar lentamente, me saboreando, murmurando poemas sobre o meu corpo enquanto viajava nele, e eu soube que estava caindo. O tipo de queda que doeria quando eu batesse no chão. O tipo de queda que me partiria em pedacinhos.

Então, eu o beijei, me sentindo vibrante, inconsequente e corajosa, e caí.

Na manhã seguinte, eu estava com a sensação de ter engolido um pacote inteiro de bolas de algodão... e então, lembrei: *bourbon*. A garrafa vazia continuava na mesa de cabeceira, e minha calcinha rosa de renda estava em cima do abajur.

Quanta classe, Clementine.

Ao meu lado, alguém grunhiu. Eu estava tão acostumada a acordar sozinha que só percebi que Iwan ainda estava na cama comigo quando ele rolou para o lado e beijou meu ombro.

– Bom dia – murmurou, sonolento, e segurou um bocejo na minha pele. A voz dele estava arrastada e grave, perfeita. – Como você está?

Apertei o olho com a palma da mão. Minha cabeça parecia cheia de areia.

– Morta – gemi.

Ele riu, um som suave e rouco.

– Café?

– Aham.

Ele rolou para o lado e começou a se levantar, mas o espaço que deixou ficou tão frio de repente que logo o agarrei pela cintura e o puxei de volta para a cama. Iwan caiu no colchão com uma risada, e eu o abracei por trás, encostando meus pés gelados nos dele.

– Seus pés estão gelados! – exclamou Iwan.

– Estão mesmo.

– Tudo bem, só me deixa... espera – disse ele com um suspiro, e se deitou de costas. – Não achei que você gostasse de ficar agarradinha – acrescentou ele, com gentileza.

– Cinco minutos – murmurei, e apoiei a cabeça no peito dele.

O coração dele bateu rápido no peito, e eu o ouvi inspirar e expirar. O apartamento estava silencioso, e a luz matinal se dividia em dourados e verdes pelo pingente de vidro pendurado na janela atrás da cama.

Depois de um tempo, ele falou:

– Acho que os pombos da sala estão nos olhando desde que o sol nasceu.

– Hã?

Ele apontou para a janela. Realmente, Mal-Amada e Besta Quadrada estavam no parapeito. Eu me sentei na cama, tomando o cuidado de manter o lençol em volta do corpo, e olhei para eles.

– Quanto tempo você acha que os pombos conseguem viver na natureza?

Ele pensou no assunto.

– Uns cinco anos, por quê?

– Só curiosidade – respondi com desdém, e voltei a olhar para os dois no parapeito.

Eles *pareciam* ser os mesmos da minha infância. Um tinha penas azuis no pescoço como uma gola, o resto do corpo pontilhado de branco e cinza, e o outro parecia meio oleoso, com listras de plumagem azul-marinho que iam até a ponta das penas. Pensando melhor, eu não conseguia lembrar como eram os pombos antes deles, nem se haviam tido filhotes. Sempre imaginei que faziam o ninho no inverno e que um novo casal assumia o lugar deles todos os anos, mas agora estava começando a desconfiar de uma coisa muito diferente. Eles me lembraram de forma bem nítida que eu também não estava onde deveria estar.

Balancei a mão para espantá-los.

– Xô, xô! Vão embora – falei.

Os pombos só voaram quando bati com os dedos no vidro, indo para o local de sempre na janela da sala.

– Minha tia detestava esses pássaros – falei, me acomodando junto dele e fechando os olhos.

Ele se mexeu um pouco.

– Limãozinho? – perguntou Iwan depois de um tempo.

– Hã?

– Por que você se referiu à sua tia no passado?

Fiquei paralisada. A primeira coisa que surgiu na minha mente foi fingir que estava dormindo. Não dizer nada. Meu segundo instinto foi mentir. *Do que você está falando? Passado? Deve ter sido um lapso.*

Que mal faria uma mentirinha? Para ele, ela ainda estava viva. Para ele, ela estava passeando com a sobrinha, entrando escondida na Torre de Londres, bebendo de dia em Edimburgo e sendo perseguida por metade da Noruega por uma morsa.

Para ele, ela só morreria em alguns anos. Ela nem pensaria nisso. Ainda estava viva e o mundo ainda a tinha nele.

Então é agora que você descobre, pensei, e minha voz soou tensa quando sussurrei:

— Você não vai acreditar em mim.

Ele franziu a testa. Foi uma expressão peculiar, as sobrancelhas franzidas, o lado esquerdo da boca um pouco mais baixo do que o direito.

— Experimenta, Limãozinho.

Pensei em contar a ele. Queria, de verdade. Mas...

— Ela nunca fica em casa por tempo suficiente para eu vê-la. — Acabei mentindo. — Ela viaja muito. Gosta de lugares novos.

Ele pensou no assunto por um momento.

— Entendo. Eu queria viajar por aí também.

— Eu viajava o tempo todo com ela.

— O que fez você parar?

— O trabalho. Coisas de adulto. Uma boa carreira. Um relacionamento estável. Uma casa. — Eu me sentei na cama e dei de ombros, enrolando o edredom no corpo. — Eu tinha que crescer um dia.

Ele franziu o nariz.

— Então você deve me achar maluco de começar uma carreira a caminho dos 30.

— De jeito nenhum. Eu te acho corajoso — falei, corrigindo-o, e beijei o nariz dele. — As pessoas mudam de vida o tempo todo, não importa a idade. Mas... você pode me prometer uma coisa?

— Qualquer coisa, Limãozinho.

— Promete que você sempre vai ser você?

Ele franziu as sobrancelhas.

— Que coisa estranha de se pedir.

— Eu sei, mas... eu gosto de você. Do jeito que você é.

Ele riu, um som suave e grave na garganta, e beijou minha testa.

— Tudo bem. Eu prometo... só se você me prometer uma coisa também.

— O quê?

— Sempre vai arranjar tempo pro que faz você feliz, como pintar e viajar, e que se foda o resto.

— Que poético.

— Eu sou chef, não escritor.

— Talvez você venha a ser as duas coisas um dia. E *agora*, o que vai me fazer feliz é um banho. Talvez ajude a melhorar essa ressaca.

Comecei a sair da cama, mas ele me puxou de volta e me beijou. Eu adorava seu jeito de beijar, como se minha boca fosse algo a saborear, mesmo com bafo matinal.

– Isso também me faz feliz – acrescentei.

Ele sorriu, encostando seus lábios nos meus.

– O mais feliz possível.

Acabei me soltando dele, peguei minhas roupas e fui tomar um banho. Quando voltei, ele já estava vestido.

– Vamos sair hoje – disse ele quando saí do banheiro, secando o cabelo numa toalha.

Ele estava sentado no divã, os olhos fechados e os braços atrás da cabeça, a janela aberta para os pombos comerem pipoca no parapeito. Olhei para o relógio do micro-ondas: já era uma da tarde.

– Você pode me mostrar a cidade. Ah, e pode levar suas aquarelas. Eu posso olhar. Onde você gosta de pintar?

Pensei um pouco.

– Em geral, nos lugares que são armadilhas para turistas.

– No Central Park, então? Ou tem outro de que você goste mais? O Prospect Park é lindo.

– Bem...

Ele se levantou.

– Vamos lá. Antes que o dia acabe. Está um dia tão lindo lá fora. Vamos relaxar, posso levar um livro e você pode pintar.

– E-espera – falei, em pânico, quando ele foi para o escritório e voltou com a minha lata de aquarelas e um livro, pegando a minha mão. – Meu cabelo ainda está molhado. Minha cabeça está latejando. Eu nem passei maquiagem!

– Você está linda assim mesmo – respondeu ele, me puxando pela sala, e pegou a carteira na bancada.

– Essa não é a *questão*.

E mesmo assim deixei que ele me levasse até a porta. *Não posso sair deste apartamento*, eu queria dizer, mas ele não acreditaria em mim. Por outro lado, não tinha tentado sair do apartamento *com* ele. Talvez...

Eu poderia tê-lo feito parar se realmente quisesse. Mas não queria. A empolgação dele era contagiante. Ele falou de lugares que gostaria de conhecer: a lanchonete de *Harry e Sally, feitos um para o outro*, e alguns outros restaurantes específicos de filmes. Ele queria experimentar um cachorro-quente no parque, um pretzel, talvez um sorvete.

– Deixam mesmo alugar barcos a remo no Central Park? – perguntou, calçando os sapatos.

Calcei os meus. Ele apertava meu pulso com empolgação, mas segurei a mão dele e entrelacei seus dedos nos meus.

Pronto, bem melhor.

Ele sorriu ao me levar para a porta, os olhos brilhando com possibilidades.

– Vamos a todos os lugares. Vamos encontrar a pizza mais gordurosa de Nova York. Vamos...

E, assim que abriu a porta, ele sumiu, deixando só o calor de seus dedos nos meus, e até isso acabou desaparecendo. Fiquei no apartamento escuro da minha tia, no presente, olhando para a minha mão vazia.

31

Cartas para os mortos

Depois de tentar voltar quatro, não, cinco vezes, acabei desistindo e aceitando que o apartamento não ia mais me mandar de volta para Iwan naquele dia, então fui resolver algumas coisas. Tranquei a porta e enfiei a chave na bolsa. Não queria ficar no apartamento, não com a sensação da mão de Iwan na minha ainda. Na entrada, Earl fechou o livro novo de James Patterson e acenou para mim.

– Ah, oi! O verão traz umas tempestades muito de repente, né? – disse ele quando cheguei à porta giratória e olhei para a chuva cinzenta horrível.

Fiquei satisfeita de não estar com cara de ressaca, apesar de estar me sentindo assim.

– Sabe, lembro quando você e sua tia desciam pelo elevador, corriam pelo pátio e voltavam encharcadas. – Ele balançou a cabeça. – É impressionante vocês nunca terem pegado um baita resfriado.

– Ela sempre dizia que dançar na chuva fazia a gente viver mais – respondi, embora fosse bobagem e uma inverdade comprovada.

Mas era um pensamento agradável, mesmo sendo falso.

– Vou ter que experimentar um dia – respondeu ele com uma risada. – Talvez eu viva pra sempre!

– Talvez – admiti, e me encostei no balcão da recepção para esperar a tempestade diminuir.

Sempre que a chuva começava a batucar na janela, onde quer que minha tia e eu estivéssemos (fosse em casa ou em algum outro país), ela pegava a minha mão e me levava para a chuva. Esticava os braços e inclinava a cabeça para trás, para o céu. Porque a vida era assim, ela sempre dizia.

A vida era para isso...

Quem mais poderia dizer que dançou na chuva na frente do Louvre?

– Vem, ó querida Clementine – disse ela, me puxando para a chuvarada na frente do famoso museu de Paris, com a grande pirâmide de vidro como nossa parceira de dança.

Ergueu as mãos acima da cabeça e fechou os olhos, como se para canalizar um poder divino. Fez uma pose e começou a sacudir os ombros.

– Só se vive uma vez!

– O quê? Não, para – supliquei, meus sapatos encharcados, meu lindo vestido amarelo já todo molhado. – Todo mundo tá olhando!

– Claro que tá, todo mundo queria fazer que nem a gente! – Ela me pegou pelas mãos, as levantou e me girou no piso de pedra, uma valsa contra a tristeza, a morte, o luto e o sofrimento. – Aprecie a chuva! Nunca se sabe quando vai ser sua última.

Minha tia era assim: vivia o momento porque sempre achava que seria o último. Nunca havia um motivo específico: mesmo quando estava saudável, ela vivia como se estivesse morrendo, com o gosto de mortalidade na língua.

Eu amava o jeito como ela via o mundo, sempre como se só houvesse um último suspiro antes do fim, absorvendo tudo como se nunca mais fosse repetir a experiência, e talvez eu ainda amasse um pouco disso.

Amava como ela passava todos os momentos criando lembranças, todos os segundos vivendo intensa e completamente, e detestava que ela nunca se permitisse a ideia de que poderia dançar na chuva outra vez.

As expressões confusas dos turistas no pátio do Louvre se transformaram em olhares de surpresa quando ela os puxou, todos estranhos, um a um para a tempestade. Um violinista que tinha procurado abrigo debaixo da marquise de um jornaleiro levou o instrumento ao ombro e começou a tocar de novo, e crianças correram para se juntar a nós, e logo todo mundo estava girando na chuva.

Porque a minha tia era assim. Era esse o tipo de pessoa que ela era.

A melodia de uma música do ABBA saiu das cordas do violinista, uma canção sobre se arriscar, se apaixonar, e nós dançamos, e no dia seguinte peguei um resfriado e passei o resto da semana no apartamento que tínhamos alugado, sobrevivendo de caldos e canjas. Não contamos aos meus pais que eu tinha ficado doente, só que tínhamos dançado na chuva.

Eu nunca contava aos meus pais as partes ruins.

Se tivesse contado, talvez...

A chuva começou a diminuir, e Earl disse:

– Ah, acho que tem uma coisa na sua caixa de correspondência.

A minha caixa de correspondência. Foi tão perturbador ouvir isso. Era para ser da minha tia, mas a chave passara a ser minha, e, em todo caso, qualquer carta endereçada a ela estava sem resposta havia seis meses. Ela não recebia mais muitas correspondências depois que fechei sua conta bancária e cancelei os cartões de crédito, mas às vezes chegava alguma mala direta, então fui até a fileira de caixas douradas e peguei a minha chave.

– O que é? – perguntei, quando a abri.

Ele deu de ombros.

– Só uma carta, eu acho.

Uma carta? A minha curiosidade foi superada pelo medo. Talvez uma carta devolvida ao remetente, com endereço desconhecido. Talvez fosse uma mala direta disfarçada. Ou talvez...

Destranquei a caixa de correspondência e a peguei. Parecia mala direta, como tudo que chegava para ela, até que reparei no endereço manuscrito no canto.

De *Vera*.

Meu coração pulou na garganta. Vera... a Vera da minha tia? A Vera das histórias dela? Pontos pretos surgiram nos cantos da minha visão. Senti um aperto no peito. Aquilo ficou real demais rápido demais.

– Clementine? – ouvi Earl dizer. – Clementine, está tudo bem?

Afastei o olhar da carta e a enfiei na bolsa.

– Tudo ótimo – respondi rápido demais, tentando ficar calma. – Estou ótima.

Ele não acreditou em mim, mas a chuva tinha passado e o sol atravessava as nuvens no céu. Era a minha chance de sair.

– Tenha um ótimo dia, Earl.

Acenei para ele quando passei pela porta giratória e saí na tarde quente e abafada para dar uma caminhada e tentar espairecer.

Naquela noite, liguei para Drew e Fiona para chamá-las para um jantar de reunião de emergência. Drew queria experimentar um restaurante novo de fusão asiática em NoHo, mas, quando chegamos lá, a fila estava enorme e a espera era de pelo menos uma hora. Fiona não queria esperar, e Drew não achou que estaria tão cheio numa noite de sábado a ponto de precisarmos reservar uma mesa, ainda mais sendo novo e ninguém tendo ouvido falar dele. Acontece que o *Time Out* tinha escrito uma crítica incrível alguns dias antes e agora todo mundo queria experimentar os rolinhos primavera com *sriracha*.

– Talvez tenha outro lugar por aqui – murmurou Drew, pegando o celular.

Mas estava na hora do jantar, e eu tinha certeza de que todos os restaurantes estariam cheios. A tarde abafada dera lugar a uma noite quente de verão, com nuvens passando no céu alaranjado e rosado como bolas de palha.

– Algum lugar com mesas do lado de fora, talvez? – sugeriu Fiona, olhando por cima do ombro de Drew para espiar o celular.

Inclinei a cabeça para trás no sol, esperando que elas decidissem para onde ir, já que eu não era fresca e que de nós três Fiona era a que tinha as maiores restrições alimentares. Elas estavam discutindo se deveríamos ou não aceitar a derrota e ir para um restaurante no West Village, já que Fiona não queria ficar andando sem rumo, quando vi um furgão amarelo-vivo familiar no fim da rua, estacionado no mesmo lugar da noite anterior: no Washington Square Park.

Alimentando os universitários no verão, como sempre.

– Que tal fajitas? – perguntei.

Elas me olharam, confusas. Drew disse, olhando o telefone:

– Onde fica...?

– Qual é a nota? – acrescentou Fiona.

Eu as virei e empurrei pela calçada.

– Confiem em mim, não precisamos de nota no lugar aonde vamos.

Elas tentaram argumentar comigo até verem o food truck e a fila que descia pela calçada. A maioria das pessoas ali eram alunos da NYU ou turistas que foram parar no arco do Washington Square Park, atraídos pelo cheiro de carne grelhada e pelas músicas pop dos anos 1990.

– Este lugar parece *delicioso* – disse Drew quando Fiona encontrou a conta do Instagram do food truck e tirou uma foto para marcá-la. – Como você soube dele?

Eu jantei com James Ashton ontem, que aliás é um caso meu não muito antigo, uma história complicada, e o amigo dele é dono desse food truck é o que eu diria se não fosse... tudo isso. Mas me dei conta de que, se *dissesse* isso, só estaria abrindo uma caixa de Pandora, e Drew começaria a perguntar como eu conhecia James Ashton, quando o tinha conhecido... Coisas sobre as quais eu não podia mentir porque tinha conhecido *Drew e Fiona* sete anos antes, e elas se lembrariam de um cara como James naquela época.

Então teve que ser uma meia verdade.

– Não fica com raiva, mas o James me mostrou esse lugar ontem à noite depois da aula de culinária.

Drew arregalou os olhos.

– O chef?

Eu assenti, e Fiona arquejou.

– *Clementine!*

– Foi só um jantar! Nós dois ainda estávamos com um pouco de fome, e meu Uber não apareceu e... Bom, os donos desse food truck são amigos dele.

Drew pareceu meio hesitante, o que eu entendia, porque, verdade seja dita, se as outras editoras descobrissem que eu estava encontrando o autor fora das atividades de trabalho, pareceria...

Bem, haveria boatos, no mínimo.

Em relações públicas, qualquer publicidade era boa, mas não nesse caso. Nesse caso, pareceria altamente antiprofissional, e Drew sabia que eu não sacrificaria minha carreira assim. Pelo menos eu esperava que ela soubesse.

Enquanto esperávamos o pedido, Fiona perguntou:

– Por que você pediu uma reunião de emergência?

– Ah! – Eu quase tinha esquecido. Enfiei a mão na bolsa e peguei a carta. – Recebi isso na caixa de correio da minha tia... minha, no Monroe – corrigi rapidamente.

– Uma carta? – murmurou Drew, e arregalou os olhos quando viu para quem estava endereçada. – Pra sua tia?

– Quem é Vera? – acrescentou Fiona.

– Vera foi uma... Ela e minha tia saíram uns trinta e tantos anos atrás. A minha tia nunca falava muito dela, mas a Vera foi muito, muito importante pra ela.

Tão importante que ela decidiu deixá-la livre, com medo de que o que elas tinham só pudesse piorar. Porque as pessoas mudavam ao longo de sete anos, e Analea e Vera não eram diferentes. Iwan tinha mudado e virado James. Eu mudaria nos próximos sete anos.

– Eu não sei o que fazer. Devo devolver ao remetente ou ficar com ela?

– A data é de alguns dias atrás – observou Fiona. – Acho que ela não sabe que sua tia faleceu. Será que você não deveria contar? Mandar uma carta pra ela? Ou, como você tem o endereço, contar pessoalmente?

– Mas o que ela diria? – perguntou Drew, e balançou a cabeça. – Eu devolveria ao remetente e só.

– Mas e se elas estivessem apaixonadas?

– Então por que ela não saberia que Analea morreu? – retrucou Fiona.

Eu as ouvi discutir, olhando para a caligrafia longa e curva que pertencia a uma mulher sobre a qual eu só tinha ouvido nas histórias da minha tia. Uma mulher que havia passado pela mesma coisa que Iwan e eu estávamos enfrentando. Minha tia me contara o lado dela da história, e eu tinha concluído que Vera havia desaparecido e ido viver a vida, mas aquela carta provava o contrário. Elas mantiveram contato anos depois.

Por que minha tia nunca me contou isso?

– Clementine? – Drew bateu com o ombro no meu, meio preocupada. – Já é quase a nossa vez.

Guardei a carta.

– Claro, claro, obrigada.

– O que você vai fazer? – perguntou Drew.

– Menor ideia – respondi, com sinceridade.

Fiona passou o braço pelo meu.

– Bom, o que quer que você decida, nós vamos estar com você.

Isso era muito importante para mim, e apertei o braço dela.

Quando chegou a nossa vez, os olhos de Miguel se iluminaram na hora. Ele levantou os braços e disse:

– Ora! Quanto tempo! Que bom que você voltou para comer mais, hã, hã? – disse ele, balançando as sobrancelhas.

– Não consegui ficar longe.

– E quem são suas amigas? – perguntou Isa, se inclinando para fora da janela.

– Fiona e Drew. – Indiquei as duas, que os cumprimentaram com um aceno educado. – Esses são Miguel e Isa.

– Prazer – disse Miguel. – Adoro fazer novas amizades.

– A Limãozinho aqui nos contou um pouco de vocês – concordou Isa.

Drew e Fiona me olharam, desconfiadas.

– Limãozinho? – perguntou Drew.

– Ah, é só um apelido – respondi depressa. – Eu gostaria de uma fajita de frango e...? – Olhei para as duas, e elas pediram o que queriam. – E uma garrafa de água.

– Cerveja não? – perguntou ele.

O pensamento me deixou enjoada. Eu ainda estava sentindo os efeitos da bebedeira da noite anterior. Iwan sabia me fazer beber sem ficar bêbada, mas ainda assim...

– Água está ótimo.

– Tudo bem, as garrafas ficam na lateral, numa caixa térmica – disse ele.

Fui pegar meu cartão para pagar, mas Drew abanou a mão para me impedir.

– Deixa comigo.

– Mas...

– Sério, essa é por nossa conta. Mas vamos querer mais duas garrafas de água, por favor.

– Pode deixar.

Miguel assentiu e digitou no tablet. Drew pagou, e eu fui para a lateral do food truck, onde ele disse que as garrafas estariam. Havia um homem sentado na caixa.

Fiquei paralisada.

Ele se empertigou na hora. Mesmo com o boné cobrindo os cachos, reconheci a marca de nascença em forma de lua crescente na clavícula aparecendo na gola aberta da camisa escura. *Ah.*

– James? – perguntei.

Ele arregalou os olhos.

– Limãozinho?

– O que você tá fazendo aqui? – perguntei.

Se Drew e Fiona o vissem, *na mesma hora* suporiam que eu as levei lá para poder vê-lo. E eu tinha certeza de que não me deixariam em paz.

James pareceu perplexo.

– Eles são meus amigos! Eu venho aqui às vezes.

– Você não tem um restaurante pra cuidar?

– Normalmente... sim? – respondeu ele, hesitante. – Estou no processo de preparar o restaurante novo para uma pré-inauguração. Isa e Miguel vão me ajudar com uns detalhes de última hora mais tarde. O que *você* tá fazendo aqui?

– Eu trouxe as minhas amigas pra experimentarem a comida dos seus amigos.

– Amigas... – Ele franziu o nariz ao pensar... e se sentou mais ereto. – Elas estão aqui?

– Estão.

– Tudo bem aí, Clementine? – perguntou Drew da frente do food truck.

– Tudo ótimo! – respondi. – É que a caixa térmica está... hã... fria! – Abanei a mão para ele abrir a caixa em que estava sentado e pegar as águas. – Por que você tá agindo de um jeito tão estranho? – murmurei.

– Iwan deve estar aí. Pede pra ele pegar! – gritou Miguel.

James e eu nos olhamos.

– Obrigada! – gritei, enquanto James xingava baixinho e enfiava as mãos na água gelada, pegando três garrafas.

Ele as entregou para mim.

– Não estou agindo de um jeito *estranho* – respondeu, mas então percebi qual era o problema...

– Ai, meu Deus, você tá de *ressaca*... Nós nem bebemos tanto ontem! – comentei.

Bom, *ele* não bebeu tanto. O ele de sete anos atrás encheu a cara comigo.

– Você também não tá com a cara muito boa – respondeu ele, debochado.

Nós dois estávamos meio estranhos, para falar a verdade. Ele olhou para além de mim, pensando se deveria ir dizer oi para as minhas amigas.

– Desculpa, acho que não estou em condições de conhecer ninguém agora.

– Você já conheceu a Drew, só não conheceu a esposa dela.

— Ah, a editora... Sim, acho melhor ela não me ver de ressaca — argumentou ele, indicando-a com a cabeça. — Tudo bem por você?

Foi muito fofo ele perguntar.

— Você ganha uma carta de saída livre da prisão.

— Eu aceito — respondeu James num tom sombrio. — Vou fazer questão de compensar pra...

As palavras dele entalaram na garganta. Sem aviso, ele estendeu a mão para mim, empurrou meu cabelo para o lado, e seus olhos claros ficaram escuros e tempestuosos. Ele apertou os lábios, e não entendi o motivo até que...

— Parece que a sua noite também foi ótima — brincou.

Eu me dei conta.

— Ai, meu Deus — falei, constrangida.

Eu me afastei depressa e puxei o cabelo para cobrir o hematoma ali. Bom, o *chupão*. Eu tinha tentado esconder com corretivo de manhã, mas devia ter saído ao longo do dia.

— Teve outro encontro depois do jantar de ontem? — provocou ele. — Foi animado?

Olhei para James em silêncio. Ele não entendeu por um momento, mas então arregalou os olhos e cobriu a boca com os dedos.

A única coisa que disse ao lembrar foi:

— *Ah*.

Pigarreei.

— Foi mesmo.

— Foi o quê? — Ele estava meio atordoado.

— Animado — respondi.

Ele grunhiu e enfiou as mãos no cabelo.

— Você não pode fazer isso, Limãozinho.

— Você perguntou.

Ele pareceu arrasado ao responder:

— Eu *sei*. Me deixa louco. — O rosto dele se contraiu. — Pra mim foi sete anos atrás e pra você foi ontem à noite.

— Tecnicamente, hoje de manhã também. — Eu o corrigi.

Ele soltou um gemido de dor.

— Claro, como eu poderia esquecer?

– Não sei mesmo. Foi um sexo muito bom.

Eu inclinei um pouco a cabeça e observei aquele homem na sombra do food truck dos amigos, com ressaca pelo que eu desconfiava ser o mesmo motivo da minha: um por causa do outro. Se bem que eu tinha certeza absoluta de ter me divertido mais na noite anterior do que ele.

Ele esfregou o rosto.

– Se isso foi pra se vingar de mim por te afastar ontem à noite…

– Ah, não se preocupe, você não fez isso.

– Você sabe o que eu quero dizer – respondeu James em voz baixa.

Certo, ele achou que eu tinha voltado ao apartamento na noite anterior e feito sexo com o eu dele do passado só para fazer o eu do presente ficar com ciúmes.

Revirei os olhos.

– Bom, você está errado. O apartamento faz o que quer *quando* quer. Não é culpa minha você não querer saber de mim agora.

Ele deu um passo para mais perto, tão perto que eu poderia beijá-lo se ousasse.

– Não quero saber de você? – sussurrou ele, incrédulo. – Eu me lembro do seu gosto, Limãozinho, do som da sua respiração quando te abracei.

Senti a pele ficando mais quente. Encostei uma garrafa de água no pescoço e afastei o rosto.

– Eu me lembro de você contando as tatuagens na minha pele, do formato da sua boca, da sensação do seu corpo quando você teve um orgasmo comigo – murmurou ele, passando a ponta dos dedos nas minhas bochechas furiosamente coradas. – E ainda adoro demais o jeito como você fica vermelha. Me deixa louco.

Minha boca se abriu. Meu coração disparou no peito. Por um momento, ele não pareceu ser James, mas Iwan, o meu Iwan, me olhando com um rosto sete anos mais velho. Achei que ele fosse roubar um beijo, mas chegou para trás e logo entrou nos fundos do food truck, na hora em que Drew dobrou a esquina.

– Ei – disse ela, com a nossa comida nas mãos. – Está tudo bem?

– Ótimo! – falei, com a voz estridente, e me virei. Quanto antes saíssemos dali, melhor. – Eu peguei as garrafas de água! Vamos.

Drew me olhou sem entender.

– Tudo bem...

– Vamos sentar perto do chafariz – falei, conduzindo-as depressa para longe do food truck.

Olhei para trás quando atravessamos a rua e vi James saindo pelos fundos do furgão. Ele puxou o boné bem para baixo e seguiu na direção oposta.

Fora de alcance, lembrei a mim mesma, me virando para as minhas amigas. *Ele está fora de alcance.*

32

Segundo e último lance

Passei o resto do fim de semana fazendo faxina no apartamento da minha tia e desenhando Mal-Amada e Besta Quadrada na seção do livro de viagens de Nova York chamada "Vida selvagem". O apartamento não me levou de volta para Iwan, apesar de eu desejar que levasse. Pintar foi um jeito fácil de me distrair, ao menos até começar a arrumar a bolsa e reencontrar a carta de Vera. O endereço era no Upper West Side. Tão perto, do outro lado do parque, mas a um mundo de distância.

Quanto mais tempo eu morava no apartamento da minha tia, mais via por que ela tinha ficado nele. Por que, depois do coração partido, ela não o vendeu e acabou viajando pelo mundo para ficar longe. Havia uma possibilidade no som da fechadura se abrindo, no ranger das dobradiças quando a porta era aberta, uma roleta que podia ou não levar para uma época em que se foi mais feliz.

Analea tinha dito que o romance no tempo não dava certo, mas por que Vera ainda estava escrevendo para ela? Eu queria abrir a carta, ler o conteúdo, mas parecia invasão de privacidade. Não era da minha conta o que havia lá dentro, e eu duvidava que a minha tia fosse querer que eu lesse. O máximo que eu podia fazer era devolver a carta e perguntar a Vera em pessoa.

Quando cheguei ao trabalho na segunda-feira, Rhonda já estava no escritório, parecendo mais cansada do que o normal. Ela já tinha tirado o blazer, uma coisa que só costumava fazer depois do almoço, e trocado os saltos pelas sapatilhas que guardava na última gaveta da escrivaninha.

Bati na porta de vidro, e ela ergueu o rosto.

– Ah, Clementine! Na hora certa!

– Começou cedo? – perguntei.

– Eu não estava conseguindo dormir e achei melhor vir trabalhar logo.

O que significava que ela havia pensado em algo no meio da noite que a tinha deixado acordada e foi trabalhar cedo para fazer logo. A editora era a obra da vida dela, à qual se entregava por inteiro. Seu hobby era ler, seu tempo livre era dedicado a pensar em novas estratégias para o próximo grande livro e seus círculos sociais eram cheios de diretores de outras editoras. Eu também deveria ser assim... *queria* ser assim, mas havia um incômodo que parecia uma coceira surgindo e crescendo a cada dia. Uma sensação de que eu estava numa caixa pequena demais, com uma gola apertada demais.

E eu tinha medo disso, porque havia passado muito tempo tentando encontrar um lugar permanente para ficar.

– A propósito – disse Rhonda, batendo com a caneta esferográfica num bloco na mesa –, você já decidiu o que vai fazer nas suas férias?

– Acho que vou ficar na cidade – respondi, sabendo que ela estava perguntando para ter certeza de que eu tiraria mesmo os dias.

Eu tiraria, mas contra a minha vontade.

Ela assentiu, embora, pela curva de seus ombros, eu visse que estava aliviada.

– Que bom, que bom. Com a transição, talvez você precise estar disponível.

Isso me surpreendeu.

– Transição?

– Sim. – Ela não me olhou ao responder, só ficou organizando as canetas. – Como falei, Strauss vai dividir minha função em três: sócio, diretor de marketing e diretor de publicidade. Estou indicando você para diretora de publicidade, mas ele também quer fazer entrevistas com gente de fora. Falou algo sobre *competição saudável* – acrescentou, inexpressiva.

– Ah. – Eu assenti. – Bom, faz sentido. Estou aqui só há sete anos.

Minha chefe finalmente olhou para mim, o rosto contraído. Reconheci a expressão: ela estava com raiva. Mas não de mim.

– E você é uma das pessoas mais talentosas que conheci em muito tempo. Vou lutar por você até o final, Clementine, se for isso que você quer.

– Claro que é – respondi de pronto, torcendo para que as palavras fossem um bálsamo para o incômodo que eu vinha sentindo. – Quero, sim.

Os lábios vermelhos de Rhonda formaram um sorrisinho.

– Que bom. Eu não esperava nada diferente. Strauss pode querer contratar outra pessoa, mas há duas pessoas na *Strauss & Adder*, e tenho tanto peso quanto ele. Você – disse ela diretamente – só precisa fisgar o James Ashton.

– Ah, só isso? – perguntei, tentando não demonstrar pânico. – Tão fácil quanto pegar a lua.

– Arrasa – disse ela.

Voltei para minha baia, onde havia tão pouca privacidade que nem dava para gritar na almofada de pescoço com estampa de donut que eu guardava embaixo da mesa para os dias em que tirava cochilos rápidos no estoque. Já sabia que a editora e a minha carreira dependiam da aquisição de James Ashton. Ela não precisava me lembrar.

Respira, Clementine.

Se eu queria a carreira pela qual vinha trabalhando havia sete anos, tinha que fazer aquilo.

A qualquer custo.

Enviei alguns e-mails e marquei algumas entrevistas em podcasts, e meus olhos se desviaram lentamente para as aquarelas de paisagem que eu tinha pintado alguns anos antes, penduradas no quadro de cortiça ao lado do meu monitor. A ponte do Brooklyn. O lago do Central Park. Os degraus da Acrópole. Um jardim tranquilo em Osaka. Um píer de pesca. Registros de lugares aonde eu tinha ido e da pessoa que era quando os pintei.

Aquela sensação de inquietação voltou, mais terrível do que nunca.

A pintura de uma parede de geleiras tinha tons de roxo e azul, do verão em que fiz 22 anos (a Clementine da época de Iwan), com o coração recém-partido por um namorado. Eu devia ter percebido que aquilo aconteceria, mas não percebi, e fiquei péssima depois. Eu tinha me formado, voltei para a casa dos meus pais em Long Island e me enfiei lá dentro para passar o verão escondida enquanto me candidatava a empregos de curadoria que não sabia se queria.

Meu namorado e eu íamos mochilar pela Europa, mas obviamente isso não aconteceu depois que ele me deu um pé na bunda e decidiu aceitar um emprego em São Francisco. Quase pedi ressarcimento da minha passagem... até minha tia saber e se recusar a me deixar fazer isso.

– De jeito *nenhum* – disse ela ao telefone.

Eu estava deitada no meu quarto na casa dos meus pais, olhando para as paredes cheias de boy bands da minha juventude. Todas as minhas coisas estavam em caixas no corredor, tiradas do apartamento do meu ex num furacão de 24 horas.

– Nós vamos fazer essa viagem.

Eu me sentei, sobressaltada.

– *Nós?*

– Você e eu, minha querida!

– Mas… eu não planejei isso. Metade dos hotéis que reservei tem só uma cama e…

– A vida nem sempre é como nós planejamos. O truque é aproveitar ao máximo quando as coisas saem do nosso controle – disse ela, objetiva. – E não me diga que você não quer dormir com a bunda encostadinha na da sua tia velha e querida?

– Não é isso que eu tô falando, mas você deve ter outra coisa pra fazer. Aquela viagem que você comentou, pra Rapa Nui…

– Que nada! Eu posso adiar. Vamos mochilar pela Europa! – disse ela, categórica. – Você e eu. Não fazemos isso desde que você estava no ensino médio, lembra? Só uma última vez, pelos velhos tempos. Afinal, só se vive uma vez.

E, mesmo se eu quisesse dizer não, tia Analea era o tipo de pessoa enérgica que não me deixaria fazer isso. Eu poderia ter pensado numa desculpa, encontrado um motivo para ficar em casa e mergulhar na autopiedade, mas não teria importado. Minha tia apareceu na manhã seguinte com as malas prontas, com o casaco azul que sempre usava para viajar, óculos escuros grandes e um táxi esperando para nos levar para o aeroporto. Sua boca se retorceu num sorriso tão grande e tão perigoso que senti meu sofrimento abrir caminho para outra coisa: empolgação. O desejo de algo *novo*.

– Vamos partir numa aventura, minha querida – declarou ela.

E, naquele momento, percebi que estava com a sede de aventuras entranhada nos meus ossos.

Sentia saudade daquela garota, mas a sentia voltando agora, aos poucos, e não detestei mais pensar em novidades. Quanto mais tempo ficava sentada ali, naquela baia minúscula, mais começava a questionar pelo que exatamente estava trabalhando.

Eu achava que era pela *ideia* de Rhonda, uma mulher cercada de listas emolduradas de livros mais vendidos e de homenagens, feliz onde estava, e me imaginei na cadeira laranja dela. Como eu ficaria. Eu precisaria me jogar por inteiro naquilo. Por mais que eu tivesse trabalhado muito, sabia que Rhonda tinha trabalhado mais. Ficava disponível para os autores, para os agentes deles, para a equipe, em todos os momentos em que estava acordada. Ela usava o trabalho como usava os Louboutins. Para ser boa como eu queria ser, teria que fazer isso também. Trocaria minhas sapatilhas por saltos, compraria alguns blazers, seria o tipo de pessoa que todo mundo esperava que eu fosse...

Alguém como James, eu achava.

Eu queria isso. Não queria?

Meu celular vibrou, e olhei para a mensagem de texto de Drew.

Feito! Segunda e última oferta! Mandem boas energias, disse ela com um emoji de mãos rezando.

VAI QUE É SUA, AMOR!, respondeu Fiona.

James e a agente dele nos convidaram para a pré-inauguração do novo restaurante na quinta. Vamos passar as Taças de Lágrimas pra lá??, perguntou Drew.

Acho ótimo, escrevi, e Fiona fez um sinal de positivo.

Botei meu telefone no silencioso e voltei para o trabalho. Aquilo não estava nas minhas mãos. Quem quer que James escolhesse, já era. Não havia nada que eu pudesse fazer agora.

Tudo seguiria seu rumo, entraria na minha vida e iria embora, porque nada permanecia. Nada *nunca* permanecia.

Mas as coisas podiam voltar.

Isso me lembrou outra coisa. Peguei o celular de novo e acrescentei: Vocês duas gostariam de ir comigo entregar a carta?

33

O que nunca foi

Vera morava na 81st Street, entre a Amsterdam e a Broadway, num prédio de quatro andares de cor creme. De acordo com o endereço na carta, ela morava no terceiro andar, no 3A. Fiona e Drew pararam na calçada atrás de mim para me dar apoio, embora Drew ainda achasse que eu deveria enviar a carta pelo correio e pronto.

– E se ela não quiser te ver? – perguntou ela.

– Prefiro descobrir pessoalmente se alguém pra quem eu escrevi cartas ao longo dos últimos trinta anos morreu – argumentou Fiona.

A esposa dela suspirou e balançou a cabeça.

Eu entendia o que Drew queria dizer; talvez fosse mais fácil só enviar a carta de volta. O relacionamento da minha tia e de Vera não era da minha conta, mas, como eu conhecia a história, me senti… obrigada, acho. A concluí-la.

Tinha ouvido tantas coisas sobre Vera que ela quase parecia um conto de fadas para mim, alguém que eu achava que nunca conheceria. Minhas mãos suavam e meu coração estava disparado. Porque eu estava prestes a conhecê-la, não era? Estava prestes a encontrar a última peça do quebra-cabeça da minha tia.

Respirei fundo e procurei no interfone. Os nomes estavam borrados, quase ilegíveis. Semicerrei os olhos para tentar pelo menos identificar os números e apertei o 3A.

Depois de um momento, uma voz baixa atendeu.

– Alô.

– Oi, peço desculpas por incomodar. Meu nome é Clementine West e estou com a carta que você enviou para a minha tia. – E, um pouco mais baixo: – Analea Collins.

Houve silêncio por muito tempo, tanto que achei que talvez a pessoa não fosse mais responder, mas aí ela disse:

– Pode subir, Clementine.

Ouvi o zumbido da porta sendo destrancada e falei para as minhas amigas que voltaria num minuto.

Respirei fundo, me enchi de coragem e entrei no prédio.

Ir atrás de Vera era como abrir uma ferida que eu tinha suturado seis meses antes, mas eu precisava fazer isso. Sabia que precisava. Se ela e a minha tia mantiveram contato ao longo dos anos, por que Analea não havia me contado nada? Se continuaram amigas, por que não deu certo? Achei que Analea tivesse cortado o contato com Vera, como fizera com tudo que amava e se recusava a estragar, mas ao que parecia minha tia tinha mais segredos do que eu havia imaginado. Coisas que mantinha escondidas. Coisas que nunca deixava ninguém ver.

Eu costumava querer ser exatamente como ela. Eu a achava corajosa e ousada, e desejava me construir como ela havia se construído. Minha tia me dava permissão de ser louca e selvagem, e eu queria isso mais do que qualquer outra coisa, mas desde a morte dela eu tinha me afastado disso. Não queria ser nem um pouco parecida com ela porque fiquei de coração partido.

Ainda estava de coração partido.

E agora tinha que contar para outra pessoa, alguém que também amava Analea a ponto de escrever cartas trinta anos depois que o tempo delas terminou, exatamente o que eu nunca mais queria ouvir.

Parei diante do apartamento 3A e bati na porta. Minha tia havia me contado sobre Vera, sobre como ela era, mas, quando a mulher abriu a porta, fiquei imediatamente impressionada com o quanto ela me lembrava Analea. Alta e magra, estava usando uma blusa laranja-queimado e uma calça confortável. O cabelo louro-grisalho estava cortado bem curto, e seu rosto era bem marcante para uma mulher de 60 e tantos anos.

– Clementine – disse ela.

E me puxou para um abraço apertado. Os braços dela eram tão finos que fiquei surpresa com a força com que me abraçavam.

– Ouvi tantas coisas sobre você!

Lágrimas surgiram nos meus olhos, porque ela confirmou o que eu estava imaginando: aquela carta era parte de uma longa história de correspondências durante anos e anos.

Analea manteve contato com Vera, e elas conversaram sobre mim.

Vera tinha cheiro de laranja e roupa lavada, e eu a abracei com força.

– Também ouvi muitas coisas sobre você – murmurei, com a boca encostada na blusa dela.

Depois de um momento, ela me soltou e botou as mãos nos meus ombros para dar uma boa olhada em mim por baixo dos óculos de meia-lua.

– Você é a cara dela! Quase idêntica.

Eu abri um sorrisinho. Era um elogio?

– Obrigada.

Ela chegou para trás e me recebeu no apartamento.

– Entre, entre. Eu ia fazer café. Você toma café? Deve tomar. Meu filho faz o *melhor* café...

O que a minha tia não havia contado era que Vera tinha um leve sotaque do sul e que o apartamento dela era cheio de fotos de uma cidadezinha sulista. Não as estudei com muita atenção quando entrei na sala e me sentei, e ela preparou duas xícaras de café, acomodando-se ao meu lado. Eu estava meio entorpecida, tudo era meio confuso. Depois de tantos anos ouvindo histórias sobre uma mulher chamada Vera, ali estava ela, em carne e osso.

Aquela era a mulher que Analea amara tanto a ponto de deixá-la.

– Eu estava pensando quando poderia conhecer você – disse Vera ao se sentar ao meu lado. – Mas que surpresa. Está tudo bem?

Em resposta, enfiei a mão na bolsa e tirei a carta que ela enviara para a minha tia. Estava meio amassada de ficar espremida com a minha carteira, mas eu a estiquei e entreguei para ela.

– Sinto muito – comecei, porque não sabia bem o que dizer.

Ela franziu a testa ao pegá-la.

– Ah – sussurrou ela, a constatação surgindo no rosto. – Ela...?

Algumas coisas eram difíceis de fazer: divisões complicadas sem calculadora, uma corrida de cem quilômetros, pegar uma conexão no aeroporto de Los Angeles em vinte minutos. Mas aquela foi a mais difícil de todas. Encontrar as palavras, organizá-las, ensinar minha boca a pronunciá-las... ensinar meu coração a aceitá-las...

Eu nunca desejaria isso para ninguém.

– Ela faleceu – falei, com dificuldade, sem conseguir olhar para ela, tentando me manter controlada como um laço amarrado. Apertado. – Uns seis meses atrás.

A respiração de Vera travou. Ela apertou mais a carta.

– Eu não sabia – disse ela baixinho. Olhou para a carta. Depois para mim de novo. – Ah, Clementine. – Ela pegou minha mão e a apertou com força. – Eu me mudei de volta para a cidade há pouco tempo. Meu filho tem um emprego aqui, e eu queria ficar perto dele – contou, porque era melhor falar do que ficar com aquelas palavras no ar: *ela faleceu.*

Ela engoliu a tristeza e disse, depois de um momento, enquanto se recuperava:

– Posso perguntar o que aconteceu?

Não, tive vontade de responder, mas não por ter vergonha. Não sabia se conseguiria falar sobre o assunto sem chorar.

Era por isso que não falava sobre aquilo … com ninguém.

– Ela… ela não estava dormindo bem, e o médico passou uns remédios um tempo atrás. E ela…

Mesmo tendo ensaiado muitas vezes, as palavras me escaparam naquela hora. Não sabia como explicar. Estava me saindo muito mal.

– Os vizinhos ligaram para a polícia no Ano-Novo, porque ela não estava atendendo à porta, mas era tarde demais. – Apertei bem os lábios quando senti um soluço subir do peito. – Ela só foi dormir. Tomou uma quantidade grande para saber que não acordaria. Foi encontrada na poltrona favorita.

– A azul. Ah. – A voz de Vera falhou. Ela largou a carta e cobriu a boca com as mãos. – *Ah, Annie.*

O que mais se poderia dizer?

– Sinto muito – sussurrei, enfiando as unhas nas mãos, me concentrando na dor aguda. – Não tem jeito fácil de falar sobre isso. Sinto muito – repeti. – Sinto muito.

– Ah, querida, não é você. Você não fez nada de errado…

Só que eu fiz, não fiz? Deveria ter visto os sinais. Deveria tê-la salvado. Deveria…

E aí, aquela mulher que eu não conhecia passou os braços em volta de mim e me apertou com força junto à sua blusa laranja, e foi como uma permissão. Do tipo que eu não me deixei ter por seis meses. O tipo de permissão que eu estava esperando, sentada sozinha no apartamento da minha tia, com a dor crescendo tanto que ficava sufocante. A permissão que eu achava que tinha dado a mim mesma, mas não dera. O que fiz foi me dar uma ordem para continuar forte. Para ficar bem. Falei para mim mesma, várias e várias vezes, que precisava ficar bem.

E finalmente, *finalmente*, me deram permissão para desmoronar.

– Não é culpa sua – disse ela junto do meu cabelo quando um soluço escapou pela minha boca.

– Ela foi embora – sussurrei, com a voz tensa e aguda. – Ela foi embora.

E partiu meu coração.

Aquela mulher que eu não conhecia, que só tinha imaginado pelas histórias da minha tia, me abraçou com força enquanto eu chorava e chorou comigo. Chorei porque ela me deixou: simplesmente foi embora, enquanto eu a procurava, o casaco voando, fora do meu alcance. Ela foi embora e eu ainda estava lá, e havia muitas coisas que ela ainda não tinha feito, nem faria no futuro. Havia nasceres do sol que ela nunca veria, Natais no Rockefeller Plaza dos quais nunca reclamaria, aviões que não pegaria e vinhos que não tomaria comigo naquela mesa amarela dela enquanto comíamos um fettuccine que nunca era igual.

Eu nunca mais a veria.

Ela nunca voltaria.

Enquanto eu chorava no ombro de Vera, parecia que um muro tinha caído de repente, todo o meu luto e toda a minha tristeza acumulados se espalhando como uma barragem rompida. Depois de um tempo, finalmente nos separamos, e ela pegou uma caixa de lenços, secando os olhos.

– O que aconteceu com o apartamento? – perguntou ela.

– Ela deixou para mim no testamento – respondi, e peguei alguns lenços para secar o rosto. Parecia sensível e inchado.

Ela assentiu, parecendo meio aliviada.

– Ah, que bom. Sabia que foi meu antes de ela comprar? Bem, não *meu*, eu aluguei de um velho desagradável que cobrava caro demais por ele. Ele faleceu e eu tive que me mudar, e a família dele o vendeu para a sua tia. Acho que nunca souberam o que o lugar fazia.

Isso me surpreendeu.

– Não?

– Não, eles não moraram lá. Mas quem alugou sabia. O homem que alugava antes de mim me avisou. Ele tinha descoberto do pior jeito. Achou que outra pessoa tinha a chave do apartamento e estava entrando e mudando as coisas dele de lugar! Só depois de descobrir o nome da pessoa foi que ele percebeu que a mulher que vivia entrando tinha falecido quase cinco anos antes. – Ela balançou a cabeça, mas estava sorrindo com a lembrança. – Eu quase não acreditei, até que aconteceu comigo e conheci a sua tia!

Ela não se parecia muito com a Vera das histórias da minha tia. Essa Vera era mais contida, usava um colar de pérolas e parecia tão impecável quanto o apartamento decorado com simplicidade. E, se as pequenas coisas eram diferentes, talvez parte da história da minha tia também fosse.

– Por que as coisas não deram certo? – perguntei.

Ela deu de ombros com um lado só.

– Não sei dizer. Acho que ela sempre teve um pouco de medo de as coisas boas acabarem e, ah, nós éramos uma coisa boa – disse ela, com um sorriso cheio de segredos, passando os polegares no lacre de cera na parte de trás da carta. – Eu nunca amei ninguém como amei a Annie. Mantivemos contato por carta, às vezes a cada dois meses, às vezes a cada dois anos, e conversávamos sobre a nossa vida. Não sei se ela se arrependeu de me deixar ir, mas eu queria ter lutado um pouco mais por nós.

– Eu sei que ela pensava nisso – respondi, lembrando a noite em que a minha tia me contou a história toda, o jeito como chorou à mesa da cozinha. – Ela sempre quis que tivesse terminado de um jeito diferente, mas acho que tinha medo por causa... do apartamento, sabe. Pelo jeito como vocês se conheceram.

Sua boca se retorceu num sorriso modesto.

– Annie tinha tanto medo de mudança. Tinha medo de nos afastarmos. Não queria estragar tudo, então fez o que fazia melhor: guardou só para si. Aqueles sentimentos, aquele momento. Fiquei tão irritada com ela – admitiu –, por *anos*. Passei anos com raiva. E aí, parei de sentir tanta raiva. Ela era daquele jeito, e era uma parte dela que eu amava, junto com o resto todo. Era como ela sabia viver, e não era de todo ruim. Também era bom. As lembranças são boas.

Hesitei, pois como podiam ser boas se ela nos deixou? Quando o último gosto na nossa boca era de gotas de limão?

– Mesmo depois...

Vera segurou minha mão e a apertou com força.

– As lembranças são boas – repetiu ela.

Mordi o lábio inferior para que não tremesse e assenti, secando os olhos com as costas da mão. O café que ela havia feito já estava frio, e nenhuma de nós tinha tocado nele.

Meu celular tocou, e tive certeza de que era Drew ou Fiona perguntando se eu estava bem. Achei que precisava voltar até elas, então abracei Vera e agradeci por conversar comigo sobre a minha tia.

– Você pode voltar sempre que quiser. Tenho histórias pra contar por dias – disse ela, e me acompanhou até a porta.

Como a minha cabeça não estava mais girando, reparei nas fotos que ocupavam o corredor.

Vera estava em quase todas, ao lado de duas crianças em diferentes anos: um menino e uma menina, ambos com uma cabeleira castanho-avermelhada. Em algumas fotos, eles estavam pequenos. Em outras, adolescentes. Pescando no lago, em formaturas do colégio, as duas crianças sentadas nos joelhos de um idoso sorridente. Os dois se pareciam muito com Vera, e percebi que deviam ser os filhos dela. Não havia outra pessoa nas fotos, sempre só os três. E eu não conseguia parar de olhar para o garoto, com as covinhas e os olhos claros.

– Minha filha mais nova nos chamava de Três Mosqueteiros quando era pequena – disse ela quando me viu olhando para a colagem de fotos.

Foi como ouvi-la por um túnel, e ela apontou para a foto de uma linda jovem de vestido de noiva ao lado de um homem sorridente de cabelo escuro.

– Essa é a Lily – disse, e depois indicou a foto de um rosto que eu conhecia bem.

Um jovem de sorriso torto, olhos claros brilhantes e cabelo castanho encaracolado, com um avental florido de chef enquanto preparava algo num fogão velho. Ele estava ao lado de um idoso mais baixo com as costas curvadas, usando um avental igual ao dele que dizia EU NÃO SOU VELHO, SOU DE SAFRA ANTIGA, os olhos do mesmo cinza reluzente. Olhei a foto numa surpresa agridoce.

– E esse é Iwan – continuou ela –, com meu falecido pai. Iwan o amava muito.

– Ah. – Minha voz soou muito baixa.

Ela sorriu.

– Ele está abrindo um restaurante na cidade. Estou *muito* orgulhosa, mas ele anda estressado demais ultimamente. Às vezes fico pensando se está fazendo isso tudo porque gosta ou por causa do avô.

Encarei a foto do homem que eu conhecia, Iwan com o sorriso torto e contagiante. Devia ter sido tirada logo antes de ele se mudar para Nova York. E de repente uma coisa fez sentido. De todas as coisas que tinham mudado naqueles sete anos, a mais proeminente era a expressão nos olhos dele. A *alegria* desmedida ali.

E me perguntei quando ela sumiu.

– Talvez você o conheça um dia. Ele é muito bonito – acrescentou Vera, arqueando as sobrancelhas.

– É mesmo – concordei.

Agradeci de novo por me deixar chorar no ombro dela, e, com um último abraço, fui embora e encontrei minhas amigas na calçada, que declararam logo que eu estava com cara de quem precisava de uma bebida.

Elas nem faziam ideia.

34

Tudo muito bem

Pelo resto da semana, eu me perguntei como pude ter deixado os sinais passarem.

Não que fossem aparentes. Pensando bem, Iwan *tinha* dito que Analea era amiga da mãe, mas nunca perguntei o nome dela. Fazia sentido, quando pensei no assunto, que a minha tia oferecesse o apartamento vazio para o filho de alguém que ela *conhecia*. Não só conhecia, mas conhecia intimamente. Eu duvidava que Iwan soubesse da história da mãe com a minha tia, assim como eu não sabia. Ele teria comentado.

O apartamento sabia quem Iwan era? Foi por isso que ele nos juntou nessa encruzilhada?

Meus dedos estavam inquietos, tão inquietos que levei uma lata de aquarelas para o trabalho, me sentei no Bryant Park no almoço e pintei as pessoas que vi. Quando voltei para o trabalho, fui lavar depressa a tinta seca dos dedos.

– Gostei de ver que você está pintando de novo – comentou Fiona na quarta.

Ela falou isso enquanto relaxávamos na grama do Bryant Park, num dos cobertores que Drew tinha no escritório, e eu cobria o edifício Schwarzman de dourados e cremes no meu guia de viagem *Best Free Tourist Stops*.

– Os amarelos estão lindos.

– Quase cor de limão-siciliano – concordou Drew, deitada no chão ao lado de Fiona, as mãos atrás da cabeça. – Eu queria te perguntar há um tempo, mas... o que te fez começar a pintar de novo?

Dei de ombros.

– Sei lá, eu só peguei de novo – respondi, limpando o pincel numa tampa de garrafa de água e escolhendo um laranja-ferrugem para as extremidades do prédio. – E me deixa feliz.

– Eu nem lembro o que me deixa feliz... – resmungou Drew.

– Ler, amor... *aah!* – Fiona segurou a barriga e contraiu o rosto. – Opa, isso foi interessante.

Drew se sentou, alarmada.

– Tá tudo bem? Tem algo errado?

Ela abanou a mão.

– Estou bem, estou bem. Foi só uma sensação estranha.

Olhei para ela, apreensiva.

– Estranha tipo bebê chegando?

– A data do parto é só semana que vem – respondeu Fiona, como se isso fosse impedir alguma coisa.

Mas ela passou o resto do dia bem... e *debochou* da ideia de começar a licença-maternidade mais cedo. ("E ficar em casa sem fazer nada o dia todo? Não, obrigada, eu ficaria maluca.")

Quando chegou a quinta, levei um vestido para o escritório, me troquei na cabine do banheiro depois do trabalho e peguei um táxi com Drew e Fiona para o restaurante novo de James. Era uma pré-inauguração, reservada apenas para convidados, para comemorar a abertura do hyacinth – tudo em minúscula mesmo, e com uma fonte curvilínea.

Encontramos Juliette do lado de fora, usando uma blusa creme estilosa por dentro de uma calça marrom larga e um cinto. O cabelo estava preso em dois coques, e ela usava uma bolsa Prada falsa no braço que parecia tão legítima que eu *quase* acreditaria que era se ela não tivesse me contado exatamente onde conseguir uma. Ao lado dela, eu parecia... meio malvestida e casual demais, com um vestido lilás até os joelhos e um laço na gola, e pela primeira vez desde meu último encontro com Nate...

– Salto alto? – Juliette arfou, surpresa. – Ah, meu Deus, você está de *salto alto*! E fica tão *alta* assim. – Ela pegou o celular e tirou uma foto dos meus sapatos. – Isso vai direto para os meus stories! Temos que nos lembrar dessa ocasião.

– Eu uso salto alto às vezes! – grunhi.

– Quando você quer impressionar alguém – observou Fiona.

– Nosso futuro autor, obviamente – respondi.
Drew botou as mãos nos quadris e respirou fundo.
– Falando nisso, se alguma de vocês me fizer pagar mico hoje...
– Nós vamos nos comportar bem! Se bem que talvez alguém precise me dizer qual garfo usar se houver mais de um... – disse Juliette com uma saudação.
Passei o braço pelos de Drew e Fiona e disse:
– Não se preocupem, eu também vou errar.
Juntas, abrimos a pesada porta de madeira e entramos.
Imaginei como seria o restaurante dele. Talvez parecesse com aquele que Iwan tinha descrito para mim com um prato de macarrão frio à nossa frente: mesas compridas como em um jantar em família e paredes vermelhas, aconchegante e caloroso, com cadeiras de couro macio. Haveria obras de artistas locais nas paredes, os lustres um amálgama de arandelas e candelabros.
Uma mesa separada para uma mulher que ele tinha conhecido num fim de semana antigo, uma lembrança distante.
"Separada pra você todas as noites. A melhor mesa da casa", dissera ele.
Uma conversa que eu tinha certeza que ele havia esquecido, embora eu estivesse com o mesmo guia de viagem na bolsa quando entramos no restaurante.
Era um lugar muito iluminado, essa foi a primeira coisa em que reparei, de forma quase impecável, com mesas de mármore branco polido e arandelas brancas com um levíssimo tom de azul. As cadeiras eram na verdade bancos, e o teto expunha o encanamento prateado novo, algo entre um armazém e uma loja de departamento não finalizada. Parecia um lugar onde, se você cometesse um erro, seria num pedestal para todo mundo ver. Meu coração afundou um pouco, porque aquele não era o sonho de Iwan.
Era o de James.
A recepcionista logo reconheceu Drew por uma foto na prancheta e nos levou até uma mesa especial. Já havia alguns outros rostos familiares lá: Benji e a noiva, Parker e a esposa, e dois outros editores que tinham estado na aula de culinária. Nós nos sentamos a uma das mesas maiores, em cadeiras desconfortáveis e frias, e me senti tão deslocada que minha pele ficou coçando.
Finja que esse é seu lugar até que seja, pensei.

– Este lugar é tão chique – disse Fiona quando a garçonete ofereceu os cardápios, todos iguais, detalhando uma lista de sete pratos.

Fiona tinha um cardápio especial por causa das restrições alimentares de uma gestante. Nossa garçonete também levou uma garrafa de vinho...

– Com os cumprimentos do chef – disse ela, abrindo a rolha do vinho tinto e servindo uma taça para cada.

Depois que ela saiu, Drew pegou a taça e a ergueu.

– A uma noite boa, conseguindo o livro ou não.

Todas brindamos com ela. O vinho era seco e meio amargo, e de repente pareceu que eu estava naquele primeiro almoço no Olive Branch, me sentindo deslocada, balançando os braços loucamente para manter o equilíbrio.

Minhas amigas comentaram sobre o restaurante, o cardápio, as outras pessoas sentadas às mesas. Eu ouvia sem muita atenção enquanto Juliette falava de uma nova campanha que estava montando com o coordenador de redes sociais quando um rosto familiar entrou no hyacinth: Vera Ashton.

A recepcionista logo a levou para a melhor mesa do restaurante, e ela sorriu ao se sentar, olhando maravilhada para a decoração. Pedi licença na minha mesa e fui dar um oi.

– Ah, Clementine! – exclamou ela, juntando as mãos. Ela estava usando um terninho cor de sálvia e brincos de pérola. – Que inesperado te ver aqui. Lindo, não está *lindo*?

– Está, sim – respondi, cumprimentando-a. – Como você está?

– Bem! Bem. Achei que era uma pré-inauguração. O que te traz aqui, ao restaurante do Iwan... quer dizer, do *James*? – disse ela em tom de conspiração. – Ele detesta quando eu o chamo de Iwan em público. Tem algo a ver com a imagem. É uma bobagem, mas ele vai entender.

Depois de ver aquele restaurante, eu não tinha tanta certeza.

– Eu trabalho numa das editoras que ele está considerando para publicação. – Indiquei a minha mesa. – Só quis vir te cumprimentar.

– Ah, que beleza! Ele estaria errado se não escolhesse você... Ah, ali estão Lily e o marido – acrescentou ela, olhando atrás de mim.

Mal tive tempo de olhar, e uma mulher pequena de vestido florido, com cabelo castanho-avermelhado comprido e volumoso, chegou à mesa. Fiquei surpresa com o quanto ela era parecida com Iwan, desde os olhos claros até as sardas nas bochechas. Ela abriu um sorriso hesitante para mim, assim como o marido, e logo percebi que estava bloqueando a cadeira onde ela se sentaria e saí da frente.

– Lily – comentou Vera –, essa é Clementine. Você se lembra das minhas histórias sobre Analea? Ela é sobrinha dela.

– É um prazer conhecer você – disse Lily num tom gentil enquanto o marido se sentava ao lado dela. – Não foi com Analea que o Iwan ficou naquele verão?

– Isso, no apartamento dela – confirmou Vera. – Eu soube que ela estava indo para o exterior e liguei perguntando se ele podia ficar lá naquele verão. Ele conseguiu um emprego no restaurante favorito do avô dele e, sete anos depois, olha onde estamos! Tudo porque Analea o deixou ficar lá sem pagar.

Disso eu não sabia. Vera riu e balançou a cabeça, concluindo:

– Não é estranho como o mundo funciona às vezes? Nunca é questão de tempo, mas de momento.

Era mesmo, não era?

– Eu só queria que as cadeiras fossem mais confortáveis – disse Lily com uma risada. – O vovô ia *detestar* essas.

– Mas sei que ele teria gostado da ideia – respondeu Vera, simpática. – Clementine, quer se sentar conosco? Temos mais uma cadeira.

– Ah, não, preciso voltar para a minha mesa, mas foi ótimo ver vocês todos... e conhecer você, Lily. Tenham uma boa noite – falei, me despedindo, e fui para a minha mesa.

A cozinha nos fundos estava escondida atrás de um vidro jateado que mudava um pouco, como uma opala, dependendo da luz. Atrás dele, sombras iam e vinham. Observei as mesas perfeitas de mármore branco e as linhas limpas, e os pratos que saíam para as mesas, círculos brancos com pedacinhos de cor neles. Em volta das mesas havia influenciadores e celebridades, pessoas que eu conhecia indiretamente do mundo culinário por ter pesquisado James. Criadores de tendências. Críticos. Pessoas com quem ele *deveria* ser visto. Pessoas que ele queria impressionar.

Voltei para a minha mesa, mas já havia alguém no meu lugar. Um homem com um uniforme impecável de chef, ombros largos, cabelo arrumado e uma tatuagem de batedor atrás dos cachos em volta da orelha esquerda.

James me olhou quando me aproximei e abriu um sorriso perfeito.

– Ah, oi. Vim dar as boas-vindas ao hyacinth para todos.

– É tão claro que eu deveria ter trazido meus óculos escuros – disse Juliette.

– Você vai provocar um ataque nos editores com esse nome todo em caixa baixa – acrescentei.

– Talvez eu lance uma nova moda, Clementine – disse ele com voz firme e aquele sorriso branco perfeito. Ele se levantou e puxou a cadeira para mim. Eu me sentei com um nó se formando na garganta. – Foi um prazer ver todas vocês de novo... e conhecer você, Juliette. Apreciem o jantar. Espero que seja memorável... talvez até perfeito.

Ele foi para a mesa seguinte, e minhas amigas começaram a falar sobre os pratos no cardápio; quase todos eram variações de receitas que faziam parte da proposta dele, mas incrementadas para combinar com aquele lugar chique.

Ao meu redor, a fofoca das outras mesas falava que ele tinha conquistado uma estrela Michelin para o Olive Branch, que tinha ganhado o prêmio James Beard de Chef Emergente. Falava sobre a apresentação dele, os pratos, a atenção aos detalhes, como ele estava ávido, sempre ávido, por mais. Que isso o tornava um talento em ascensão.

As pessoas estavam empolgadas, famintas, por mais.

Por mais que meu coração doesse, era difícil *não* sentir orgulho dele.

Apesar disso, os melhores amigos dele, Isa e Miguel, não estavam em lugar nenhum.

Nossa garçonete começou a trazer os pratos.

O primeiro foi uma sopa de peixe: achigã em brotos de flores. Tudo vinha em pequenas porções, embora um *menu degustação* fosse exatamente isso: vários pratos pequeninos, o suficiente para experimentar e gerar uma conversa evocativa sobre o sabor do caviar.

Também tivemos fígado de truta com maçãs frescas e manteiga caramelizada.

Ragu de pato.

Torrada de amaranto com ovas defumadas e molho tártaro.

Um único bolinho de milho com uma gema fumegante e grãos de milho em conserva.

Panqueca de sangue de porco.

Iogurte com marshmallow.

Sorvete com calda caramelizada.

E, finalmente, houve um fiapo de merengue sabor limão sobre uma massa de biscoito crocante. Era para ser a nova versão de uma torta de limão, mas, quando comi, só consegui pensar na sobremesa que dividi com Iwan na mesa da cozinha da minha tia.

Ele tinha dito que merengue era o seu ponto fraco; não poderia ser bom em *tudo*, seria chato se fosse perfeito. Mas o que eu comi estava gostoso. O biscoito se desfez na minha boca.

Só percebi que estava com lágrimas nos olhos quando Drew perguntou:

– Está tudo bem?

Sim, deveria estar. Sim, porque aquele jantar estava excelente de todas as formas que precisava estar para impressionar todas as editoras ali. Todas as celebridades, todos os influenciadores. Estava delicioso.

Perfeito, até.

Mas eu não conseguia tirar da cabeça a foto que tinha visto na parede de Vera, de Iwan e o avô numa cozinha pequenininha, usando aventais combinando, com farinha na bochecha e aquele sorriso torto e terrivelmente perfeito. Perfeito porque *não era* perfeito.

Perfeito porque não estava tentando ser. Só estava sendo ele mesmo.

– Com licença – falei para as pessoas à mesa, limpando a boca e saindo rapidamente para o banheiro.

A porta estava trancada quando cheguei lá. Falei um palavrão baixinho e fiquei do lado de fora, esperando. A placa acima da porta era na mesma fonte curvilínea em minúsculas.

Senti um aperto no peito.

Minha tia havia abandonado a carreira porque tinha medo de nunca ser melhor do que quem fora em *A importância do coração*, e Iwan era o contrário. Ele ficava tentando ser melhor, conquistar o respeito de todo mundo, impressionar as pessoas com a perfeição... ou nada.

Mas ele percebia do que tinha aberto mão?

Eu deveria estar orgulhosa dele, *estava* orgulhosa. Mas...

– E aí, o que achou?

Sobressaltada, eu me virei, e o chef James Ashton estava atrás de mim, recém-saído da cozinha, onde a equipe trabalhava como uma máquina bem lubrificada. Tive vislumbres deles pela janela circular na porta, rostos contraídos, trabalhando pelo tipo de perfeição que eu não entendia.

– É... um restaurante e tanto – falei, indicando a área de jantar.

O sorriso perfeito dele ficou tenso.

– Você não gostou.

Engoli o nó na garganta. *Ah, não.*

– Eu não falei isso.

– Está na sua cara.

Olhei para a área de jantar, para o barulho de talheres batendo e do murmúrio de vozes, para as exclamações de surpresa quando os pratos chegavam, para os suspiros quando eram consumidos. Estávamos isolados no nosso mundinho ali no canto.

– Sinto muito, James – falei, baixinho.

O rosto dele não revelou nada, mas ele perguntou:

– Por que você nunca me chama de Iwan?

Era uma pergunta que eu não sabia como responder até ali, ao olhar para aqueles olhos cinzentos, profundos e cautelosos. Eu me aproximei e coloquei a mão no peito firme e quente dele. Queria beijá-lo, sacudi-lo e despertar o homem que eu às vezes via entre as frestas, mas não podia. Só podia dizer a verdade a ele.

– Eu tive jantares maravilhosos com um homem chamado Iwan, que me contou que dava pra encontrar romance num pedaço de chocolate e amor numa torta de limão – comecei a dizer.

A testa dele se franziu de confusão.

– Aqueles pratos não impressionariam ninguém, Limãozinho. Eu era lavador de pratos na época. Não sabia de nada.

– Eu sei, e a comida estava deliciosa hoje. A, hã, coisa de peixe? Estava muito boa. Desculpa, não sei o nome – acrescentei rapidamente, torcendo para não chateá-lo. – Estava uma delícia. Você está feliz com tudo? – perguntei, indicando com a mão o restaurante novo com todas as arestas angulosas e paredes brancas vazias; o jeito como tentava ser algo novo e acabava não sendo nada.

– Por que não estaria? – respondeu ele, e havia uma leve frustração na sua voz. – Claro que estou. – Ele indicou a sala de jantar. – Todo mundo lá parece estar gostando. Estão comendo uma comida excelente.

– Então fecha os olhos – pedi. – O que você escuta?
– Eu não vou fazer isso.
– Por favor.
– Limãozinho...
– *Por favor.*
Ele soltou o ar pelo nariz, mas fechou os olhos.
– Eu ouço talheres nos pratos. Ouço conversas. O ar-condicionado estalando... Preciso consertar. Pronto, está feliz?
– Continua ouvindo – falei, e, para a minha surpresa, ele continuou. Depois de um momento, perguntei: – Você está ouvindo alguém rir?
– Espero que não.
– Não estou falando de rir *de você*, estou falando das pessoas umas com as outras.

Olhei de novo para o restaurante: estranhos em cadeiras desconfortáveis, se mexendo meio sem jeito enquanto tiravam fotos da comida e tomavam vinho ou champanhe e olhavam as redes sociais.

Lentamente, ele abriu os olhos e observou a área de jantar, com uma expressão estranha, procurando pelas mesas como se pudesse provar que eu estava enganada. E, como não conseguiu, ele disse:

– Estou fazendo uma coisa nova aqui. Uma coisa *criativa*. Uma coisa que as pessoas querem ver, sobre a qual vão falar. – Ele repuxou os lábios e voltou o olhar para mim. – Estou dando às pessoas a refeição perfeita. Você sabe que esse é o meu sonho. Foi pra isso que trabalhei.

– Eu sei – tentei explicar, mas eu o perdia a cada segundo. – Só estou pedindo pra você não abrir mão de quem você é...

– Quem eu *era* – retorquiu ele, e fiz uma careta. – O que você *quer* de mim, Clementine?

Que ele fosse o homem que sorria para mim com aquela boca torta por cima da pizza congelada com gosto de papelão. O tipo de cara que contava piada comendo macarrão frio. A pessoa que me falava sobre as tortas de limão do avô, que nunca ficavam iguais.

– Você está tão desconectado de tudo aqui – falei. – *Gelo-seco* para o *macarrão*?

Ele franziu o nariz.
– Macarrão frio.

Como ele tinha feito para mim na outra semana. Tentei de novo:
– Uma *torta de limão* desconstruída?
– Cada pedacinho é meio diferente.
Como o tipo de torta que o avô dele fazia.
– Mas não é a mesma coisa, são as coisas que tornaram você quem você é – tentei argumentar. – Essas coisas *criaram* você...
– E se eu ainda fosse aquele lavador de pratos, você estaria aqui? *Competindo* pelo meu livro de receitas? Não. Ninguém lá fora estaria aqui.
A percepção foi como um balde de água fria. Senti um nó na garganta. Afastei o olhar.
– Eu ainda sou eu, Clementine – disse ele. – Ainda estou tentando deixar meu avô orgulhoso, fazer a refeição perfeita... e agora sei como fazer isso. Estudei com o homem que fez. Sei *exatamente* o que a deixou perfeita...
– Foi seu avô, Iwan – interrompi.
A expressão séria sumiu lentamente do rosto dele, até parecer que ele tinha acabado de perder o avô de novo.
Estendi as mãos para tentar segurar seu rosto, mas ele se afastou.
Minha garganta ardeu e meus olhos se encheram de lágrimas.
– Me desculpa...
– Mudar nem sempre é ruim, Clementine – disse ele, a voz firme e objetiva. Tentou encontrar as palavras certas. – Talvez em vez de querer que eu permaneça exatamente a mesma pessoa que você conheceu no apartamento, você devesse se permitir mudar um pouco também.
Tirei a mão depressa.
– Eu...
Atrás dele, a porta prateada da cozinha se abriu, mas, em vez de um garçom saindo com outra rodada de pratos intrincados e estilosos, era... Miguel? Com o cabelo penteado para trás, um terno marrom e uma taça de champanhe na mão.
Ele estava ali, afinal?
– Eu estava querendo saber pra onde você tinha ido! – disse Miguel, sorrindo. – Isa está prestes a abrir aquele Salon Blanc 2002 lá atrás... Limãozinho! Oi! Iwan, você não me disse que ela estaria aqui.
James repuxou os lábios, e afastei o olhar, tentando encontrar uma des-

culpa para ir embora, porque eu o tinha julgado errado, ao que parecia. Mais do que eu pensava.

De repente, vieram gritos do salão. Olhamos para o caos crescente, e empalideci ao perceber que vinha da minha mesa. Drew estava ajudando Fiona a se levantar. Juliette estava totalmente em pânico, me procurando no restaurante, o telefone na mão, chamando um Uber. Ela me encontrou e mostrou o telefone.

– ESTÁ VINDO! – gritou Juliette.

Está...?

James não entendeu.

– Vindo? O que está vindo? – perguntou ele, e percebi um segundo antes dele. – A bolsa dela se rompeu?

– Tenho que ir – murmurei, e ele não me deteve.

Enquanto eu corria para a minha mesa, senti uma coisa quente deslizar pelas minhas bochechas e sequei as lágrimas.

Peguei o celular na mão de Juliette e a minha bolsa, e saímos.

– O Uber chega em cinco minutos.

– Eu faço sinal pra ele! – anunciou Juliette, e saiu correndo pela porta.

– Não precisamos ir tão rápido... – disse Fiona, mas ninguém ouviu.

Drew estava abrindo caminho para levar a esposa para fora do restaurante.

Olhei uma última vez para James e para o resto dos rostos familiares, e aquele incômodo na pele já estava coçando tanto que ardia. Eu não queria estar ali, porque ele tinha razão sobre uma coisa: Clementine West, assessora de imprensa sênior na Strauss & Adder, não teria reparado em Iwan se ele fosse só um lavador de pratos. Ela não teria ido tanto atrás dele se não tivesse um currículo salpicado de elogios. Ela era boa no que fazia e estava procurando um chef talentoso para preencher um espaço no rol da editora. Era o braço direito de Rhonda Adder, e isso ficava acima de tudo. Uma pessoa firme. Uma pessoa estável.

Mas Limãozinho, a trabalhadora exausta, amava aquele lavador de pratos de boca torta que ela havia conhecido num lapso de tempo, e ia trabalhar com aquarelas debaixo das unhas sem querer, e pegava guias de viagem nas estantes de livros gratuitos perto dos elevadores, e tinha uma inquietação, um passaporte cheio de carimbos e o coração selvagem.

E, ao tentar entender quem eu queria ser, eu achava que tinha estragado as chances de Drew de conseguir o livro. Tinha estragado muitas coisas, pelo jeito, enquanto tentava ser algo permanente... Mas, no fim das contas, quem foi embora fui eu, pela porta de madeira pesada e para a calçada, onde Juliette tinha chamado o SUV preto.

– Você escolheu a opção *Uber Juntos*? – disse Drew, irritada.

– Eu entrei em pânico! – gritou Juliette.

Entramos no SUV ao lado de um casal confuso que parecia estar num encontro e partimos. Não olhei para trás quando fechei a porta.

35

Aviso prévio

O andar das salas de parto no New York Presbyterian não esperava um grupo de mulheres bem-vestidas de 20 e tantos anos atrás da amiga. Então fomos barradas na porta por uma enfermeira exausta e orientadas a ficar na sala de espera. Juliette e eu fomos para lá e ocupamos um canto. Poderíamos ter ido para casa, provavelmente, mas isso nem passou pela nossa cabeça. Nós nos sentamos e esperamos, porque Fiona e Drew eram tão da família quanto os meus pais. Na verdade, eu as via até com *mais* frequência. Reclamávamos juntas tomando vinho, passávamos o Ano-Novo, o Halloween e alguns feriados juntas. Comemorávamos aniversários e relembrávamos dias de morte, e elas foram as primeiras para quem liguei quando tive o pior dia da minha vida.

Era natural que ficássemos juntas nos melhores dias também.

Por isso, não foi surpresa *eu* estar na sala de espera. Mas Juliette era novidade.

– Você pode ir pra casa – falei, mas ela fez que não.

– De jeito nenhum, vou ficar até o final – respondeu.

Eu quis explicar que ela não tinha obrigação nenhuma com Fiona nem com Drew, mas achei melhor não. Se ela queria ficar ali, quem era eu para impedir?

Depois de uma hora, eu me espreguicei e olhei o celular. Eram quase 22h30. Juliette estava olhando o Instagram com nervosismo enquanto eu desenhava no meu guia de viagem, delineando a sala de espera na seção intitulada Pausas Tranquilas. O sofá sonolento. As cadeiras com aparência cansada. A família do outro lado, o pai que voltou para ficar com a esposa, os avós curvados em cadeiras, esperando, duas crianças vendo um filme da Disney no celular do pai.

– Saco – murmurou Juliette, parando numa foto.

Eu me sentei e estalei o pescoço.

– O que foi?

Ela suspirou.

– Nada.

Olhei para o telefone dela mesmo assim.

– Esse é o Rob?

– Ele tinha um show hoje – respondeu ela, mas não era esse o problema da foto. Ele estava beijando outra mulher. – Deve ser uma groupie – comentou, como se para explicar a situação. – Ele é muito bom com os fãs.

Olhei para ela, perplexa.

– *Sério?*

– Não importa. Ele vai dar um jeito de se redimir – respondeu, desligando a tela do celular e o enfiando na bolsa. – Tá tudo bem.

Mas não estava, não. Eu me virei para ela e segurei suas mãos.

– Nós somos amigas, né?

– Tomara que sim. Você tá nos meus melhores amigos no Instagram, e, se não formos amigas, vou ter que reconsiderar isso.

Tive que rir.

– Já que somos amigas, tenho uma coisa pra te dizer: que se foda o Rob.

Ela me olhou, piscando.

– Hã?

– *Que se foda o Rob* – repeti. – Você é inteligente demais e bonita demais e bem-sucedida demais pra aguentar um guitarrista de quinta categoria de uma banda desconhecida te tratando como se você fosse um lixo. Você não é.

– Na verdade, ele é baixista… – murmurou ela.

– Ele que se foda! Por que você fica voltando pra ele se ele te faz tão mal?

Ela arregalou os olhos e abriu a boca, virando-se para a família do outro lado da sala de espera, que tinha coberto os ouvidos das crianças, escandalizada. Eu não ligava, aquele era meu momento de filme.

Eu prossegui:

– Eu entendo que ele é gato. E deve ser muito bom de cama. Mas se você não vê estrelinhas perto dele a cada segundo que vocês passam juntos, se ele não te faz *feliz*, o que você tá fazendo com ele? Só se vive uma vez.

Se eu tinha aprendido alguma coisa morando num apartamento com viagem no tempo foi que, por mais tempo que você tenha, nunca é suficiente. E eu queria começar a viver a minha vida como se estivesse aproveitando cada momento.

– E se você fizer direito... – continuei a falar.

E me lembrei de como minha tia ria enquanto corríamos para pegar conexões no aeroporto, como ela abria bem os braços no alto do pico Arthur's Seat, do Partenon, de Santorini e de cada colina com uma bela vista que ela encontrava, como se quisesse abraçar o céu; de como sempre decidia sem a menor pressa o que queria num cardápio; de como perguntava a história de todo mundo que encontrava, absorvia seus contos de fadas e mirava na lua.

– Se você fizer direito – repeti –, uma vez vai ser suficiente.

Juliette ficou calada por um longo momento, e então as lágrimas começaram a cair.

– E se eu n-nunca mais encontrar ninguém?

– Mas e se *encontrar*? – perguntei, apertando bem as mãos dela. – Você merece descobrir.

Com um soluço, ela me puxou para um abraço e apoiou a cabeça no meu ombro. Eu não estava esperando aquilo e enrijeci com o contato súbito, mas, se ela notou, não deixou transparecer, porque continuou me abraçando e chorando. Passei os braços em volta dela, constrangida, e dei tapinhas em suas costas.

Eu não sabia que ninguém nunca tinha dito para Juliette que ela merecia mais. Não sabia que ela estava pensando em colocar um ponto-final naquela relação havia um tempo, nem o quanto ela estava infeliz. Arrasada. Ela disse que não tinha percebido até eu falar que ela merecia coisa melhor.

Uma constatação fria e dura me atingiu, porque, quando ela finalmente me soltou e me disse que eu estava certa, pensei na minha baia, nas pinturas de paisagens penduradas no meu quadro de cortiça e nas pilhas de guias de viagem que eu tinha enfiado na mesa da escrivaninha. Pensei em chegar ao apartamento da minha tia, pegar o metrô todos os dias de manhã e planejar as aventuras de outra pessoa numa planilha de Excel pelo resto da vida.

E percebi que também estava infeliz.

A porta da sala de espera se abriu e Drew entrou, com um sorriso tão largo e intenso que foi contagiante, e qualquer resposta que eu pudesse dar foi apagada por aquele momento.

– Venham, venham! – disse Drew, nos pegando pelos pulsos, nos puxando para ficarmos de pé e nos levando para fora da sala de espera, para o corredor. – Vocês precisam conhecê-la. *Precisam!* Ela é incrível.

E Penelope Grayson Torres, nascida com 3,9 quilos, era mesmo incrível. Mesmo quando babou em mim.

Na manhã daquela segunda-feira, a sala de Rhonda estava quente e silenciosa quando entrei e coloquei a carta na mesa dela. O trabalho se tornava calmo sem Drew e Fiona, e elas ficariam de licença-maternidade nos meses seguintes. Eu detestava saber que não estaria mais lá quando elas voltassem. Uma playlist suave tocava nos alto-falantes de Rhonda enquanto ela relaxava na cadeira e virava as páginas de um manuscrito encadernado, os óculos baixos no nariz. Ela olhou para mim confusa, franzindo as sobrancelhas por causa da carta.

– O que é isso?

O fim, o começo.

Uma novidade.

– Eu percebi uma coisa durante o verão – falei, retorcendo os dedos com nervosismo –, e foi que não estou mais muito feliz. Já tem algum tempo, mas só entendi quando um velho amigo voltou para a minha vida.

Rhonda se empertigou, pegou a carta e a abriu.

– Sinto muito que seja uma surpresa. Foi surpresa pra mim também. Não sei bem o que quero fazer – continuei enquanto ela lia a carta de demissão, o rosto ficando triste –, mas acho que não é isso. Muito obrigada pela oportunidade, e sinto muito.

Por ter desperdiçado o tempo dela por sete anos. Por cortar fora partes de mim repetidamente para me espremer nas expectativas que achava que precisava criar para mim mesma. Eu nunca usaria salto alto e blazer; não queria mais essa vida, e era assustador pensar nisso, mas meio emocionante também.

Não consegui olhar para Rhonda quando me virei para sair, mas ela disse:

– Só descobri quem eu queria ser com quase 40 anos. Você precisa experimentar novos sapatos até encontrar aqueles com os quais gosta de caminhar. Nunca peça desculpas por isso. Quando encontrei os meus, fiquei satisfeita por vinte anos.

– Você não parece ter mais que 50 – comentei.

Ela jogou a cabeça para trás e deu uma gargalhada.

– *Vá* – disse, balançando a carta para mim – e se divirta quando estiver por aí.

Foi exatamente o que fiz.

Apesar de ter duas semanas para passar minhas tarefas para Juliette e ajudar Rhonda a começar o processo de contratação de quem me substituiria, guardei tudo da minha baia numa caixa (Drew sempre dissera que seria uma só) e percebi que parte de mim, inconscientemente, sempre soube que eu não ficaria lá para sempre. Não enchi minha mesa com coisas de casa. Não decorei meu quadro de cortiça com fotos dos meus amigos e família. Nem sequer mudei o papel de parede do meu computador.

Eu só fiquei ali.

E isso não era mais suficiente.

Com minha demissão entregue, o trabalho ficou estranho. Juliette e eu almoçávamos na grama do Bryant Park, comecei a entregar meus autores aos poucos e a me desligar de tudo, e mantivemos Fiona e Drew atualizadas de todas as fofocas da editora.

Depois da pré-inauguração do hyacinth, Drew só teve resposta de James e da agente na terça-feira seguinte, e mesmo assim foi só para avisar que tomariam a decisão final em breve, mas sem especificar *quando*. Ao que parecia, as coisas estavam tão agitadas com os preparativos finais para a abertura oficial que eles estavam sem tempo. Não tive coragem de contar a Drew que tinha certeza de que havia estragado nossas chances. Tinha certeza de que ele me odiava, ou que pelo menos não queria me ver nunca mais. Mas Drew estava tão ocupada com a recém-nascida que duvido que pensasse em James em algum momento.

E, se James *quisesse* me ver, sabia onde eu morava, apesar de parecer que nem o apartamento queria que eu o visse de novo.

36

Temporada turística

A pior parte de abandonar meu trabalho, no entanto, foi decidir como contar isso aos meus pais, que eram excelentes em tudo que faziam. Meus pais, que nunca desistiam de nada. Meus pais, que tinham me ensinado a ser assim também.

Meus pais, que exigiram comemorar meu aniversário naquele fim de semana, como sempre faziam.

Meus pais, para quem eu disse sim porque os amava e não queria decepcioná-los.

E a quem eu achava que decepcionaria mesmo assim.

– Ah, *querida*! – disse minha mãe, acenando da mesa onde ela e meu pai estavam, embora eu fosse capaz de andar até aquela mesa de olhos vendados.

Todo ano eles iam para a cidade na semana do meu aniversário. Pediam a mesma mesa no mesmo restaurante sempre no sábado antes do meu aniversário. Faziam isso desde que eu me entendia por gente, já uma tradição àquela altura.

Nós almoçaríamos numa lanchonete fofa na 84th Street chamada Café Tudovo, onde a minha mãe pediria o número dois: duas panquecas, dois ovos estrelados e duas linguiças queimadas. Não fritas, *queimadas*. E meu pai pediria a *ovelete* suprema, que era uma omelete com pimentão, cogumelo e três tipos de queijo, sem cebola, e uma xícara de café descafeinado. Eu brincava de nunca pedir a mesma coisa, mas, depois de passar quase trinta anos indo lá, tinha ficado impossível insistir na brincadeira.

Se a minha tia era o tipo de pessoa que sempre experimentava novidades, meus pais se destacavam no mundano monótono e repetitivo.

Era o encanto deles. Mais ou menos.

Quando me aproximei da mesa, meu pai se levantou e me deu um abraço de urso, a barba arranhando minha bochecha. Era um homem grande que dava abraços espetaculares, do tipo que estalava as costas da pessoa. Ele me tirou do chão e me girou, e, quando me botou no lugar, o chão pareceu se inclinar um pouco.

– Filha! – exclamou ele. – Faz uma eternidade!

– Olha só pra você! Parece tão cansada – acrescentou minha mãe, segurando meu rosto e dando um beijo na minha bochecha. – Você precisa dormir mais, mocinha.

– As últimas semanas no trabalho têm sido loucas – admiti quando nos sentamos para comer.

– Bom, agora você está aqui! E, como aniversariante, não vai nem *pensar* em trabalho nas próximas... – minha mãe olhou o smartwatch – ... quatro horas, *pelo menos*.

Quatro?

– Caramba, quanto entusiasmo – ironizou meu pai, porque uma expressão de sofrimento devia ter surgido no meu rosto. – Você nunca visita seus pais e nós sempre temos que fazer a longa viagem até a cidade pra te ver.

– Não é *tão* longa – falei. – Vocês moram em Long Island, não no Maine.

Minha mãe fez um sinal de desdém.

– Em todo caso, você deveria ir nos visitar mais.

A garçonete se lembrou de nós e já sabia o que minha mãe e meu pai pediriam. Olhou para mim com expectativa, pronta para me ver experimentar uma coisa nova, mas, quando olhei o cardápio, percebi que já tinha experimentado tudo que havia nele.

– Que tal waffles de mirtilo? – falei.

Ela ergueu as sobrancelhas.

– Você não pediu isso da última vez?

– Vou experimentar isso com aquele xarope de bordo de Vermont que vocês têm – emendei – e o maior café que você conseguir pra mim.

Ela anotou no bloquinho e se afastou.

Minha mãe falou sobre trivialidades, comentando que havia um estofamento novo nos trens no caminho até ali, que a construção do trecho deles da Long Island Railroad estava levando uma *eternidade* e que ela precisou mudar para um médico novo que não sabia nada sobre os remédios dela. Minha mãe era muito boa em reclamar. Fazia isso com frequência e gosto, e meu pai tinha aprendido cedo a só assentir e ouvir. Ela era totalmente diferente da irmã. Eram lados opostos da mesma moeda, uma cansada de novidades, a outra procurando exatamente isso aonde quer que fosse.

Meu estômago se embrulhou todinho, porque em algum momento eles perguntariam do meu trabalho, e em algum momento...

– E aí – disse meu pai –, como vai a coisa dos livros?

Cedo demais. Foi cedo demais.

– Eu, hã...

A garçonete chegou com a comida, o que distraiu meus pais na mesma hora, e felizmente eles começaram a dizer que devia haver um chef novo lá atrás, porque os ovos da minha mãe *não* estavam do jeito que ela lembrava. Belisquei meus waffles de mirtilo, que pareciam ótimos, principalmente cobertos de xarope de bordo de Vermont. Eles perguntaram como estava o apartamento e perguntei sobre o condomínio do meu pai (uma série de casas de pássaros empilhadas, uma espécie de resort chique. Eu falei que era uma boa ideia, mas acabaria lotado de pombos, e ele só acreditou em mim quando, imaginem só, ficou lotado de pombos).

Depois que terminamos de comer, minha mãe pediu licença para ir ao banheiro e meu pai puxou a cadeira para mais perto de mim, roubando meu último pedaço de waffle.

– Você sabe que a sua mãe não quis dizer aquilo. Que você parece cansada.

Virei a faca e olhei meu reflexo. Qualquer um podia ver que meus pais e eu éramos parentes: eu tinha o nariz avermelhado do meu pai, além de seus olhos castanhos e suaves, e a expressão franzida da minha mãe. Nunca tive muito da tia Analea em mim, e talvez fosse por isso que me esforçava tanto para ser como ela.

– Eu não pareço *tão* cansada, né?

– Não! – respondeu ele depressa, depois de anos de experiência com a minha mãe preparando a mesma armadilha para ele. – De jeito nenhum. Foi por isso que eu falei que não. Na verdade, você parece feliz. Satisfeita. Aconteceu alguma coisa boa no trabalho?

Inclinei a cabeça e pensei numa resposta. Aquela era uma hora tão boa para contar a verdade quanto qualquer outra.

– Na verdade... eu pedi demissão.

Meu pai ficou boquiaberto e arregalou os grandes olhos castanhos.

– Hã... você... recebeu uma proposta de outro lugar?

– Não.

– Então...

– É. – Afastei o olhar. – Sei que foi uma decisão idiota, mas... durante o verão me dei conta de que não estava feliz no trabalho, e sei que não foi sensato, mas, assim que entreguei a carta de demissão, senti um nó na garganta se desfazer. Foi um alívio.

Olhei para o meu pai, torcendo para que entendesse, embora ele nunca tivesse dado as costas a nada na vida.

Ele pensou no assunto por meio minuto. Era isso que eu mais amava no meu pai. Ele era gentil e paciente. Contrabalançava a minha mãe, que era barulhenta, acelerada e bombástica, e eu sempre gostava de contar as coisas importantes primeiro para ele, antes de surpreendê-la.

– Eu acho – disse meu pai por fim, escolhendo as palavras com cuidado – que nada dura para sempre. Nem as coisas boas nem as ruins. Então encontre o que te faz feliz e faça pelo tempo que puder.

Botei a faca no prato e o guardanapo por cima.

– E se eu não conseguir encontrar isso?

– Pode ser que não encontre, mas também pode ser que sim. Você não sabe o que há no futuro, querida. – Ele afagou minha cabeça como fazia quando eu era pequena e sorriu. – Não pensa demais nisso, tá? Você tem economias...

– E posso vender o apartamento da tia Analea – acrescentei, baixinho.

Ele ergueu as sobrancelhas.

– Tem certeza?

Assenti. Vinha pensando naquilo havia um tempo.

– Não quero morar lá pra sempre. Parece próximo demais dela, e estou cansada de viver no passado.

De uma forma meio literal também.

Ele deu de ombros e se recostou na cadeira.

– Perfeito, então. E sua mãe e eu sempre estaremos aqui se você precisar de alguma coisa... Ah! Meu amor! – acrescentou ele com um sobressalto quando percebeu que a minha mãe estava parada atrás de nós, provavelmente havia um tempo. – Há quanto tempo você está aí?

Ela virou o olhar intenso para mim. Ah, não.

– O suficiente – disse, enigmática.

Meu pai e eu trocamos o mesmo olhar, um pacto silencioso de que salvaríamos um ao outro se a minha mãe decidisse nos jogar numa cova.

Ela se sentou na cadeira, se virou para mim e segurou meu rosto com as mãos. Os dedos dela eram compridos e as unhas estavam pintadas de rosa, combinando com as flores da blusa.

– Você *se demitiu*, Clementine?

Eu hesitei, as bochechas espremidas entre as mãos dela.

– S-sim...?

Ela semicerrou os olhos. Antes de se aposentar, ela era terapeuta comportamental, e usava muitas daquelas habilidades para lidar com meu pai e comigo. Ela soltou meu rosto e deu um suspiro profundo.

– Bem! Por *essa* reviravolta eu não esperava.

– Desculpa...

– Não peça desculpas. Estou feliz – acrescentou ela, e pegou a minha mão entre as dela, frias.

As mãos dela me lembravam as da tia Analea. Minha mãe e eu nunca nos demos muito bem, e, apesar de eu ter tentado ser como ela, acabei sendo mais como a irmã dela.

– Você está finalmente fazendo uma coisa por você, querida.

Isso me surpreendeu.

– Eu... achei que você fosse ficar com raiva – falei.

Meus pais se entreolharam, perplexos.

– Raiva? – repetiu minha mãe. – Por que eu ficaria com raiva?

– Porque eu me demiti. Desisti.

Minha mãe apertou as minhas mãos.

– Ah, querida. Você não está desistindo. Está experimentando uma coisa nova.

– Mas você e o papai sempre acham um jeito de fazer as coisas darem certo. Vocês nunca desistem, mesmo quando fica difícil.

Pisquei para segurar as lágrimas ardendo nos meus olhos. Claro que eu me veria tendo uma crise no Café Tudovo, onde todos os garçons e garçonetes usavam camisetas com desenhos de ovo quebrado e tinham piadas com ovo na etiqueta do nome.

– Eu me sinto uma fracassada por não conseguir seguir em frente – continuei.

– Você não é uma fracassada – retrucou minha mãe. – É uma das pessoas mais corajosas que conhecemos.

Meu pai concordou.

– Caramba, você teve uma conversa com um estranho num táxi e decidiu ser *assessora de imprensa numa editora*. Isso é mais corajoso do que qualquer coisa que eu poderia fazer. Passei dez anos para decidir ser *arquiteto*.

Era verdade. Eu tinha entrado num táxi com um estranho do Monroe no dia em que voltei daquele verão no exterior, e ele perguntou sobre o livro que eu estava carregando. Era o guia de viagem que tinha pintado durante toda a viagem.

– Você vai ser mais feliz quando estiver vivendo a sua própria aventura. Não na da Analea, nem na de quem você estiver namorando, nem na de todo mundo que acha que você deveria fazer o que quer que seja. Na *sua*. – Minha mãe uniu as mãos e sinalizou para a garçonete trazer a conta. – Agora! Estamos *quase* acabando! Quem quer tomar um sorvete comemorativo de aniversário depois daqui, no carrinho em frente ao Met, para depois dar uma caminhada no parque? – perguntou ela, e seus olhos cintilaram, porque era a mesma coisa que tínhamos feito por… bom, você sabe.

Guardei as palavras dos meus pais na parte mais macia do meu coração e fui com eles comer sanduíches de sorvete, e andamos pelo parque naquele sábado dourado e glorioso no começo de agosto, fingindo que não estava quente demais nem ensolarado demais, apesar de já termos feito aquilo mil vezes.

Era bom fazer de novo, sentar nos mesmos bancos de parque, dar comida para os mesmos patos do lago, atos tão familiares e naturais. Não era exatamente seguro, porque cada viagem era diferente, mas era familiar.

Como encontrar um velho amigo sete anos depois.

37

O último adeus

Eu me despedi dos meus pais na estação de trem e fui para casa. Para o apartamento da minha tia.

Para o *meu* apartamento.

Mudar nem sempre era uma coisa ruim, como a minha tia havia se convencido a acreditar. Também nem sempre era uma coisa boa. Podia ser neutra, podia ser legal.

As coisas mudavam, as *pessoas* mudavam.

Eu também mudava. Podia mudar. Queria. Eu *estava* mudando.

Havia algumas coisas que permaneciam iguais. O Monroe, por exemplo. A visão dele sempre me deixava sem fôlego, parecendo que deveria ser o personagem principal numa série de livros infantis fantásticos sobre uma garotinha. Talvez o nome dela fosse Clementine. O prédio sempre tinha um porteiro, um cavalheiro idoso chamado Earl, que sabia o nome de todo mundo ali e sempre cumprimentava as pessoas. O elevador sempre tinha cheiro do almoço esquecido de alguém e o espelho no teto sempre olhava para você com um atraso de uma fração de segundo, e a música que tocava era sempre horrível.

– Você vai ficar bem – falei para o reflexo, que pareceu acreditar.

O elevador parou no quarto andar. Eu não conseguia lembrar quantas vezes tinha puxado malas por aquele corredor, as rodinhas prendendo em cada nó e falha do carpete. Meu passaporte estaria na mão e um monte de guias de viagem na mochila. Sete anos atrás, eu estaria voltando para casa do nosso mochilão pela Europa, cansada e precisando desesperadamente de um banho, o resto da vida à frente como as partes boas de um romance que o autor ainda precisava escrever e não sabia como.

Eu tinha um diploma em história da arte, o que não oferecia apenas um único caminho a ser seguido. Tinha pensado em me candidatar a uma vaga de curadora. Tinha refletido sobre me tornar galerista. Talvez tentar fazer um mestrado. Mas nada me chamava atenção. Achei que chamaria. Tinha passado o verão todo pintando num exemplar velho e surrado de *O guia de viagem essencial da Europa* que havia comprado num sebo em Londres, desenhando cenas acima das armadilhas de turistas e restaurantes recomendados.

Eu tinha deixado minha tia no apartamento dela, tão cansada que meus pés estavam dormentes, e chamado um táxi na porta, sem saber que alguém havia acabado de entrar no carro. Abri a porta, entrei e dei de cara com o estranho me olhando com uma expressão confusa.

Ele disse que eu podia ficar com o táxi, mas reforcei que não seria necessário, e acabamos descobrindo que ambos íamos para a NYU mesmo, então, por que não irmos juntos dividindo a corrida? O peso do meu futuro começava a me esmagar depois que eu tinha aterrissado numa cidade em que precisava encontrar um emprego, uma carreira e... e a única coisa em que conseguia pensar era *O guia de viagem essencial da Europa* e o logotipo da editora, e uma ideia começou a se formar. O estranho me contou sobre o apartamento que alugaria com dois amigos e disse que estava empolgado para morar na cidade. E então me perguntou:

– E você?

Eu não conseguia lembrar como ele era, só que usava uma calça jeans surrada e uma camisa branca lisa, mas o dia era um borrão na minha mente. Eu tinha visto tantos rostos nos meses anteriores que todos meio que se misturavam.

Até os que haviam mudado a minha vida.

– Acho que quero trabalhar com livros – falei, surpreendendo até a mim mesma. – É estranho? – acrescentei, com uma risada envergonhada. – Não sei nada do mercado editorial! Devo estar louca.

Ele sorriu e, ao pensar nisso de novo, quase consegui me lembrar do rosto dele. Da boca torta. Dos olhos gentis.

– Acho que não – disse ele. – Acho que você vai ser incrível.

Foi essa sementinha de ideia que, algumas semanas depois, me fez me candidatar a todos os empregos que encontrei no mercado editorial. Todos para os quais estivesse remotamente qualificada. Só precisava de uma porta de entrada. Só precisava de uma chance.

Quando me dei conta, estava numa entrevista preliminar numa sala de reuniões da Strauss & Adder, em frente a uma mulher tão elegante e tão ousada que parecia ter nascido para usar batom vermelho e saltos com estampa de oncinha. Eu soube na mesma hora que queria ser igual a ela, exatamente como ela: uma pessoa que tinha a vida sob controle. Uma pessoa de sucesso, que conhecia a si mesma.

Ao tentar ser Rhonda, porém, nunca parei para pensar nas partes de mim que tinha podado.

Acho que mais ou menos como James.

Havíamos crescido e nos afastado de formas diferentes.

Parei em frente ao apartamento B4. O meu apartamento. Tirei a chave da bolsa e girei a fechadura. Senti uma onda de ar frio quando a porta se abriu... e meu coração disparou no peito. Ali estava o sentimento de novo. Tão leve, quase um produto da minha imaginação. O formigamento do tempo na minha pele quando passei pela entrada e entrei no passado.

O apartamento estava escuro, exceto pela luz dourada da tarde entrando pelas janelas da sala. Mal-Amada e Besta Quadrada estavam cuidando um do outro no ar-condicionado. Tudo estava arrumado, os cobertores dobrados e as almofadas afofadas.

Os cobertores não eram meus. E a poltrona da minha tia estava no canto.

O apartamento tinha me levado de volta outra vez.

Verifiquei rapidamente a data no celular. Sete anos antes, estaríamos voltando hoje. Eu já tinha me desencontrado dele?

Quando fui para a cozinha, no entanto, ele estava sentado à mesa. Com uma calça jeans surrada e uma camiseta branca, a gola toda esgarçada, e de repente o homem do táxi ficou nítido. Quando ele saísse, eu o encontraria do lado de fora, na calçada. Pegaria um táxi com ele, e meu coração doeu quando me dei conta de que tínhamos nos cruzado várias vezes, por acaso, sem planejarmos.

Ele ergueu o rosto... e o reconhecimento iluminou os olhos dele.

– Limãozinho...

Meu corpo reagiu antes de mim: corri pela cozinha, e ele me abraçou, encostando o rosto na minha barriga.

— Você é de verdade? — murmurou ele, porque eu tinha desaparecido na frente dos olhos dele na última vez que nos vimos.

Todos os dias, ao voltar para o apartamento, eu torcia para que ele me levasse de volta, para poder explicar, mas não tinha acontecido.

Passei os dedos pelo cabelo dele. Memorizei como era macio, como os cachos castanhos abraçavam a ponta dos meus dedos.

— Sou, me desculpa. Me desculpa por não ter contado.

Ele se afastou um pouco e olhou para o meu rosto com aqueles lindos olhos claros.

— Você é um fantasma?

Eu ri de alívio, porque sim, eu era, e não, não era, porque era complicado, porque tinha entendido o que era aquele sentimento, quente e leve, e beijei os lábios dele.

— Quero te contar uma história — respondi — sobre um apartamento mágico. Você pode não acreditar em mim de primeira, mas juro que é verdade.

E contei uma história estranha, sobre um lugar entre lugares que borrava como aquarela. Um lugar que às vezes parecia ter vontade própria. Só contei as partes mágicas, as que se agarravam aos meus ossos como sopa quente no inverno. Contei sobre a minha tia e sobre a mulher que ela amou através do tempo, e sobre o medo dela de as coisas boas azedarem, e contei sobre a sobrinha dela, que tinha tanto medo de uma coisa boa que preferia a coisa segura, que tinha se podado muito para se encaixar na pessoa que ela achava que queria ser.

— Até que ela conheceu uma pessoa naquele apartamento terrível e lindo que a fez querer só um pouco mais.

— Deve ter sido uma pessoa muito importante pra ela — respondeu ele suavemente.

Passei os dedos pelo rosto dele, guardando na lembrança o arco das sobrancelhas, o ângulo da mandíbula.

— Ele é, sim — sussurrei.

E ele me deu um longo beijo, sentindo meu sabor, como se eu fosse o seu gosto favorito.

Tive vontade de me aninhar naquele toque, de nunca mais sair, mas havia uma parte de mim que me puxava para o presente, onde era o meu lugar.

– Mas por que sete? – perguntou ele depois de um momento, franzindo as sobrancelhas. – Por que sete anos?

– Por que não? É um número de sorte. *Ou* – acrescentei em tom de provocação – talvez seja o número de arco-íris que você vai ver. Talvez seja o número de voos que vai perder. O número de tortas de limão que vai queimar. Ou talvez seja só o tempo que você vai esperar até me encontrar de novo no futuro.

Comecei a me afastar, e ele agarrou minha cintura, me puxando de volta.

– Eu nunca vou precisar esperar se não te soltar – disse ele com seriedade, segurando minhas mãos com força. – Nós podemos ficar aqui... pra sempre.

Que ideia linda.

– Você sabe que não podemos – respondi –, mas você vai me encontrar no futuro.

Ele ficou firme.

– Eu posso te procurar agora. Hoje. Vou procurar em toda parte. Eu...

– Não seria eu, Iwan.

Sete anos antes, eu teria sido péssima para ele. Com 22 anos e recém-saída da minha primeira desilusão amorosa de verdade, depois de ter passeado com a minha tia o verão todo e beijado todos os garotos estrangeiros que conheci em bares escuros, o amor não era algo que eu estivesse procurando, era algo que eu fazia, várias e várias vezes, para tentar esquecer o cara que tinha partido o meu coração. Já nem me lembrava direito do nome dele, Evan ou Wesley, algo bem classe média de subúrbio, alguém que dirigia um carro ecológico, determinado a se formar em direito.

Sete anos antes, eu era uma pessoa completamente diferente que estava experimentando vários chapéus para ver qual cabia melhor, que imagem eu ficava à vontade para compartilhar.

Sete anos antes, ele era um lavador de pratos de olhos empolgados com sabão embaixo das unhas, usando camisetas esgarçadas, tentando encontrar seu sonho e, no presente, era elegante e seguro, embora, quando sorria, as rachaduras aparecessem, e eram rachaduras que a maioria das pessoas provavelmente não queria ver. Mas eu as amava também.

Isso era amor, não era? Não era só uma quedinha, era se apaixonar várias vezes pela sua pessoa. Era se apaixonar quando ela se tornava uma pessoa nova. Era aprender a existir a cada novo fôlego. Era algo incerto e inegavelmente difícil, que não dava para se planejar.

O amor era um convite para o desconhecido selvagem, um passo de cada vez, juntos.

E eu amava tanto aquele homem que precisava deixá-lo. Aquela versão dele. A do passado.

Porque a do meu presente era igualmente adorável, apesar de um pouco maltratada, mas também um pouco *mais*, e eu me sentia muito boba agora, porque o tinha comparado àquele homem que havia conhecido no passado. Tinha imaginado que ele seria igual àquele Iwan, só que mais velho. Mas todo mundo muda.

– Mas quem eu vou ser em sete anos, quando você me encontrar? – perguntou ele, inseguro, como se tivesse medo da pessoa que eu encontraria.

Mas não havia nada com que se preocupar.

– Você – respondi, me curvando para encostar a testa na dele, absorvendo cada detalhe daquele Iwan de antes, daquele garoto que ainda não tinha sofrido de coração partido, que ainda não sabia a letra daquele tipo de música.

Eu queria abraçá-lo. Queria envolvê-lo num cobertor e levá-lo através de tudo aquilo. Queria estar lá para ver, queria estar ao lado *dele*. Mas não faria isso. Por certo tempo.

– Você vai viajar pelo mundo – falei. – Vai cozinhar muito e vai absorver culturas e comidas e histórias como um girassol absorvendo o sol. E acho que as pessoas vão ver uma fagulha em você, e na sua paixão pelo que faz, e um dia você vai fazer receitas sobre as quais as pessoas vão escrever nas revistas, e vai receber gente de todos os tipos, e vai fazer comida boa, e vão se apaixonar por ela. Por você.

Um sorriso brincou nos lábios dele.

– Então você me *encontrou* no futuro.

– Encontrei – respondi, e memorizei a sensação da bochecha dele me arranhando com a barba por fazer, a ruga suave na testa como se ele estivesse tentando não chorar. – E *você* – sussurrei, numa promessa – vai ser incrível.

38

Fantasmas

Nós nos beijamos pela última vez antes de o relógio do micro-ondas mostrar cinco horas, e Iwan murmurou que precisava ir. Ele havia dito para a minha tia que sairia às quatro da tarde, já estava uma hora atrasado, e ainda precisava sair para trabalhar no período da noite e ir para o apartamento novo.

– Eu acreditei na sua palavra e pressionei meu amigo, aquele da receita da fajita, sabe? Ele vem pra cidade morar comigo. Vamos sublocar um lugar no Village.

Então ele ia morar na direção oposta de onde eu moraria nos sete anos seguintes, em cima de um restaurante grego em Greenpoint, antes de me mudar para o apartamento da minha tia.

– Acho que pode dar certo – respondi, segurando um sorriso.

– É? Vou acreditar na sua palavra.

Por um momento ficamos parados meio sem jeito na porta. Então, apoiei as mãos no peito dele e o empurrei.

– *Vai* – falei. – Você vai me ver de novo.

– Vou continuar bonito como agora? Vou ficar calvo? Ah, tomara que não.

Eu ri e o empurrei de novo.

– *Vai*.

– Tá bem, tá bem – disse ele, sorrindo, e segurou meu pulso uma última vez. Ele beijou a palma da minha mão e me olhou como se quisesse me guardar na memória. – Eu te vejo daqui a alguns anos, Limãozinho. Promete?

– Prometo. E... Iwan?

– O quê?

– Me desculpa.

Ele franziu a testa.

– Por quê?

Mas eu só dei um sorriso, embora meio constrangido e meio triste, porque, quando o reencontrei sete anos depois, estava tão concentrada em desejar que ele fosse quem tinha sido que não consegui ver quem ele havia se tornado. Ele me veria de novo, mas eu não sabia se *eu* veria.

E pronto. Aquele último momento com meu pulso preso na mão dele, a luz da tarde entrando pelas janelas, intensa e estagnada de um jeito que só a luz de agosto conseguia ser, fazendo o cabelo dele cintilar com tons de ruivo e louro.

Eu acho que te amo, tive vontade de dizer, mas não para aquele Iwan.

Ele me beijou uma última vez, numa despedida, e saiu para pegar um táxi que acabaria dividindo com uma garota que não sabia quem queria ser e continuaria sem saber por anos. Os dois conversariam amenidades e ele descobriria um segredo, depois se despediriam no Washington Square Park.

A porta se fechou. Eu esperava que o apartamento me catapultasse para o presente, mas a cozinha ficou silenciosa, os pombos arrulharam no parapeito, e fiquei ali por um longo tempo, de olhos fechados, existindo num último momento numa época em que a minha tia estava viva.

Quando ela morreu, pensei em como seria encaixotar minha vida e ir embora. Correr o mundo com a minha tristeza e ver quem venceria. Mas nunca consegui correr muito longe.

Sentia saudade dela todos os dias. Sentia saudade dela de jeitos que ainda não entendia, que só descobriria dali a anos no futuro. Sentia saudade com um arrependimento profundo, apesar de não haver nada que eu poderia ter feito. Ela nunca quis que ninguém visse o monstro no ombro dela, por isso o escondeu, e, quando finalmente segurou a mão do monstro, isso partiu nossos corações.

Continuaria partindo os corações de todo mundo que a conhecia, de novo e de novo. Era o tipo de dor que não existia para ser curada um dia por palavras bonitas e boas lembranças. Era o tipo de dor que existia porque, numa época, minha tia existiu. E eu carregava comigo essa dor e esse amor e aquele dia terrível. Eu me acostumei com esses sentimentos. Caminhava com eles.

Às vezes, as pessoas que você amava abandonavam você no meio de uma história.

Às vezes, abandonavam você sem se despedir.

E às vezes continuavam presentes nas pequenas coisas. Na lembrança de um musical. No cheiro do perfume delas. No som da chuva, na vontade de viver uma aventura e no desejo por aquele limite entre um terminal de aeroporto e o próximo.

Eu a odiava por ter partido e a amava por ter ficado pelo tempo que pôde.

E eu nunca desejaria essa dor para ninguém.

Andei pelo apartamento dela uma última vez, me lembrando de todas as noites que passei no sofá, de todas as manhãs em que ela preparou ovos, do esmalte de unha na moldura da porta para marcar minha altura, dos livros no escritório dela. Passei os dedos pelas lombadas cheias de rostos que tínhamos conhecido e histórias que tínhamos ouvido.

De todas as pessoas, de todas as experiências, de todas as lembranças, foram essas as que o amor me proporcionou.

Ouvi a porta se abrir e saí do escritório. Teria Iwan esquecido alguma coisa?

– Iwan, se você se esqueceu da escova de dentes de novo... – Minha voz ficou presa na garganta quando olhei para a mulher na cozinha, usando suas roupas de viagem.

Ela largou as malas, o rosto uma máscara de confusão e depois surpresa. Abriu um sorriso largo e ofuscante e esticou os braços. Meu coração inflou de dor, alegria e amor... muito amor por aquele meu fantasma.

39

Eu te conheço há muito tempo

Eu me sentei num dos bancos na frente do Van Gogh com uma garrafinha de vinho e três das minhas melhores amigas, e passamos a garrafinha de uma para a outra enquanto elas cantavam parabéns para mim e me davam presentes. Juliette me deu um livro de romance:

– É o mais novo da Ann Nichols! Eu consegui antes, não conta pra ninguém.

Drew e Fiona me deram um porta-passaportes elegante e lindo.

– Porque você deveria usar – disse Fiona com um sorriso.

Abracei todas, agradecida por ter amigas assim, que estavam ao meu lado quando eu não precisava delas e correndo na minha direção quando precisava. Normalmente, comemorávamos os aniversários no nosso evento de Taças de Lágrimas na quarta-feira mais próxima (era assim que fazíamos no aniversário de todo mundo), mas elas sabiam que eu iria ao Met na quarta, já que era meu aniversário e eu era todinha filha dos meus pais no que dizia respeito a rotina. Elas me abordaram na escada, de forma completamente inesperada. Eu achava que só veria Drew e Fiona uma semana depois, mas elas decidiram levar Penelope junto, e ela estava dormindo com uma tranquilidade surpreendente num sling que Drew usava. Minha tia e eu visitávamos Van Gogh antes de irmos viajar, mas não haveria viagem naquele ano. Ainda assim, foi bom ir e me sentar ali, como fazia na faculdade, tomar um pouco de vinho e ouvir minhas amigas comentarem sobre as obras de arte como se alguma de nós soubesse do que estava falando.

– Gostei daquela moldura – disse Juliette. – É bem… forte.

– Acho que é de mogno – observei Fiona antes de Penelope Grayson Torres fazer um ruído.

O som deve ter sinalizado para Fiona que havia algo errado, porque ela pegou o bebê com Drew e disse:

– Preciso procurar um banheiro. Drew?

– Acho que tem um por aqui. A gente já volta – acrescentou Drew, e se levantou com a esposa.

– Sem pressa, pessoal – respondi.

Elas seguiram pelo corredor. Juliette pegou um mapa que estava abandonado num dos bancos e disse que não ia àquele museu havia um tempo.

– Você devia ir explorar. Eu já vim aqui tantas vezes que acho que já decorei todas as plaquinhas – respondi com naturalidade.

Isso pareceu uma ótima ideia para Juliette, porque ela partiu para a Ala Sackler e me deixou lá.

Finalmente sozinha, no silêncio cercado de turistas, eu me acomodei no meu banco e olhei para os Van Goghs, com outros pintores pós-impressionistas daquela época ao lado, Gauguin e Seurat.

Apesar de as pessoas tentarem fazer silêncio enquanto andavam pela Galeria 825, os passos eram altos e arrastados, ecoando pelo piso de madeira estilo espinha de peixe.

Fechei os olhos, soltei o ar e senti saudade da minha tia.

Ela sempre disse que amava o trabalho de Van Gogh, e talvez fosse por isso que eu também amava. E, sabendo o que sei agora, talvez ela gostasse do trabalho de Van Gogh por outros motivos. Talvez gostasse da forma como ele criava coisas sem saber o próprio valor. Talvez gostasse da ideia de ser imperfeito, mas ser amado mesmo assim. Talvez sentisse alguma proximidade com um homem que, por toda a vida adulta, lutou contra os monstros na própria cabeça. As últimas palavras de Vincent van Gogh, depois que o irmão o consolou dizendo que melhoraria da ferida causada pelo tiro autoinfligido ao peito, foram: *"La tristesse durera toujours."*

A tristeza vai durar para sempre.

Não era mentira. Havia tristeza, desespero e dor. Mas também havia risada, alegria e alívio. Nunca havia luto sem amor, nem amor sem luto, e eu preferia pensar que a minha tia vivia por causa disso. Por causa de toda a luz, amor e alegria que encontrava nas sombras de tudo que a atormentava. Ela vivia porque amava, e vivia porque *era amada*, e que vida linda ela nos deu.

Só percebi que Drew tinha voltado quando ela limpou a garganta, as mãos nas costas de um jeito suspeito, como se estivesse escondendo alguma coisa. Fiona não estava com ela.

– Oi, desculpa. Eu não queria te dar isto com todo mundo em volta...

– O que é? – perguntei.

– Espero de verdade que você não fique com raiva de mim, mas... – Ela me entregou um pacote. – Quando você jogou fora, eu... peguei na lata de lixo. Estava tentando pensar em qual seria a hora certa pra te entregar e, bom... acho que não existe hora certa.

Era o pacote que eu tinha jogado fora, o da minha tia que havia se perdido no correio.

Passei as mãos pela caligrafia na caixa.

– Desculpa se você estiver com raiva, mas...

– Não. – Pisquei para conter as lágrimas. – Obrigada. Eu me arrependi de ter jogado fora.

Ela sorriu.

– Que bom. – Ela se inclinou e me abraçou. – Nós te amamos, Clementine.

Eu retribuí o abraço.

– Também amo vocês todas.

Ela beijou minha bochecha e começou a se afastar de novo, mas eu a detive por um momento.

– Você teve resposta? Do James Ashton?

Eu estraguei tudo? Tive medo de perguntar essa parte, porque não tinha ouvido nada sobre o resultado do tal leilão. Havia acabado naquele dia, supus. Ele devia ter escolhido a Faux, a Harper ou...

Uma luz se acendeu nos olhos de Drew, e ela assentiu com um sorriso. Sentou-se no banco, segurou minhas mãos com força e disse:

– Nós conseguimos! Eu soube logo antes de virmos aqui surpreender você.

Meus ombros relaxaram de alívio.

– Você conseguiu.

– Ainda temos algumas coisas pra resolver no contrato, mas ele é nosso.

– Ele é seu – corrigi.

O sorriso dela oscilou por um momento.

– A Strauss & Adder não vai ser a mesma sem você.

– Vai continuar boa e ele vai brilhar com você, eu sei.

Ela abriu um sorriso.

– Você tem razão e deveria dizer isso *mais alto* – brincou minha amiga.

Foi o que fiz. Eu me levantei, apontei para Drew e gritei:

– Atenção, pessoal!

Ela empalideceu.

– Não, espera, para...

– Por favor, deem uma salva de palmas para Drew, a editora de livros mais atenciosa e adorável do mundo! – gritei, enquanto ela tentava me calar e me empurrava para me sentar de novo. A funcionária da sala me olhou com uma expressão cansada. – Que acabou de conquistar o livro dos sonhos dela num leilão!

Houve uma fraca salva de palmas enquanto Drew me empurrava para o banco, o rosto vermelho.

– Shh! Para! O que deu em você, quer ser *expulsa*?

Eu ri e prometi:

– Vou comemorar todas as coisas boas que acontecerem com você.

A funcionária da sala, que tinha começado a vir em nossa direção, decidiu que não valíamos o esforço, deu meia-volta e foi se sentar perto da porta de novo.

– Você é uma ameaça – disse Drew.

– Vocês me amam.

– Amamos mesmo – concordou ela, e seu olhar se desviou para o pacote de novo. – Vem nos encontrar quando terminar?

– Prometo.

– Tudo bem.

Drew se afastou e foi atrás de Fiona.

Quando o silêncio prevaleceu de novo na galeria, olhei para o pacote no banco ao meu lado. Era pequeno, do tamanho de um cartão-postal, e eu entendia a facilidade com que poderia ter se perdido. Havia uns seis carimbos de alfândega nele, detalhando a longa e exaustiva jornada. Parecia quase impossível que chegasse a mim, mas chegou.

Enfiei os dedos embaixo do papel marrom da embalagem e o abri. Era um guia de viagem… da Islândia. *Ævintýri Bíður*, de Ingólfur Sigurðsson. Quando joguei no Google, foi traduzido para *A aventura aguarda*.

Minha tia havia enfiado uma carta dentro dele.

Para planejarmos nossa viagem do ano que vem! Encontrei num sebo fofo em Canterbury, Inglaterra.

Com amor, AA

Minha boca se retorceu e lágrimas surgiram nos meus olhos. Ela estava planejando a viagem ainda que, no final, não soubesse ao certo se queria ir.

Fechei a carta, guardei no livro da viagem que eu nunca faria e voltei a olhar para Van Gogh.

Eu nunca saberia se ela pretendia partir ou não, se foi acidental ou intencional, mas escolhi acreditar que, em outro universo, estávamos embarcando num avião para a Islândia, ela com o casaco de viagem azul, o cabelo preso num lenço, pronta para ler todos os romances que tinha colocado no Kindle, e eu pintando cenas em *Ævintýri Bíður*.

Gostei dessa história. Era boa.

Porém… a atual também era. Um pouco mais triste, mas era minha, e, embora a Islândia não estivesse mais nos planos, a aventura me aguardava. Abri o guia na primeira página, peguei meu lápis e comecei a desenhar a família com a criança pequena do outro lado da sala. Os pais seguravam a mão dela enquanto a garotinha os puxava de um quadro para outro, contando os passarinhos em cada um. Se não tivesse passarinho, ela dizia: "Nenhum!" e seguia em frente, então, naturalmente, desenhei um bando de pombos atrás dela.

Sei que as minhas amigas deviam estar puxando umas às outras pelo Met, olhando as armaduras, esfinges e Rembrandts, enquanto eu ficava feliz botando o coração nas páginas.

Só reparei no homem que se sentou ao meu lado quando a menina foi até ele e perguntou:

— *Você* gosta de passarinhos?

— De quase todos — respondeu ele calorosamente —, mas ainda estou na dúvida se gosto de pombos.

– Eu adoro pombos! – disse ela com surpresa, se virando para os pais. – Mamãe, papai, vamos contar os pombos nos quadros agora!

Ela os arrastou para a sala seguinte, que, eu sabia por experiência, tinha muitos quadros com passarinhos.

O homem ao meu lado se inclinou para a frente, as mãos nos joelhos, observando os quadros. Ele estava usando uma camisa de botão num tom claro de lilás, com as mangas dobradas expondo as tatuagens nos braços, colocadas ali como lembranças. Olhei para ele...

– Iwan?

O nome dele foi um sussurro, com medo de estar enganada. Se bem que ele não parecia tão arrumado quanto antes. Os cachos castanhos estavam desgrenhados, a camisa amassada. Mas, quando olhou para mim, com aqueles olhos claros de um cinza tão lindo, eu soube então como pintá-los: em tons de preto, branco, creme, dourado e azul, perolados e suaves. E aí, ele sorriu para mim, aquele mesmo sorriso torto do homem que conheci naquele apartamentinho do Upper East Side, onde o tempo se chocou como ondas vindas de lados opostos.

Eu estava abrindo a boca para dar parabéns por ele ter escolhido Drew, a única opção certa, tentando fazer o comentário parecer o mais sarcástico e divertido possível ao mesmo tempo que tentava disfarçar meu arrependimento, as rachaduras de uma decepção iminente, quando ele falou:

– Feliz aniversário, Limãozinho.

– O quê? – Levei um susto.

Ele exibiu um buquezinho de girassóis.

– Feliz aniversário.

Eu as peguei com hesitação. Ele tinha se lembrado da minha cor favorita. Claro que tinha, porque ainda era a mesma pessoa, atenciosa e gentil. Como sempre tinha sido. Para tudo que mudou, algo ficou igual.

– Me desculpa – falei. – Eu não deveria ter dito nada naquela semana. Principalmente não na sua *inauguração*.

– Talvez – respondeu ele, cruzando as mãos.

Ficamos em silêncio por um momento, olhando os quadros. Turistas passavam ao nosso redor, a galeria uma agitação suave de murmúrios.

– Como você sabia que eu estaria aqui? – perguntei depois de um momento.

Ele me olhou de lado.

– Você me disse que estaria. Em todos os aniversários. – Ele soltou uma risadinha. – Você não tem ideia de quantas vezes pensei em vir aqui nos outros anos. Em me sentar ao seu lado, imaginando se você me reconheceria.

– Do táxi? – perguntei.

Ele assentiu.

– Mas sempre tive medo demais. E aí, quando você entrou naquela reunião na editora... – Ele suspirou e balançou a cabeça. – Eu tentei parecer descolado pra você.

– Isso você conseguiu. Talvez um pouco bem demais – acrescentei.

Ele riu e se virou para mim.

– Você... quer jantar comigo? Conheço um restaurante em NoHo. Mudou um pouco nos últimos tempos.

– Sei lá... É bom?

– É razoável – respondeu, e, depois de pensar, acrescentou: – Pelo menos eu espero que seja.

Um sorriso se abriu no meu rosto. Não consegui segurar.

– Bom, então acho que vamos ter que ir ver se é mesmo – falei.

Ele se levantou e estendeu a mão para mim, e senti uma emoção familiar percorrer meu corpo quando segurei a mão dele: o tipo de sentimento que eu tinha ao correr atrás da minha tia por terminais de aeroporto, com pressa e sem fôlego, com o mundo girando.

Era a sensação de algo novo.

40

Mirar na lua

– Fecha os olhos – disse ele quando saímos do Uber na frente do seu restaurante.

A tarde tinha virado um lindo anoitecer dourado, e a luz pelas ruas se refletia nas janelas do restaurante, de modo que não consegui ver lá dentro.

– Por quê? Você vai me sequestrar? – respondi.

Ele revirou os olhos e tapou minha visão.

– Você precisa da minha palavra de segurança? É *sassafrás* – falei.

– Anda pra frente – pediu ele. – Cuidado com onde pisa.

Passei por cima de alguma coisa e entrei no restaurante. Ouvi a porta se fechar. O restaurante estava frio e silencioso. Éramos os únicos lá, a julgar pelo som dos nossos passos quando ele me levou mais para dentro.

– É um pônei? – perguntei. – Ah, você vai finalmente fazer pra mim a *sopa de ervilha*?

– Você não consegue ficar séria nem por um minuto? Isso é importante. Fica aqui – acrescentou ele, me colocando num ponto específico.

Eu mordi o lábio inferior, tentando não sorrir demais.

– Tudo bem. Três, dois… – Ele soltou o ar. – Um.

E tirou as mãos dos meus olhos.

Lustres rústicos e delicados pendiam do teto, lançando uma luz dourada nas mesas de mogno, a maioria pequena, onde havia lindos buquês de jacintos roxos em vasos de vidro, intercalados com velas que tremeluziam, suaves. As paredes eram de uma cor verde-sálvia, não vermelhas, mas o vermelho não combinava mais com ele, de qualquer modo, e repletas de obras de arte, todas penduradas com molduras variadas e de tamanhos diferentes.

Ele correu até uma cadeira e a puxou.

– Vai demorar um pouco para ficarem macias – falou quando eu me sentei, empurrando a cadeira para o lugar –, mas acho que temos tempo.

– Isso é couro *de verdade*?

– Sintético, mas não conta pros críticos – acrescentou, com uma piscadela.

Ele pegou um cardápio na mesa e me entregou. Era quase idêntico ao que eu tinha visto ali, quase duas semanas antes. Só que havia uma diferença. Duas, na verdade, e é claro que mencionei aquela à qual ele *não* estava se referindo.

– Você botou o nome com letra maiúscula?

Ele me olhou e apontou para a sobremesa.

– Vou fazer a maldita torta de limão. Mas o macarrão com gelo-seco fica – acrescentou num tom mais baixo.

Os cantos da minha boca se torceram num sorrisinho. Gostei da iluminação diferente, que deixava tudo enevoado e adorável. Romântico.

– Acho uma boa troca – respondi, ainda olhando o cardápio.

Eu estava *sorrindo* para o cardápio, na verdade. Porque ele tinha acrescentado outro prato. *Pommes frites*.

– Hã? O que você disse? – perguntou ele.

Ele se ajoelhou ao meu lado, a mão no meu joelho, para ficarmos na mesma altura. Era tão bonito que tive vontade de passar os dedos nas linhas do rosto dele, de desenhar o ângulo da mandíbula, de pintar a cor do cabelo dele. Aquela cena iria para a parte do guia de viagem intitulada "Locais com vista", porque eu poderia olhar para o rosto dele por anos, décadas. Queria vê-lo envelhecer, queria ver que tipo de rugas surgiriam em seus sorrisos.

– Foi isso que você imaginou? – perguntou ele, voltando o olhar para o restaurante. – Depois que você me lembrou que o que tornou aquela refeição perfeita foi *o meu avô*, olhei em volta e comecei a me perguntar que partes deste restaurante eram a minha cara.

Balancei a cabeça.

– Sempre foi a sua cara, a cada passo do caminho – falei. – Eu estava errada.

– Não completamente – respondeu ele, e me puxou para que ficasse de pé de novo. – As cadeiras foram uma ideia ruim, eram desconfortáveis demais.

– Eram mesmo – admiti com alívio.

– E a iluminação estava forte demais, implacável, como se eu estivesse botando todo mundo num holofote. Mas – acrescentou –, ao contrário do lavador de pratos de sete anos atrás, sei que gosto da ideia de mesas pequenas, que são íntimas, mas talvez o branco tenha sido arrogante demais.

Ele me levou para o meio do restaurante e parou atrás de mim, passou os braços pela minha cintura e apoiou o queixo no meu ombro enquanto me virava lentamente para um espaço vazio na parede no meio do restaurante.

– É pra você, se um dia tiver inspiração pra botar alguma coisa ali.

Segurei com força os dedos dele em volta da minha cintura, meus lábios apertados, meus olhos ardendo com lágrimas.

– Sério? – sussurrei, e percebi que ele assentia ao meu lado.

– Sério. Por toda a minha vida, eu quis criar um lugar que fosse confortável. Foi pra isso que sempre trabalhei. Um lugar aonde as pessoas possam ir, comer refeições perfeitas com seus avós e se sentir em casa. Este hyacinth é a minha cara. Não a cara de quem eu era sete anos atrás, não a minha versão do release de imprensa, mas a minha. E você me ajudou a me lembrar disso, Limãozinho.

Eu me virei nos braços dele e olhei para aquele homem adorável, uma mistura de lavador de pratos idealista e *chef de cuisine* experiente, em parte o garotinho cuja refeição perfeita era um prato de batata frita e em parte o homem que fazia as tortas de limão mais delicadas do mundo.

– E eu adoro – continuou ele – que cada pedacinho deste restaurante agora conte uma história. Adoro que o ambiente seja o narrador. E essa história é sobre o passado – ele encostou a testa na minha – encontrando o presente.

– Ou o presente encontrando o passado – lembrei a ele.

Ele levou minha mão aos lábios e a beijou.

– E o presente encontrando o presente.

– E – eu sorri, lembrando-me daquela garota no táxi compartilhado – o passado encontrando o passado.

– Acho que estou apaixonado por você.

Eu pisquei.

– O q-quê?

– Clementine.

E o jeito como ele disse meu nome naquele momento pareceu uma promessa, um juramento contra a solidão e a mágoa, e pude ouvir como a língua dele envolveria cada letra do meu nome pelo resto da minha vida.

– Eu te amo. Você é teimosa, se preocupa demais e sempre fica com uma ruga entre as sobrancelhas quando está pensando, e vê partes das pessoas que elas não veem mais nelas mesmas. Amo o jeito como você ri e como fica corada. Amei a mulher que conheci no apartamento B4, mas acho que amo você um pouquinho mais.

Engoli o nó na garganta. Meu coração parecia estar brilhando e batendo alto demais nos meus ouvidos.

– É mesmo?

Ele segurou meu queixo, virou meu rosto para cima na direção do dele e sussurrou:

– É mesmo. Eu te amo, Limãozinho.

Senti como se fosse flutuar direto para o céu.

– Eu também te amo, Iwan.

Ele se inclinou para mais perto, o cheiro da loção pós-barba inebriante em sua pele.

– Eu vou te beijar agora – sussurrou.

– Por favor.

E ele me beijou ali, nos momentos roubados de uma noite de quarta, num restaurante que expressava a alma dele, e o beijo tinha um gosto intenso e doce, como o começo de algo novo. Eu sorri com a boca na dele e sussurrei:

– E eu achando que você encontraria romance num pedaço de chocolate.

Ele soltou uma gargalhada.

– Uma garota que eu conheci jurava que tinha encontrado num bom cheddar. – Ele desceu as mãos para a minha cintura e começou a me balançar um pouco, para um lado e para o outro, ao som de uma música inexistente. – O que você quer hoje, Limãozinho?

Eu o beijei de novo.

– Você.

– Pra *jantar*! – Ele riu, jogou a cabeça para trás e disse, o tom um pouco mais baixo: – *Depois* sou todo seu.

– Você não vai me julgar?

– Nunca.

– Eu quero um sanduíche de pasta de amendoim com geleia.

Ele riu de novo, um som radiante e dourado, e me deu um beijo na bochecha.

– Está bem.

Ele me levou para a cozinha imaculada e preparou um sanduíche de pasta de amendoim com geleia a partir de pontas que sobraram de um pão recém-assado, uma compota de uva e pasta de amendoim natural. O pão estava macio, e, quando o beijei, Iwan estava com gosto de geleia de uva, e me contou sobre os chefs novos na cozinha, perguntando:

– O que você vai fazer com o resto da sua vida agora, Limãozinho?

Inclinei a cabeça e refleti. Iwan chegou mais perto e comeu um pedaço do meu sanduíche.

– Não sei, mas acho que deveria ver se meu passaporte está na validade.

– Você vai viajar?

– Acho que sim. E, sei lá, talvez mirar na lua.

Ele se curvou, pois estávamos ambos sentados na bancada, e me beijou delicadamente nos lábios.

– Eu acho uma ótima ideia.

Botei o resto do sanduíche de lado e enfiei os dedos no colarinho dele, sentindo o calor da pele nos meus dedos frios. Para ser bem sincera, eu tinha fome de uma coisa completamente diferente.

– Quer voltar pro meu apartamento?

– Só – respondeu ele com um sorriso torto nos lábios – se você conseguir adivinhar minha cor favorita.

– Isso é fácil – falei, e me curvei para sussurrar a resposta no ouvido dele.

Ele soltou uma risada, os olhos cintilando.

– Acertei, James Iwan Ashton? – perguntei, já sabendo que sim.

No começo, não tive certeza de qual era a cor favorita dele, mas, no fim das contas, ele tinha dito o tempo todo, tinha repetido sem parar, cada vez que falava meu nome.

Porque a cor favorita dele era a mesma que a minha.

O Monroe estava silencioso naquela noite. O céu brilhava com os resquícios de luz do sol, espalhando tons rosados e azuis no horizonte, quando levei Iwan para o prédio de doze andares onde criaturas de pedra sustentavam os beirais e os vizinhos tocavam musicais no violino. Earl estava na recepção, lendo Agatha Christie, e se empertigou com um aceno, voltando ao livro quando fomos às pressas para o elevador.

– Você não tem ideia de quantas vezes passei por este prédio torcendo pra ter um vislumbre seu – disse ele quando entramos. – Tive até medo de aquele homem acabar me reconhecendo.

– É impressionante não termos nos esbarrado depois do táxi – concordei. – O que você teria feito?

Ele mordeu o lábio inferior.

– Muitas coisas que a sociedade educada veria com maus olhos.

– Ah, agora estou *muito* interessada. Olha pra cima – acrescentei.

E, quando ele olhou, sussurrei para ele, e meu eu do espelho sussurrou para o dele meio segundo depois, e os olhos dele se arregalaram quando ouviu as palavras.

Ele me olhou, o rubor subindo pelo pescoço e tingindo as bochechas dele, fazendo as sardas quase brilharem. Eu o vi morder o lábio.

– Sério? – murmurou Iwan.

Dei de ombros. A porta do elevador se abriu no quarto andar.

– Talvez – falei, abrindo um sorriso secreto, e o levei do elevador para o corredor.

Passamos por fileiras de portas vermelhas com aldravas de cabeça de leão. Na frente do apartamento B4, ele me puxou para perto, me envolveu nos braços, me encostou na porta e tomou minha boca na dele. Iwan me beijou com fervor, como se estivesse esperando havia anos por um gole.

– Nunca superei isso – murmurou ele, se separando o suficiente para respirar.

Deslizei as mãos pelo peito dele.

– O quê?

– Como você beija bem. Nos últimos sete anos – continuou, apoiando a testa na minha – tive vários encontros, beijei muita gente, tentei me apaixonar um monte de vezes, mas só conseguia pensar em você.

Eu não sabia o que dizer.

– Durante os sete anos?

– Dois mil quinhentos e cinquenta e cinco dias. Não que eu estivesse contando – acrescentou, porque obviamente estava.

Isso quase fez meu coração saltar pela boca. Sete anos, sete anos *inteiros*.

– Pelo menos você não precisa esperar nem mais um dia – sussurrei.

Ele abriu um sorriso largo e torto. E encostou os lábios nos meus de novo. Suavemente, saboreando.

– Não – murmurou junto da minha boca, dando outro beijo no cantinho. – Mas a espera valeu a pena, Limãozinho.

– Fala de novo? – murmurei, porque ainda adorava como ele dizia meu apelido com o sotaque suave do sul.

Eu o senti sorrir na minha boca; ele ergueu as mãos para aninhar meu rosto e me beijou de novo, como se nunca fosse suficiente, e, para ser bem sincera, eu poderia passar o resto da vida sendo beijada *por ele*. Iwan ficou com a boca na minha, mais profundo, mais ávido. Ele se inclinou para a frente e desceu as mãos para os meus quadris. Passei os dedos pela linha de botões da camisa dele antes de enfiá-los entre os dois perto da barriga, roçando as pontas na pele. Eu poderia me perder naquele momento, sem guias de viagem, sem itinerários.

Até que lembrei:

– Ainda estamos no corredor.

– Estamos? – Ele beijou minha bochecha.

– Estamos.

Outro beijo na minha têmpora, no meu nariz, voltando para perto da boca.

– Acho melhor a gente entrar.

– Também acho.

Eu o puxei para dar outro beijo, destranquei a porta do meu apartamento e caímos lá dentro, uma confusão de braços e pernas. Tiramos os sapatos na porta quando ela se fechou e avançamos pelo corredor. Ele passou os braços pelas minhas costas e me pegou no colo. Passei as pernas pela cintura dele e o puxei para mais perto. Meus dedos se fecharam no cabelo castanho-avermelhado. Ele parecia um conhaque que eu queria beber num dia claro de verão, uma tarde dourada na qual queria me perder, uma noite com pizza com gosto de papelão e uma torta de limão que nunca ficava igual duas vezes...

Ele me sentou na bancada da cozinha e deu beijos no meu pescoço.

– Essa planta é nova – murmurou, olhando para a jiboia na bancada.

– O nome dela é Helga. Ela não vai se importar.

Ele riu com a boca na minha pele.

– Que bom.

Ele mordiscou meu ombro, enfiou os dedos na minha saia e abriu o zíper, arrancando-a depressa, abriu os botões da minha blusa e deu um beijo entre os meus seios.

Abri os botões da camisa dele um a um, passando o dedo na marca de nascença em forma de lua crescente na clavícula antes de seguir em frente... mas fiz uma pausa. Passei o dedo numa tatuagem nova que não tinha visto. Franzi a testa.

– Quando você fez essa?

Ele olhou para a tatuagem e para mim, com vergonha.

– Uns sete anos atrás. Está meio desbotada agora...

– É uma flor de limoeiro.

– É – respondeu ele, olhando nos meus olhos, observando.

Ele tinha tatuado uma flor de limoeiro sobre o coração.

– O que você diz quando as pessoas perguntam sobre isso?

A timidez dele se derreteu num sorriso, quente e meloso como chocolate.

– Eu conto sobre uma garota por quem me apaixonei no lugar certo, mas na hora errada.

Um nó surgiu na minha garganta.

– E o que você vai dizer agora?

– Que finalmente acertei a hora.

– Uma questão de tempo – sussurrei.

– Uma questão de *momento* – sugeriu ele.

E me beijou de novo, antes de descer com a boca pela minha barriga até a minha calcinha, até tirá-la, e fechei os dedos nos cachos castanhos enquanto ele dizia palavras suaves de devoção para mim bem ali, na minha cozinha.

Foi tão carinhoso ao apoiar as mãos nas minhas coxas e abrir bem as minhas pernas, e, ah, eu amava tanto aquele homem. Amei aquele homem quando ele beijou o resto de mim e me carregou para o quarto. Quando demorou o quanto quis para aprender sobre as cicatrizes nos meus joelhos das vezes em que caí quando criança, quando passou os dedos, calejados e quentes, nas sardas nas minhas costas e beijou a cicatriz na minha sobrancelha direita de um contato quase imediato com um caco de vidro. Ele empurrou meu cabelo com delicadeza e me beijou de maneira tão profunda que finalmente percebi o que minha tia quis dizer quando disse que você sempre sabia o momento exato em que acontecia...

Eu também soube.

Mais ou menos.

Aconteceu em cada beijo que ele me deu, mas já tinha acontecido dias, semanas, meses antes. Aconteceu um pouco naquele trajeto de táxi com um estranho, e aconteceu um pouco mais quando pedi àquele estranho, sete anos depois, para ficar. Continuou acontecendo, numa queda livre, sem perceber que eu não estava mais em terra firme, quando jantamos e rimos tomando vinho e dançamos ao som de musicais no violino, quando comemos fajitas tarde da noite no parque e andamos em calçadas cintilantes feitas de plástico reciclado, caindo de cabeça em algo tão profundo, apavorante e maravilhoso que só percebi que tinha acontecido quando ele se sentou ao meu lado na frente de uma pintura de um artista morto e disse que me amava.

Ele estava falando sério enquanto seus dedos memorizavam meu corpo, enquanto descobria como nos encaixávamos de novo, e ele foi *tão* melhor em tudo em comparação a sete anos antes. Um desempenho impecável. De repente, não tive nenhum problema com todas as mulheres que me lembrava de ver no Instagram dele. Elas proporcionaram muito treino e eu estava colhendo os benefícios. Ele fechou as mãos sobre as minhas e, enquanto nos movíamos juntos, disse meu nome como se tivesse um significado próprio, um feitiço. Talvez o começo de uma receita. *Ou seria de um desastre? Não, nem quero pensar nisso.*

Ele mordiscou a lateral do meu pescoço, debaixo da minha orelha, e me encostei nele, tentando ficar mais perto do que era possível. Queria entrar na corrente sanguínea dele, me mesclar aos ossos, me tornar uma parte dele com tudo que eu era...

– Eu sonho com isso há anos – murmurou ele, beijando a curva do meu pescoço. – Sonhei tanto com você.

– Como é a realidade? – perguntei, com as pernas em volta dele, sem querer soltar nunca mais.

– *Porra*, muito melhor.

Eu ri e o beijei, e ele se moveu mais rápido, e nossos batimentos cardíacos aceleraram, e não houve mais conversa quando caímos cada vez mais intensamente um na direção do outro, nos juntando no lugar certo, na hora certa, no momento certo, e eu o amava. Amava as cicatrizes, as marcas de queimadura nos braços e a tatuagem boba de batedor atrás da orelha. Amava como os cachos castanhos envolviam meus dedos, e amava que ele tinha três fios de cabelo branco.

Só três.

Eu provavelmente daria mais a ele.

E nós rimos e mapeamos o corpo um do outro até o clímax, mapas de lugares que eram familiares e ao mesmo tempo novos, e a noite foi boa, e meu coração estava cheio, e eu estava feliz, tão feliz, de me apaixonar numa noite daquelas, quando sentia que tinha finalmente capturado a lua e mais.

EPÍLOGO

E nós permanecemos

No quarto andar do Monroe, no Upper East Side, havia um apartamentinho apertado que eu amava.

Eu o amava porque de manhã um raio de luz inclinado e perfeito atravessava a cozinha, espalhando gema de ovo dourada pela mesa e pelo piso ladrilhado, e, na imobilidade das dez da manhã, partículas de poeira cintilavam no ar como estrelas.

Eu o amava porque tinha uma banheira elegante com pés de garras que era do tamanho perfeito para me acomodar dentro dela e pintar. Eu o amava porque livros lotavam as prateleiras do escritório, e uma jiboia meio morta envolvia bustos de poetas havia muito falecidos. E, à noite, eu me lembrava da minha tia andando pela sala, o cabelo preso num lenço colorido, usando o robe favorito com os dizeres "Eu assassinei meu marido a sangue-frio", um martíni numa das mãos, e a vida toda, segurada pelos chifres, na outra.

Eu o amava porque havia marcas no batente da porta que levava ao banheiro, onde todos os verões a minha tia media a minha altura e a marcava com um tom diferente de esmalte de unha.

E amava aquele apartamento porque amava ver Iwan nele, cantarolando músicas pop dos anos 1990 enquanto dançava pela cozinha, da tábua de corte até o fogão e a pia, lançando olhares para mim com aqueles olhos de pedra preciosa. Eu quase conseguia imaginar querer voltar para aqueles momentos de novo e de novo, só para lembrar como ele sorria e me chamava de Limãozinho com a voz suave e grave.

Enquanto guardávamos tudo em caixas, amei aquele apartamento. Quando beijei meus dedos e os encostei na parede, dizendo adeus pela primeira e última vez, quis ficar ali para sempre, mas Iwan pegou a minha mão e me levou pela porta rumo a algo desconhecido e radiante.

Nada permanecia... ou era isso que eu sempre tinha pensado. Nada permanecia e nada durava.

Mas estava enganada.

Porque havia um apartamento no Monroe, no Upper East Side, que era cheio de magia, e me ensinou a me despedir.

E não era mais meu.

Isso não importava, porém, porque eu carregava todos os bons momentos comigo, as paredes e os móveis, a banheira com pés de garras e a poltrona azul como um ovo de tordo, e o jeito como minha tia dançava comigo na sala, e, onde quer que eu estivesse, sempre estaria em casa.

Porque as coisas que importavam de verdade nunca iam embora.

O amor fica.

O amor sempre fica, e nós também.

Agradecimentos

Todo livro é um processo.

Enquanto escrevo isto, a edição original de *Sete anos entre nós* está em processo de copidesque, o que significa que está nos estágios iniciais, quando vai para os primeiros leitores. Escrever agradecimentos neste ponto sempre parece uma brincadeira de adivinhar; é que *Sete anos entre nós* só vai sair daqui a seis meses, e ainda não tenho certeza de todo mundo a quem agradecer, e, com pessoas indo e vindo, vou deixar passar alguns nomes.

O mercado editorial está em constante mudança, tanto quando se trabalha em uma casa editorial quanto como editora, mas, no momento, estas são as pessoas que apoiaram *Sete anos entre nós* e meu livro anterior, *O amor não morreu*.

Este livro em particular não seria o que é hoje (ou será daqui a seis meses, na verdade) sem a dedicação e o apoio da minha talentosa editora, Amanda Bergeron, que deu uma olhada nas minhas ideias confusas e me ajudou a moldá-las neste amontoado colado de árvores mortas que você tem nas mãos.

Também gostaria de agradecer à minha agente, Holly Root, por sempre ser tão incrivelmente presente. Ela é uma parceira extraordinária em todas as minhas empreitadas criativas. Obrigada por dizer sim a todas as minhas ideias malucas.

À equipe da Berkley: Sareer Khader, Danielle Keir, Tina Joell, Jessica Mangicaro, Craig Burke e Jeanne-Marie Hudson. À minha copidesque, Janine Barlow; e Alaina Christensen, Christine Legon e Daniel Brount. Às minhas revisoras: Michelle Hope, Megha Jain e Jennifer Myers. E à equipe de vendas, aos designers de marketing, aos livreiros, bibliotecários e leitores, obrigada por tornarem minha carreira tão prazerosa.

Vi-An Nguyen, a capa que você criou para a edição americana é linda, e agradeço também a Anthony Ramondo por dar um visual estelar para os meus romances.

Às minhas amigas e parceiras de crítica, Nicole Brinkley, Katherine Locke e Kaitlyn Sage Patterson, obrigada por serem minhas cobaias tantas vezes.

E isso pode parecer meio bobo, mas também quero agradecer à minha gata, Paprika (Pepper, minha adorável Pepper), que ficou sentada aos meus pés durante quase todos os meus livros até agora, uma companheira constante numa carreira que muitas vezes é solitária. Ela está doente agora, e não sei do futuro, mas, no momento, está deitada na minha cama e está aqui.

Existe uma magia nisso, eu ler estes agradecimentos no futuro e me lembrar deste momento. Minha gata na cama, o café esfriando na mesa ao meu lado, uma pilha de roupa suja crescendo no cesto. Um presente de mim para mim.

Falando nisso, para encerrar, eu gostaria de agradecer a mim mesma. Porque eu *consegui*. Escrevi um livro. Não importa quantos escrevi antes deste nem quantos vou escrever depois; ainda é maravilhoso ter escrito este. Fiz uma coisa que achei que não conseguiria. Botei as cenas que na minha cabeça eram em tecnicolor na forma de palavras no papel. É maravilhoso.

Espero que essa sensação não passe nunca.

SETE ANOS ENTRE NÓS

Guia de leitura

Todo livro é uma cápsula do tempo.

Quem sou agora, enquanto escrevo estas palavras seis meses antes de *Sete anos entre nós* chegar às prateleiras, não é a pessoa que vou ser quando você as ler. Os livros são um apartamento mágico nesse aspecto: capturam um ponto específico no tempo quando um autor escreve uma história que talvez um dia um você do futuro visite e leia.

Quem eu era no começo da escrita deste livro não é a pessoa que acabei sendo no final. Olho para as primeiras versões e é um pouco como olhar por uma janela e ver uma pessoa que você conhecia intimamente – o jeito como ela toma o café da manhã, os restaurantes favoritos e o pior dia da vida dela – já sabendo o que vem depois.

O luto é uma coisa estranha. Pode ser um monstro no seu ombro. Pode ser um amigo sentado com você à mesa. Pode ser uma lembrança num cheiro – as notas suaves e delicadas de um perfume floral. O luto pode chegar no meio da noite quando você rola na cama para voltar a pegar no sono. Pode até chegar a você nos sonhos.

E o luto – como ele é, como sussurra, como você reage – é diferente para cada pessoa.

Quando olho para a primeira versão de *Sete anos entre nós*, tentando identificar o tom exato de luto que Clementine sentiu pela falecida tia, vejo que quase acertei, mas era o tipo de sentimento, o tipo de experiência de vida, que precisei imaginar.

E aí, de repente, num dia azul e luminoso no fim de março, não precisei imaginar mais.

É tão estranho quando a vida para subitamente, quando o pior dia acontece e o mundo continua girando sem você. Meu avô morreu tirando a própria vida, e eu tinha um livro para lançar. Ele nem deixou bilhete, e eu tinha entrevistas para marcar, vídeos para filmar e eventos nos quais precisava sorrir. Meu avô estava morto, e eu tinha que responder a perguntas sobre um livro que tratava de luto e de enterros... e, sim, sei como parece irônico.

Quando olho para a primeira versão de *Sete anos entre nós*, penso principalmente em como... foi bom... escrever tudo. Foi um conforto e um abraço quente, e ao mesmo tempo não dizia nada.

Por isso, depois de alguns meses, reorganizei meu cantinho de escrita (porque não podia me sentar naquela cadeira à cabeceira da mesa, como no dia em que a minha mãe me ligou chorando, porque ainda volto para aquele momento nos meus pesadelos) e escrevi uma segunda versão de *Sete anos entre nós*. Escrevi uma versão bem mais afastada dos meus sentimentos do que já tinha escrito antes, porque não queria passar tempo demais com aquele luto. Eu poderia ter mudado a história. Poderia ter tirado a tia dos ossos deste livro e escrito uma coisa nova (a minha editora teria deixado, ela é muito amorosa e compreensiva), mas *eu* acho que não poderia.

Então, finalmente, tentei de novo.

A última vez. Esta vez.

Ele se tornou o livro nas suas mãos.

Eu queria poder dizer que escrevi sobre suicídio do jeito correto ou perfeito, mas sei que não fiz isso. Sou confusa e tenho tendência a usar linguagem floreada, e tento compensar essa experiência horrível com amor e atenção, porque, apesar de estar arrasada, eu amo o meu avô.

Este livro é muito pessoal para mim do mesmo jeito que é doloroso e revelador demais.

Não sou a pessoa que era quando terminei aquela primeira versão cor-de-rosa de *Sete anos entre nós*, e, quando você ler isto, não vou ser a pessoa que sou depois de botar o último ponto nesta frase. Um livro é uma cápsula do tempo. Por mais que eu mude, ou que venha a mudar, ou que aprenda, este livro estará estagnado. Vai existir aqui, eternamente imutável, junto com os pedaços de mim que coloquei nas páginas.

Sei que vou ser diferente no futuro, e cada vez que você voltar para este livro, *se* voltar para ele algum dia, você também vai estar diferente. Acho que tem um pouco de magia nisso. A magia de uma lembrança. Uma peça criativa nascida da pessoa que você foi no passado. A arte permanece igual, mas você muda, e, quando muda, o que a arte significa para você também muda, ao mesmo tempo que te oferece uma janela para quem você já foi e para as pessoas que amava e ainda ama.

Muda, mas, de pequenas formas, permanece.

Tudo permanece.

Se você ou um ente querido está tendo pensamentos suicidas, procure organizações de prevenção ao suicídio no lugar onde você mora.

Para saber mais sobre os títulos e autores da Editora Arqueiro,
visite o nosso site e siga as nossas redes sociais.
Além de informações sobre os próximos lançamentos,
você terá acesso a conteúdos exclusivos
e poderá participar de promoções e sorteios.

editoraarqueiro.com.br